U0840718

# 那时候，彼埃尔还活着

淡巴菰 著

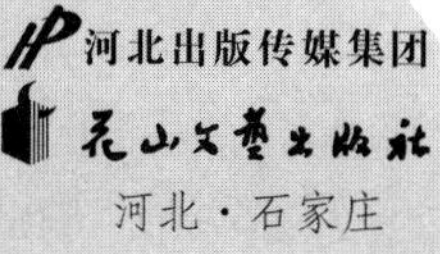

图书在版编目（CIP）数据

那时候，彼埃尔还活着 / 淡巴菰著. -- 石家庄 : 花山文艺出版社，2023.12

ISBN 978-7-5511-6921-9

Ⅰ. ①那… Ⅱ. ①淡… Ⅲ. ①散文集－中国－当代 Ⅳ. ①I267

中国国家版本馆CIP数据核字(2023)第229420号

书　　名：那时候，彼埃尔还活着
NASHIHOU BIAIER HAI HUOZHE

著　　者：淡巴菰

责任编辑：梁东方
责任校对：李　伟
封面设计：张小伯
美术编辑：陈　淼
出版发行：花山文艺出版社（邮政编码：050061）
（河北省石家庄市友谊北大街330号）
销售热线：0311-88643299/96/17
印　　刷：石家庄燕赵创新印刷有限公司
经　　销：新华书店
开　　本：787毫米×1092毫米 1/32
印　　张：11
字　　数：200千字
版　　次：2023年12月第1版
2023年12月第1次印刷
书　　号：ISBN 978-7-5511-6921-9
定　　价：45.00元

自序

# 梦里亦知身是客

兔年又至。蓦然回首，距初次踏上美利坚的大地已隔了十二个春秋。

那年的五月，在苍黄如雾的暮色中，我从北京抵达洛杉矶。从机场往市里赶，在高速上好奇地望去，只见满眼萧条单调。低矮灰颓的建筑，老旧朽坏的电线杆，触目惊心的涂鸦。有首歌叫《南加州从来不下雨》，是由于气候干旱吗？一切似乎都缺乏生机，不多的绿色和清凉都来自那光秃笔直的棕榈树，象征性地在头上顶着些扇形叶片。我像一条被丢上岸的鱼，闻着干燥的尘土气息，心底发出无聊绝望的叹息。四年，我要如何打发这漫长的一千多个日夜？

待安定下来细细品味这个城市，我才发现这片土地绝不是外表看到的那么平庸无趣。博物馆里藏着人类文明的精华，谁都可以走进去和凡·高、毕加索们的作品对视。餐馆遍布大街小巷，各种风味的美食随处可寻。这里的人肤色各异，包容共处，和我们中国人一样，终日循着各自的路线，为梦想、为家人尽心尽力地活着爱着痛着。如果你对历史有兴趣，开车上路，就能探访到二百年前就矗立在美洲大地上的兵营、监狱、教会遗迹和更古老的印第安人旧痕。它们像标点，忠诚地为这个年轻的国家走过的路做着注解。而洛杉矶人则认为，这里最让人迷恋的当属它的自然资源——不说那四季灿烂的"加州阳光"，这里有一望无际的苍凉荒漠，有高达十万英尺的雪野冰原，还有如碧蓝的裙子上镶着白色花边的妩媚海岸线。即使住在 downtown（城中心），驱车一个小时，就可在这迥异的气候风光中自然切换。今天还在海边冲浪，明天就能进山滑雪，路上，穿过大漠时还可跟那些挺立了百年的 joshua tree（约书亚树）打个招呼。许多美国人宁愿付出高昂的生活成本也要住在洛杉矶，坦言就是为这慷慨的老天恩赐埋单。

洛杉矶，有人问我是否爱上了这天使之城。这确实是个不能简单答是或不是的问题。作为一个异乡人，我对它的了解仍然不过走马观花。可是隔着一个太平洋的距离，看到发生在洛杉矶的新闻，我会不由自主地牵挂留意。去了欧洲游走，听到有人说来自洛杉矶，我会忍不住扭头望去，亲切一如见到了半个老乡。我们停留栖息过的地点，成了生命之树上的疤痕。我去美国领事馆办签证，那位年轻的签证官听说我曾在洛杉矶生活，原本严肃的脸上立即现出一抹惊喜，告诉我说他和未婚妻就是在那里的 Rose Bowl Stadium（玫瑰碗球场）看球赛相识的。

全球水灾火灾不断的 2021 年夏天，我又回到了洛杉矶，目的很简单，采访。

早在两年前犹太探险家史蒂夫·戈金斯（Steve Elkins）就曾认真地问过我，是否对中国先民到达过美洲的话题感兴趣。他自年轻时起就开始搜集这方面的资料和研究成果。“我和一些考古学家都相信，在哥伦布之前，中国人、腓尼基人、波利尼西亚人都曾到过美洲大陆。”史蒂夫已经和几位学者建立起联系，他们都是资深的地质考古学家或人类学教授，著书立说，一辈子都在做哥伦布前人类的跨洋活动考证。而促成此次采访的美国作家协会主席道格拉斯·普莱斯顿（Douglas Preston）既是一位惊悚畅销书作家，也是一位探险迷。他所在的新墨西哥州有几个面积达数万英亩的国家岩刻保护地，他曾不止一次去探查，和已故加州大学伯克利分校的甲骨文专家大卫·凯特利（David·Keightley）教授一样，他相信一些刻在岩石上的象形文字就是中国的古文字。“你是一位中国作家，又在美国生活过多年，对这一跨文化的话题更容易理解和介入。来吧！”这是他在邀请信中的话。

“去吧。太有意思了！这也是个可以深度挖掘的话题。”一些文友和我一样斗志昂扬。重回洛杉矶，与其说是被某个有关中国的历史真相所吸引，不如说是一种人生哲学的邀约——仰望星空，除了敬慕，还要敢于怀疑。

我客居的小城 Santa Clarita 是洛杉矶郡所属八十八个城市之一，人口不过二十多万。当地人说到它，总在后面加个 valley（山谷），是因其四面环山，海拔三百六十七米，北临莫哈威沙漠，南濒太平洋。山居在此，从素不相识的陌生人，到厮混熟悉起来的邻居朋友，我对身边的美国人由好奇到相知，最终不由得真心喜欢且在意起来。正是在这样的采访间隙，与他们朝夕相见，或远足烧烤，或闲聊聚会，我兴奋地记录下了这些长长短短的文字。它们是我客居在美国两年的日常与非日常生活的采撷再现，与我的采访主题无关（该采访另行结集出书）。

它们与其说是文字，更不如说是打动我的瞬间叠加。全世界的百姓其实都大同小异。他们和我们一样，不过凡人肉体，就像文中记述的彼埃尔、约翰、格兰特、跳蚤市场小贩、墨西哥园丁们，不过希望付出和得到些爱，享受些生命的愉悦，却都曾碰触到现实的冰冷，感知到命运的莫测，不得不小心翼翼捂紧胸口看好钱袋过着寻常日子。有多少次，才凌晨四点钟，我就听到不远处的公路上车轮滚滚驶过的声音——起得比鸟儿还早，我知道，方向盘后都是一个个为生计奔波的人。他们就是我。我们无一例外走在同一条路上，那路的尽头有着同一个站牌：死亡。我在意他们就像在意我自己。不记录下他们给我的感动和震惊，不记录下他们与我的生命交集，比浪费掉了时间还让我遗憾和难过。在匆匆的生命轨迹上，我们的交汇也许只是一瞬，写下，即是永恒。

梦里亦知身是客。

此书取自我滞留在美国两年间五十万字的日记素材。如果没有好友靳凯元的逐一品读挑选，不可能有这个文本的存在。

我感恩邂逅的每一个灵魂，如同路遇的每一棵棕榈树。

# 目录

CONTENTS

# 做朋友的理由

我初到美国客居是十二年前，交友寥寥，至今屈指可数，常混的有三个美国老朋友，彼埃尔、史蒂夫、约翰，按顺序他们的年龄是八十三岁、七十二岁、七十三岁。我没什么华侨朋友，一来我客居的小城中国人很少，也没中国超市中国餐馆。二来我知道自己粗枝大叶，看不清眉眼高低，与心思缜密的同胞相处，往往得罪了人还不自知。正像我爸在世时所言:“你这大大咧咧的性格，也就跟你喜欢和喜欢你的人相处最安全。”另外，我感觉既然身在美国，与其总和同胞扎堆，吃中餐、逛中国超市、说中国话、追中国电视剧，还不如不出来，待在中国任何一个小城小镇小村岂不更接地气、更舒服?

那是个暮春的早晨，我和三个退休老友去 hiking（远足）。除了登山杖，还用保温包带了一打牛肉馅饼、几个橘子。我虽然不是好厨子，可作为地道北方人，鼓捣几样好吃暖胃的面食还是没问题的。逢去郊外荒野，我喜欢带上点儿简单的中餐。我知道，我的美国老友们每次和

我见面也都极期待享享口福。

洛杉矶的春天已有了夏日的灼热，沿林荫小径没走多远，个头最高大的约翰就指着一张条椅道：“我说，咱们干脆就坐那儿吃馅饼好了。这天也太热了。”彼埃尔本不爱运动，完全是被裹挟了来的，他刚被查出白血病，走了没一会儿已经气喘吁吁。约翰的提议显然合他之意，可为了显示自己不是累赘，他倒咬着牙没吭声，拄着史蒂夫一根登山杖继续迈着有些蹒跚的脚步。

终于到得一处溪水清澈、树荫浓密的所在，几个人都伤兵般迫不及待奔过去，似乎再不歇歇脚实在对不住自己。每人在溪边选了一块光滑的大鹅卵石，满足地坐定，擦汗喝水，开始吃我递上的尚温热的馅饼。

“我就不理解那瀑布有什么好看的。每次进山都有人游说我，说再往前走一段吧，不远处就是那瀑布了。一会儿你们仨继续，我就坐这儿等……我的天，我有十年没这样冒着暑气走路了！”彼埃尔嘴上像在抱怨，其实很感激朋友们带他来亲近自然。

他吃完一个馅饼，边擦嘴边望向正给约翰拍照的我：“跟我们这几个糟老头子混，对你有什么好处？除了听一肚子陈芝麻烂谷子的故事……”他那一头雪白的头发像燃烧向天空的小旗子，一只耳朵上挂着个口罩，白底黑奶牛斑点的布口罩。听我笑他这口罩不专业，他还不爱听，高鼻梁两侧的黑眼睛亮亮地辩解：“我经常洗，两层棉布的呢！”事实上我们一路都没正经戴口罩，只在与陌生人在窄路上错身而过时，才扣在口鼻处片刻。

“和你们在一起，好处可多了去了。”我摘下头上的棒球帽擦着额头的汗，笑着说我早就想过这个问题了，“第一，你们不是我同事，和你们在一起，我不用遮着藏着，有什么话想说就说出来。第二，你们都不是女人，没有女人在一起时的暗中比拼。女人在一起总没有句号地说自己的孩子，含蓄地拼老公的票子和自家的房子车子，打量对方衣服和香水的品牌，看谁又打了 Botox（肉毒素）和玻尿酸。和你们在一起我可以素面朝天，穿一身最舒服的运动服和球鞋。第三，你们都比我年长许多，让我忘了中年的危机感，我不用成天想着自己怎么忽然之间就老了……”

我这一番话说得几位美国人都乐了。顶着沙僧式秃头的史蒂夫先接口说：“嘿，你不说我还真不知道我居然这么有用。”

我望着他们，忽然冒出一句汉语：“三人行，必有我师。”不同于一些中国人喜欢在同胞面前说英语，我不时会给美国朋友普及中文和老庄哲学。在三人安静的等待中，我翻译成英文。“其实和你们在一起，最吸引我的一条是——我从你们每个人身上都学到很多东西。”我这还真是由衷之言。犹太人史蒂夫是天生的投资专家，获得过艾美奖最佳摄像的他曾注册过一个摄影器材租赁公司，为了有个办公地址，他花五十万美金在没人待见的破败郊外买了一栋不起眼的二层商用楼，平时也就存放一下设备，基本不去。结果两年前，洛杉矶大麻合法化，那块地被划归为可种植大麻区域，有人上门求购，出价二百五十万！至于平时房屋的小修小补、选哪个航空公司出行、住哪家酒店划算、去机场把车停哪儿最安全省钱，他不仅全都门儿清，还特别热心肠，出谋划策还帮忙跑腿。

彼埃尔则是美国版的徐霞客，身为穷教师，却走遍了世界上那些有着原始部落的角角落落。他的家就是个小型博物馆，全是他以物易物，用牛仔裤、巧克力、打火机等换来的宝贝，那多是正在或已经消失的手工打磨的现代文明罕见的原始物件。我读过他十七岁时独自去埃及的经历，看到了照片上那个戴着黑框眼镜的斯文少年，一双长腿因为瘦让那牛仔裤显得宽松空荡。他出生于瑞士贵族之家，十八岁时来投奔美国裔的母亲，开明富有的母亲带他去纽约有着爵士乐队的俱乐部跳舞，一位年轻女人看上了彼埃尔，跳了几曲后要拉着他去宾馆开房间，他母亲优雅地弹一下手中的烟灰，客气地对那女人说：“我想您支付不起和他在一起的费用。”这些故事在我看来，比读小说还有趣。

约翰和彼埃尔一样单身了半辈子，只不过更穷，是个地道的文学艺术痴。跟着他，我逛遍了洛杉矶所有的美术馆、画廊、旧书店，我沉睡的艺术渴望不仅被唤醒了，原本在低洼里的品位也“飞速提高”（约翰语），淘到了许多旧版经典名著，从带彩色插图的朗费罗诗集、勃朗特三姐妹的代表作到毛姆的绘画藏品册页。

刚说到这儿，坐在溪水中央那块巨石上的约翰站起来，拉一拉头上那海盗一样的软帽，挺着大肚子洪亮地来了一句：“我可以再来一个馅饼吗？太好吃了！我和你做朋友不用三个理由，有馅饼吃这一个理由就够了。”

望着眼前三位老友，我不禁想，如果这三位的优点加在一起，其实还真是一个完美男人。那得是，彼埃尔的高贵外貌，加上史蒂夫的慷慨富有，再加上约翰的文艺范儿。可惜，上帝造人时是优劣搭配着组装的。

想到此，知道这三位性格也都豪迈不拘，便笑着说给他们三人听，以为各人都会为自己那闪光点自得，没想到大家异口同声抗议：“Oh no！我原来在你心中就这形象。天哪！”我顿时恼恨自己的失言——我忘了，原来人都以为自己是完美的。

# 快乐的跳蚤

距洛杉矶市区三十英里的这个山谷小城每周日都有露天的二手商品集市，美国人叫Swap Meet，直译为交换市场。小贩形形色色，物品花样百出——从印第安的织毯、非洲木雕到各种锈迹斑斑的农具，旧吉他旁边是一堆破鞋旧包，蒙着灰的吸尘器紧挨着只有一只眼可以眨的洋娃娃。逛市场的人也集中了各色人等，保养良好衣着时尚的瘦高老太太，擦肩而过挺胸叠肚只吃得起快餐的中年汉子……

那位我从没问过姓名的老人摆着全市场唯一的书摊，卖二手书兼唱片。是因为不希望斯文扫地吗？不像其他小贩摆的真正地摊——直接把东西散乱地放在地上，他的书和CD都摆在支起来的几张可折叠三合板桌上，且无论书还是唱片，都一一码放整齐，封面朝上。

老人有七十多岁的样子，看不出他来自哪里，干过什么职业，有家还是单身，但即便是七八岁孩子都能判断出来一点，他是位穷人，虽然他那皱纹纵横的脸上总带着谦卑又满足的微笑。

我的房东Jay是地道的美国人，他从不像我一样对老旧的东西感兴趣，可周末偶尔也去跳蚤市场逛逛，唯一最爱的去处就是老人的书摊。五十岁的Jay是理工男，爱读的文学书有限，无非是史蒂芬·金的恐怖小说，每出一本新书，他都必去书店买回来作为枕边书一部部啃。爱洁癖的他并不怎么买旧书，尤其是瘟疫以来。“我怎么可能让那上面的病毒挨我的枕头？”可是他不介意买唱片，毕竟不用捧读在手，只是放在车的CD机里上下班路上听。他却特别鼓励我这爱淘旧货的人买上几本书，有时还抢着为我付钱——一块钱一本！

“他肯定是去旁边那个热狗摊买吃的去了。”某次我一口气选了五本书，接过那张五元纸币，老人道了谢，弯着腰缓缓地走向市场的餐饮区。Jay望着他的背影轻声道。

最近我刚写完了关于毛姆的一篇文字，表达我对这位英国作家的欣赏与敬重——他1920年曾在贫弱战乱的中国游走，随笔集《在中国的屏风上》不吝笔墨地描写中国的苦力之可怜和可敬。是泉下有知的他感觉到了我的由衷赞美要回馈我吗？在经过老人书摊的时候，一瞥之间我竟然看到了那个熟悉的名字：William Somerset Maugham（毛姆英文名）。驻足细看，原来是《毛姆短篇小说全集》，上下两卷，出版于1952年。我激动地翻着书页，这两卷年龄和我母亲相同的书居然还和新的一样，甚至还有原装的硬壳封套。我虽然早就读完了毛姆的长篇小说和随笔集，一直心心念念着要读他的短篇小说。没想到，竟是在这样的场合得到这近乎天赐的礼物！

我掏出五块钱，捧着那厚重的一套书走向老人。他正坐在小圆凳上听一个熟人神侃。扭头微笑着打量了一眼那书，他开始找钱给我，一二三四，他递给我四块钱。可这明明是两本书啊？我提醒他，同时又递回他一块钱。“这不装在一个盒子里吗？”他慢悠悠地说，蓝色的眼睛里仍是那谦卑淡定的微笑。我没再说什么，只把那一块钱放在他的桌子上，“你不能卖太便宜了，否则这书的作者会不高兴。”与他聊天的那位汉子听了，用西班牙语跟老人说了句什么，老人只是抬头，望着我安静地微笑着。

“他那么穷，可是一点儿也不贪婪。”我边走边跟 Jay 感叹。

“有些人没钱，可并不代表人家不快乐，更不意味着他们渴望更多钱，或者羡慕有钱人。他们也用不着别人同情。你发自内心地尊重他们就好。”善良的 Jay 是年薪颇丰的软件工程师，一向乐于向陌生人伸出援手，却能如此清醒地看待金钱这货币符号。我有点儿为自己刚才的“慷慨”脸红。

我们继续在这旧货的沙海里穿行。我发现 Jay 又穿着下摆处磨出了破洞的 T 恤。我早就留意到他有好几件 T 恤不是袖口就是下摆都有破洞，我猜与其说是穿破的，不如

说是洗衣机洗破的——同一件衣服他从不连续穿两天，而是穿过当天就丢进洗衣机里。

“你为什么不扔掉它？反正你有那么多T恤可替换。”

“我喜欢这件。为什么有洞就扔掉？许多人不是穿破洞牛仔裤吗？”

“穿破洞牛仔裤是时尚。穷人或流浪者才穿破洞衣服。”

“如果有人看到我的T恤有洞就轻视我，那随他的便。I don’t give it a damn（我丝毫不在乎）。”

我们正这样聊着走着，我的目光忽然停留在一个旧纸箱子上，里面用油纸包着的像书签一样的东西是什么？有几张散落出来，我俯身捡起来看，张张都印着精美抽象的图案，或是植物或是小动物，或是孩子，每张书签上还都有一层可以揭掉的蜡纸。我蹲下细看，直觉那是非常古老的工艺，却找不到更多线索搞清那是何物。有些遗憾地，我走开了。过了一会儿再折回来，还想细看一下那堆神秘书签，却见一位中年女子正蹲在那儿把那一箱子东西一件不落地往她的购物车里装，还跟旁边立着的另一位妇女嘀咕，又像是自言自语：“我知道我会有麻烦，又淘回家这么多自己都不知道是什么的东西。我不管，我就是喜欢它们！”看我上前打听究竟，立着的妇人指指自己挎着的书包说她也买了几包，“这是非常老的英国的印花贴纸，人们用在家具或衣物上的图案。我买了几包，十块钱。剩下的她都要了，五十块！”

“即便它们一钱不值，堆床底下也无所谓，谁让我喜欢呢。”我忽然看到那个女子的纯白色棉T恤上也有好多穿久了绽开的破洞，可她坦然淡然的神色让一切似乎都自然舒服。

望着这两位陌生的女人，我忽然很感动，像在荒无人烟的地方发现了同类——我也经常和她们一样，对自己一无所知的物件动了情，再旧再破再没任何实用价值都不在乎，只想带回家与之朝夕相伴。我曾买回家一个巴掌大的木雕，两只小猫偎依着中间的大猫，底部有两个笔迹认真又幼稚的签名和一行字：祝亲爱的妈妈Lucy生日快乐。时间是1959年的某天。当时我毫不犹豫地买下，就是因为那真挚的感情让我的心一下子柔软了。我不禁想，母亲Lucy还在世吗？如果某天我把这小木雕放在网上，可否让它再次回到曾经的主人手里？

我曾买过一本手工压制的干花标本，薄薄的十几页，每页都有一朵带着花茎与叶片的干花，旁边是手写的植物名称。那白线缝制装订的书脊参差不齐。我摩挲打量着它，想象那得是个多么痴迷于植物的人（也许只是个孩子），如此专注地完成了这本简单的册子。如今他（她）又在哪儿？

“你淘回来这些既不能吃也不能喝，没任何升值空间，花钱占地方。”我的邻居、来自巴西的蒂娜大妈就常笑我不切实际，也爱园艺的她不同于总爱种些稀奇古怪的多肉的我，她买植物只有两个标准，要么能结果实，要么能开花儿。

我立在跳蚤市场，望着那两个陌生女子，百感交集。她们不会知道我是何等被触动了——是她们，让我更有了勇气从物质价值的束缚中解放出来。我自己也不知道，从何时起，面对一件吸引我的物件，我也开始像某位只收集欧洲宫廷瓷器的华人女友一样，掂量它是否有升值空间，或像蒂娜大妈一样估量它是否划算。沉浸于更多的世俗逻辑，那些触动灵魂或情感的电光石火，已经被我硬起心肠疏离了。

在集市的尽头那棵大杨树下，我遇到了更奇葩的一幕：一位卖各种廉价牛仔衣物的长条桌上，居然摆着一件老子拄杖木雕。琥珀色的硬料实木，精湛又不俗的雕工，显然是有些年头的沧桑感一下吸引了我的注意。“多少钱？”我一边上前抚摸端详一边问摊主，一位身形敦实面容淳朴的墨西哥大叔。“这是非卖品。我自己的私人物品，不卖！”那木雕有半米高，分量不轻，大老远开车带来摆在桌上却不为了出售？！大概看我表情诧异，大叔又认真地补充上了一句，“他就是我！”说着还把一顶牛仔帽扣在“老子”头上。我随即笑了，对这有趣的摊主说：“没错，你的灵魂伙伴！”

旧货满坑满谷的跳蚤市场，竟让我意外邂逅了那么多独特可爱的人——值不值钱？“I won’t give it a damn！”（我丝毫不在乎）只为了内心的欢喜而活，任性地做一只快乐的跳蚤，真好！

# 世间最神秘之物

清明节晚上，我居然梦到了分手十年的男友。他给我寄来一个纸包裹，里面是一条鱼，外焦里嫩，看着既清淡又可口。半页纸上写着几行工整的大字：玉兰初绽，共享华年。

我们曾经爱得浓情蜜意，也曾伤得肝肠寸断。分手后我到了美国工作，他仍在北京朝九晚五地生活。

二人再无音信。我却在早上梳洗的某个瞬间，望着镜中渐生的白发，不期然地会想起他。分手后不再联络的好处，就像把鲜花与匕首一起丢进了湖中，水波不兴的记忆湖面，剩下的只是初见时的美好。

偶尔也在最不经意的时候梦到他。梦里的他，全是温柔、体贴、宽厚，似乎他是世间最好的情人。醒来，我总不由怅然若失——美梦再是空洞如蛛网，也比饱满的噩梦好一万倍。不由得想，我，是否也会出现在他的梦境中？科学如此发达的今天，人人都在做梦，除了周公和弗洛伊德，似乎没有人摸出更多门道，做出准确解释。

我只知道，分手的恋人，即便不一定高尚地祝愿对方幸福，却也绝不希望对方遭遇不测，如果，当年的爱曾经是出于真心。

这清明之夜的梦见，因无线索可寻无逻辑可推，半夜醒来，我有些许不安——望着朦胧灰白的窗外，睁着干涩的眼睛再次怅惘，并祈愿他安好。我不会打电话或发信息给他，也没有与他共识的朋友可打听究竟。

白天，我读到一位中国当代诗人的诗，写给他逝去的母亲，刚好，二十年前我曾和那慈爱的老人就她的新书做过访谈——

相传当你梦见一个人的时候
其实他已开始忘记你
…………

读到这儿，顿时心痛如玉碎。

# 半 猫 半 鸟

我在刚认识美国人杰伊的时候，他就有这只名叫火球（fireball，杰伊说刚领养他时不过两周大小，捧在手里，像一丛火苗）的橘猫。我们成为彼此信赖的室友，很大程度上都心照不宣地归因于这只猫——它看到所有陌生人都吓得躲起来，而见到头一次登门的我，它非但没跑开，反倒走近前，用头蹭着我穿着牛仔裤的腿。

本来一向钟情于狗不喜欢猫的我想到那一幕，总不由得良心发现般微笑起来，我觉得我应该对这友善的猫好一点儿。即便它常去草坪吃草，然后在地毯上把我刚喂它吃进肚子的猫罐头一起呕吐出来，即便它不时杀气腾腾像个迷你小老虎一样叼回猎物——有着鲜艳的蓝肚皮少了尾巴的蜥蜴、毛茸茸如一个灰色小线团的蜂鸟、翅膀滴着血还在尽力挣扎的哀鸽、缺了一条大腿的绿蚂蚱……

前廊檐下和后院的金银花丛中各有一个鸟窝。准确说，是一种体形比鸽子小许多的名为 mourning dove 的小鸽子。之所以叫哀鸽，是因为它们咕咕叫的声音听着有些悲哀。每次看到它们，我都不禁微笑着想，这世间还真有比我还粗心的父母——随便在附近树下捡几根软细的枝子，放在木梁上就是一个四面透风下面见底的所谓的窝，鸟蛋不时滚落下来摔成一摊黄色液体。更懒的则在我的吊兰丛中下蛋孵鸟。有一阵下大雨，接连一周雨水加冷风不断，那对夫妻居然完成了它们生儿育女的大业，轮流趴在吊兰上任凭风吹雨打，实在让我感动。大概过了两三周，两只可爱的小鸟宝贝破壳而出了，它们瞪着乌黑晶亮的小圆眼珠，好奇地望着站在凳子上打量它们的人类，不惊不惧。

鸟儿们显然是喜欢这个院子的，不仅四棵大树的树冠如巨伞一个挨着一个，还有清水可饮——除了两个喷泉，还有一个专门让鸟儿喝水洗浴的鸟浴盆。早上，各种声调

不同的鸟儿好听地唱着歌，像一支鸟儿乐队。有的是声音高亢洪亮的主唱，有的是浅吟低随的和声，和谐得不用指挥。

年长了对睡眠的需求也越来越少吗？我早就失去了睡到太阳照屁股的能力。天还没亮，我就常常醒来，静等着鸟鸣。我发现，大概五点半，鸟儿们的叫声会像溪水决堤忽然奔涌而出。不是某一只早起的鸟儿先叫，而是五六只，约好了的一样，一起开唱。像一汪被鹅卵石堵住了的清泉，经过一晚上的积蓄，终于溢出阻挡，欢快地叮当作响。又似几只玻璃弹球，碰撞着，跃动着，清脆悦耳。

哀鸽们更是把草坪当成了散步的公园，像穿着灰袍的修道院信徒，从容不迫地徜徉漫步。它们最打动我的是那无辜的眼睛，好像它们脑子里天生就没有一根防范神经，是有人打你左脸你要伸给他右脸的教徒典范。

那天，我正趴在桌上练那永远没进步也一直没放弃的书法，就见火球小跑着从半开着的纱门进来，嘴里赫然叼着毛茸茸的一大团灰布。我放下笔连呵斥带追赶，它终于停下，张嘴把猎物吐在桌下的地毯上，却原来是一只小鸽子！

我心跳着拿起一张餐巾纸，把那一动不动的小家伙裹着捏在手里，快步出门放在后院的矮墙上。尽管后背有着血迹，可它既不挣扎也不喊痛，只用那无辜的黑眼睛打量着世界，目光一如既往的良善。

旁边一只大一点儿的鸽子飞近些，咕咕叫着落下。我猜那是它的妈妈。

我唯一能做的就是把火球关禁闭，不让它再出去。透过落地窗玻璃望出去，我看到那受伤的小鸽子一动不动立在墙头，像一尊小石雕。

再过了半小时，我出去看，那鸽子已经不在墙上了。我有点儿欣慰，相信它已猫口逃生了。

第二天是周六，我正在前院移栽一株春羽，就见杰伊用餐巾纸包着什么走过来，“火球这家伙太可恶了，又逮了一只鸽子！已经死了。”他嘴里这么说着，表情却并不配合，像那些为了听起来政治正确要说对话的人。以前我责备火球滥杀无辜时，杰伊作为猫主子不止一次地为它辩护：“这是它的本能啊，不同于狗是完全驯化的动物，猫是半驯化的，身上有着原始的野性。还也说明，小火球是个能干健壮的小猎手呢。”

“别扔进垃圾桶，给我。”我接过去，把那尚有余温的小生命放进曾经是春羽的坑里。我不知道这不幸的鸟儿是否仍是昨天那只，却留意到那死掉的小鸟仍睁着黑黑的绿豆大小的圆眼睛，只是不再如丝缎般闪亮。

掩埋上土，担心食肉小动物如浣熊、野狗、秃鹫会闻着气味掘出尸体，我又搬来几块石头盖上。不由叹息，动物的世界和人类无异，无辜良善，不招谁惹谁，并不意味着与灾祸绝缘。许多时候，人们争抢权力，累积财富，无非是心虚地要把自己武装到牙齿，以减少沦为他人猎物的机会。

说给杰伊听，这位正埋头玩儿电子游戏的理工男按下暂停键，抬头微笑道：“你没发现吗，这世界上有些人其实是猫，有些人是鸟，只不过都长着人的样子。”

“大多数人其实是半猫半鸟。”我接嘴道。我很喜欢这个比喻。

# 当保姆半日

在美国迎来我的生日，从来没想过要请一堆人来庆祝。我总认为通知别人来为自己庆生的人，要么是自大狂，要么是特天真——你出生的那天那么重要吗？即便是，于别人何干？

可当我接到维拉邀请我参加她的生日聚会，仍是毫不犹豫地答应了，毕竟，人家的邀请也算一种信任。维拉是我几年前在附近那所城市大学读英语时的老师，“世间最好的老师”，我这一向挑剔的人不止一次地向人这样夸赞她，善良、耐心、包容、温柔、好看。这是这位俄罗斯裔的年轻老师在我心中从重要到次要的所有优点。还有一条，与做老师无关，却和做人有关：不势利。有着双硕士学位的维拉（朋友们对她的昵称）嫁给了比她小七岁的墨西哥非法移民，一位比娇小的她还矮一点儿的高中肄业生。而她也并不讳言这一切，还写进了那本自传体的小说 *He loves me first*（他爱我在先）。书里写得很清楚，她接受他的爱，是因为他们都对主有深挚的爱。更不可思议的是，这位名为耶斯万的小男人竟然是维拉当年的学生。毕业后穷追了几个月就结婚了。一个继续当ESL（English as Second Language，为英语非母语者开设的英语课）老师，一个则当着不稳定的木匠。后来，维拉实在感觉经济有压力，费了点儿时间拿到了法庭口译员证书，辞去教职去四十英里外的一个荒凉小城的法庭院朝九晚五。“收入增加了太多！”她睁着灰蓝的大眼睛满足地说。

那是个春日，说好一点到公园聚合。

公园不大，却很宜人，除了碧绿的草坪，高大粗壮的老橡树，旁边树木与山径环绕的小山坡上，是一百年前美国最受欢迎的默片电影演员威廉·哈特的故居和纪念馆。

维拉的家离公园不远，疫情前她曾每个月都请几位过去的学生和教友在那里聚会。她笃信上帝，也在乎养生。于是，那聚会主题就很鲜明，前半段学一段圣经，后半段讲一些养生常识。每次都三五人到七八人不等，信上帝的人听她极虔诚地“布道”、讲养生的人听她列举各种烹调油的利弊。

我不是教徒，却也去过几次教堂，参加过美国人家里搞的半是派对半是《圣经》学习的活动。在我眼里，和许多信一套做一套的人相比，维拉是最接近天使的那个。她虔诚，却并不迷信，她乐于说服别人加入基督徒队列，可从不居高临下从不恼怒于别人的“愚痴”。每次我提出质疑，她一双好看的大眼睛总安静无辜地望向我，像一头小

鹿，透着单纯又执着的光。

“一摸就是真丝的！你太贴心了！”维拉接过那件珍珠灰的睡袍，开心地笑了。而我不由得想到命运二字，那件从国内网购的睡袍我本来几个月前已经当礼物送了出去——去探望好莱坞年近九旬的老明星周采芹，老太太却固执地说年纪大了，不再收任何礼物，“我在做减法，家里东西都送得差不多了，哪儿还添东西。拿走！”而维拉两年前曾专门托我给她从中国买过一件真丝睡衣，说她有一次经过香港机场，看到了想买嫌贵。

迟到这个字眼在许多人眼里是不存在的。说好的一点钟到，可在场的只有我和维拉夫妇。这是我第一次见到这位想象中的小丈夫耶斯万，我一眼就喜欢上了他。他敦实矮壮，戴着大框金属边眼镜，两只黑眼睛亮而真诚。皮肤微黑的脸上，那微笑是那么淳朴自然，让人相信这是个不会甜言蜜语却能说到做到的暖男。

公园有好几个派对，大树下已经散坐了不少人，石桌上堆放着食物，烧烤架上烟气升腾起来随风飘向四方，欢快的西班牙音乐水一样流着，小松鼠和鸟儿伺机从树上飞快地奔下来抢点儿食物，一眨眼又回到树梢上。

天阴着，有些冷。看我不停搓着手，维拉说别急，一会儿耶斯万的弟弟们就会带咖啡和食物来。“你马上就看到了，他们长得都一样，矮矮的，壮壮的，呵呵。”旁边的耶斯万听了也憨厚地笑着，一点儿也不难为情。

正说着耶斯万的五个兄弟到了，果然，个个如嫂子描述的那样，也都一脸淳朴，蚂蚁搬家似的抬着抱着各种食物和炊具、液化气罐。大家轻车熟路地把灶具调试好，一个长方形的不锈钢板架在灶台上，锡纸包着的羊肉、玉米饼都放在加热了的钢板上保温。各种调料也都一一整齐地摆放在旁边铺了塑料布的长桌上。我走近把手放在上面烤着，感觉一下温暖了许多。我忽然很羡慕维拉，本是孤身一人从俄罗斯来美国，嫁了一个有着十个兄弟姊妹的丈夫，一下子拥有了一家人。“他有一半兄弟在美国，一半在墨西哥陪父母。每次出门露营或开派对，我什么都不用操心，他们都想得周到做得完美。”

维拉每次跟我约了来这公园，都会带上羽毛球拍，虽然在我眼里她打得并不好，可她很自豪，说在俄罗斯从小就打羽毛球。既然人还没到齐，我俩又打了一会儿。那掉了一半羽毛的球让我很是诧异，在我看来这样的球早该扔了。检视其他几个备用球，要么是塑料的，要么比这个还惨，勉强打了一会儿，倒也出了汗。

人们陆续到了。有维拉现在的女同事以兰夫妇和肩扛手抱着的两个小孩子。那男的是白人警察，女的来自南美，皮肤也很白，挺着大肚子，面色疲惫、身体笨拙的她自我介绍着，却谁也不看，“老大是儿子，四岁了。老二是女儿一岁，第二个女儿在我肚子里呢。”她先生高大且不难看，是因为孩子所累吗，褐色短发显得稀疏油腻。

然后是一对维拉的教友，瘦高，五十多岁的夫妇，都面黑而目光警觉。

只有一位是我的旧识，当年读英语时的同学玉安娜，来自委内瑞拉，年轻好看，来美国旅游时认识了现在的丈夫，生了一个漂亮的女儿。她的英语我从来都听不懂，可仍是非常喜欢这个带着羞怯微笑的女子。

玉安娜喜欢烘焙，没有工作，就在家烤糕点，靠口碑相传，居然当成了小生意做起来。她带来了两份和她一样甜美的点心，提拉米苏和肉桂卷，都甜得让我不安，吃了一半，就悄悄放进了垃圾箱。

不一会儿，又来了六七个和耶斯万的弟弟们一样面貌难辨的小伙。不知谁拿出一个足球，有人接了，不慌不忙地用球筒打足气，在草坪上踢了起来，他们疯跑着，大叫着大笑着，好像他们是天底下最快乐的人。

坐在那长凳上，望着他们这群黑头发黑眼睛、精力充沛得像小兽一样的年轻人，我好像看到了儿时故乡的伙伴们。我认真地说给旁边的维拉听。“我正想说呢，你们中国人和墨西哥人长得真像，祖先一定有血缘关系。你正在采访的项目就是有关中国人早在哥伦布前到达过美洲，是吧？还总说没有物证，印第安人就不用说了，看看墨西哥人！”

我忽然看到其中一个梳着偏分的男孩儿停止奔跑，蹲下系鞋带。系好后，可能是想歇口气，他并没立即投身比赛，而是继续蹲在草坪上，张嘴笑着望着踢得热火朝天的伙伴们。“亚洲蹲！”我嚷出了声，引得维拉扭过脸好奇地看着我。

我也不解释，笑着蹲在地上，示意维拉也学我的样子。可这位俄罗斯美女设法蹲下身子，双脚后跟却离地很远，不能像我一样放平。我大笑起来，我已经试过许多西方人，几乎没有一人能像我一样脚跟放平了蹲。我还专门上网查过，说这是亚洲人与西方人种的一大差别。可是，墨西哥人居然可以！

旁边几位看了感觉新奇，也试着蹲，来自墨西哥的那几位都可以，美国白人，包括训练有素的那位警察，不行！大家又是一阵笑。

吃玉米饼卷烤羊肉，喝着热热的鹰嘴豆羊肉汤，我好像回到了十年前，出差去内蒙古库布齐沙漠，围着一口大铁锅和蒙古族朋友吃手抓羊肉喝奶茶的日子。我看到一向斯文的维拉也直接用手抓着羊汤里的骨头啃，自己也上了手，那骨头上面的筋肉已经相当软滑入味，轻轻一吮就融化了一般。我很庆幸自己来了，在美国第一次在生日派对上吃到像在中国的美食。“谁家有狗吗？把这骨头带回去吧。”维拉微笑着指着用纸巾包起来的骨头说。

“不要吧，狗会被噎坏的。”瘦高男人道，他的声音和身材一样有些干瘪。

“维拉你每天传译英语和西班牙语，没机会说俄语，你感觉俄语退步了吗？我的天哪，我十六岁来美国的，可我发现居然西班牙语说不地道了，有一次让我填一个表，我居然磕磕绊绊许多词眼熟却不敢认！”瘦高女人声音也和先生一样有些干瘪，尽管她声音不小。她戴着大墨镜，我看不到她的目光落在谁身上，却注意到她门牙上沾着的香菜叶子。

“哎呀，上个月是我们结婚五周年纪念，我先生问我要什么礼物。我说我什么也不要，能否让我自己一个人待一天，没有老公没有两个孩子，就我自己待一天！可是，你知道，这是不可能的呀……”以兰坐在我和维拉之间，仍是谁也不看地自顾说着，面无表情，好像她真的被孩子榨干了。

有些时候，也不知谁开头，他们忽然热闹地讲起西班牙语来。过一会儿，维拉才难为情地笑着轻声道：“咱们还是说英语吧，你看这中国女士和你们两位的先生，坐在那儿像外星人来到了地球。”

两张长条桌子本来可以容纳十几个人，因为放了拎包和水，真正也就容纳七八个人坐着。我留意到耶斯万和他那帮一个模子复制出来的弟兄和朋友们都立在桌子外围，端着个纸餐盘吃得开心。我心里有些难过，忽然想到当年在国内某市报纸当记者时，去故乡所在的县采访，在县领导的陪同下正在饭店吃着丰盛的饭菜，我在县电视台当记者的弟弟，请服务员把我叫出雅间，跟我道了声别就扛着摄像机和他的两个同事饿着肚子离开了。弟弟他们也和我一样采访了当天的招商引资事件，如此被内外有别地对待，让我当时心里极不是滋味。

我后来不当记者了，可每每回顾那十几年岁月，总不由自主想到那心酸一幕。

唱了生日歌，合了影。踢球的继续去踢。维拉听说我从未到旁边的小山顶上看过威廉·哈特的故居，主动说去走走看看，反正从公园上去也不足半英里。警察一家四口同行。那只有一岁的小姑娘也不知如何和我看对了眼，除了我，再也不让任何人抱。这小家伙长得并不好看，直愣愣的眼睛没有孩童的天真，反倒总是严肃地打量着别人，连成一体的淡黄眉毛让我想这位也许是弗里达转世——我是那么喜欢那位身体破碎灵魂却格外刚强的弗里达，所以我甘愿抱着她充当临时保姆。

我也发现临近更年期，我居然开始发自肺腑地喜欢上了小孩子。甚至跟儿子开玩笑说："我虽然不想让你早早结婚成家，可是若你当爸爸了弄个小家伙给我玩玩倒挺不错。"

沿山路蜿蜒而上，并不陡，阳光终于出来了，像要弥补早晨的阴冷，灿烂异常。怀抱着那个三十五磅的小弗里达，我很快就感觉到了累，可我想到刚才吃进去的热量，心想权当健身消耗热量吧，所以当维拉说替换我一下时，我笑着摇头说不用。

站在山顶，可以俯视远近山谷，几道坡岭上，有四五头牦牛慵懒地立在那儿如棕褐色的雕塑。当年电影明星把房子捐献并成为州立公园的一部分后，迪士尼公司也捐了一批动物放养在山上，经过多轮淘汰，这牦牛成了最后也是唯一的幸存者。

哈特的家需要预约才能入室参观。我对着那白墙红瓦、有着湖蓝色木格窗的西班牙风格建筑赞叹不止。

"我想要住在这里！"那四岁的小男孩儿跑前跑后，趴在窗玻璃外往里望着，羡慕地宣告。忽然，他凑近高大的父亲，大声说，"爹地，我闻到了你 penis（阴茎）的气味儿！"

几个成年人都知道最好的应对是假装没听见。所以，他的父母也没斥责他。

回到家，我在日记中写道：为维拉庆生，当保姆半天。

# 逃　　兵

“詹妮弗！詹妮弗！”后院传来一阵干瘪又粗粝的叫喊声。我侧耳听着，知道那喊声来自邻居老太婆，却没听到有人应声。

可怜的詹妮弗。

自从去年圣诞节那个让人心寒的冬夜以来，我还没见到过她。这个新寡的女人，怎么可能还像以前一样大声呱气地隔着墙和邻居说笑呢。她的心，一定还是冷寂的死灰一般没有温度。

南加州在灿烂阳光照耀下，一切似乎都是明净、和煦、美好的。可生活永远不会是平静的湖水。

那个黄昏，我照样在晚饭后和杰伊去散步。天边的晚霞粉中带紫，像一朵变形了的巨大鸢尾花。我很遗憾没带手机，无法把那一幕拍下来。

正在这时，我看到退休老律师格瑞，正站在街角对面和几个邻居在说话。“别让他绊住了，赶紧走吧。”我和杰伊都喜欢热心的格瑞，可他和许多寂寞的老人一样，喜欢没完没了地聊天，尤其喜欢谈政治，有时候只是遛狗遇到了，他也会立在那儿跟人扯上半天，急得那想去公园的狗呜呜叫着拽直了脖子上的狗链想走。

“你们俩，等一下！”格瑞显然早看到了他们，急急地往这边走过来，手里拿着一沓印刷品。

“你们认识艾伦吧，路尽头有着漂亮花廊的那家，他自杀了。下周六，咱们社区搞一个 vigil（守夜祈祷）。我现在正通知大家。”说着格瑞从搭在胳膊上的印刷品中抽出一张递给杰伊。

我低头看着上面的照片，惊讶得瞪大眼睛，我当然认出那个明明咧嘴微笑着却掩不住苦相的男人，那个身体瘦削有着大脑袋、专门在烈日下跑步的男人。

“他不是在 NASA 做软件工程师吗，可能工作上出了差错。有一天他来找我，希望我能帮到他。可我说我不是这个领域的律师，可以介绍他给别人，没想到，没几天，他就开枪自杀了，就在自家的阁楼上……”格瑞显然把这一套逢人必讲的话说了很多遍了，不用对方问，就熟练地道出来。

我追问道：“那詹妮弗和孩子们呢？你见过了吗？”

“她当然悲痛难当，带着孩子们去了海边那个公寓房。你知道，他们俩大学读书时的学校就在那附近，前两年刚买了那公寓房，假期就带上孩子和狗去住一段。现在这样了，哪儿敢还住在家里……”

我和杰伊认识詹妮弗在先，当时杰伊刚搬到这个小区，也想在后院搭一个木头花廊，便漫步四处打量邻居家的做借鉴。詹妮弗家那独特的木廊吸引了我们的目光。不同于纯木头搭起的架子，他们那花廊顶上中间部分用了灰瓦，即使下雨，人也可以坐在廊下喝咖啡吃饭。而两侧是木廊，不影响享受阳光。

“进来看吧，别站在外面。”詹妮弗是个身材苗条笑容甜美的女人，三十出头的年纪，身边顶着金发的一儿一女都极为可爱。

就这样算认识了。詹妮弗不时领着孩子去遛刚领养的德国黑背，经过杰伊的前院总会夸一夸那被我种了多肉的花园。夏天，我总见到他们夫妇一身短衣短裤，戴着亮闪闪的鲜绿太阳镜在大太阳下跑步。他们的笑脸，晒得微黑有光泽的皮肤，让我打心里羡慕——他们多么年轻有活力！还有那么好的儿女、宠物，就连杰伊也羡慕艾伦有那么受人尊敬的工作，JPL 是美国航天局的推进器实验室，有着博士学位的艾伦已经在那里工作十几年了，待遇相当丰厚。所以大学读营养学的詹妮弗可以在家当主妇，带孩子、养猫狗、种花草，这是多么完美的人生。

居然！

几天后，杰伊下班回家，带回来两个细高玻璃杯罩着的蜡烛，“你不是去那个一元店买过清洁用醋吗？你猜怎么，所有一元商品都卖一点二五元了，这店应该改名字了。”

我说至少人家没涨到一点五元，现在毕竟美国通胀让人人自危。“已经涨了百分之二十五，估计还是有涨价幅度约束吧。”

那个周六，我们早早吃了晚饭。出门往右，一拐进那条短巷子，就见路边整齐地放着许多棕色纸袋子，每隔三五步远就一个，每个里面都燃着一根蜡烛。之所以放纸袋子里，是怕风把蜡烛吹熄。我凑近细看，发现袋子底部都放着碎石子，以防蜡烛不稳。看来这是相当有经验的人在帮忙操持。

巷底已经立着不少人，其中有许多穿着浅绿童子军服的年轻人，一些人手里的蜡烛已经燃了起来，虽然天还

没黑。

“幸亏詹妮弗的家人来了，要不她怎么面对这一切。”格瑞自然也在场了，他的房东米琪不时和旁边的人打个招呼。

六点钟到了，一个面色发灰的中年男子，站在路边临时支起的麦克风前，感谢大家到来，说请自动上前说几句，不拘长短。我认出他是詹妮弗隔着两家的邻居，一位小学老师，家里有四个女儿，都不去学校，只在家接受家庭教育。

有两张桌子，就在詹妮弗前院的便道上，上面放着几根燃着的蜡烛，一张逝者的全家合影。照片上的艾伦仍在咧着嘴笑着，剃得很光的秃头显得很大，脸上，仍是一贯的蒙了一层灰一般的落寞。

我也看到了詹妮弗，着一身黑色棉服，脸上没有泪，目光空空的，嘴角上浮，挂着歉意的苦笑。

也不过半个月前，我看到詹妮弗和女儿挽着臂经过，往旁边的小公园走去，笑着说学校让交照片，她去给孩子拍几张。“你这营养学家给她吃什么了？长得快有你高了。”我惊叫道，那个天使般纯洁害羞的幼儿园小姑娘，似乎只是一眨眼，已经是亭亭玉立的颀长少女了。“我知道，她很快就超过我了！”詹妮弗开心地笑着，扎在脑后的马尾像个大大的感叹号，感叹生命的幸福。

而此刻，那两个瘦高的孩子都安静地立在人群中，没有泪水，却像两株在风中努力站直的小树。

天黑了，手捧蜡烛的人已经站满了那不小的路面。大家一个接一个地走上前，面容悲戚地回忆艾伦和自己的交往。难忘他的笑容，难忘他对别人的友善，尤其是对 boy scot（童子军）事业的付出，好几个男孩子说到中途就泣不成声，“我差点儿溺水，是他把我救上来，把自己的毯子给了我，而他自己冻得腿都僵了……”

詹妮弗和每一位发了言的人上前拥抱致谢。

我惊讶地发现，居然有一个妇人穿着大红的毛衣上前致辞。另一位老太太，倒是没穿红衣服，却披着一条宽大的红披肩。美国人的混不吝真让人苦笑无语。

杰伊也上前说了几句：“我希望我对他更了解一些。只知道我们毕业于同一所大学，都喜欢跑步。我常纳闷这家伙怎么能在那么热的天跑上十英里……”说到这儿，人群中发出善意的笑。“你在天上放心吧，我们会帮着照顾詹妮弗和孩子……”再接下去，不善言辞的杰伊就哽咽了，顿了会儿，他没再说什么，捧着手中那已经熔化了许多的玻璃蜡烛走回我身边。

詹妮弗走过来和他拥抱，也拥抱了我。“我真不敢相信这是真的。”说了这一句，我眼泪已经流了下来。詹妮弗反倒轻抚着我的后背安慰我，嘴里轻声说着：“我知道我知道。别太难过了，我们早晚有一天都会离开这个世界……”那一刻，我真希望艾伦的在天之灵看到这一幕，心中充满懊悔。

“我的英语要和本地人一样好，我就上台说几句。我会上来就说，艾伦，你是个胆小鬼，你的逃避给家人带来的伤害和震惊永远无法弥合……”往家走的路上，我一字一顿地告诉杰伊。

“什么？你疯了吧，你要真这么说，我会无地自容的。”杰伊一脸的惊讶和不悦，“哎呀呀，幸亏你没上去说。”

“感谢你们！我看到 GoFundMe（捐助我）上面的捐款了，你们俩带了个好头。”第二天，当老师的主持人开车经过，看到在前院割草的杰伊，特意停下来致谢。

关于那笔捐款，我嘴上虽然没说什么，但心底还是略有悔意。杰伊建议捐一千美金，我说我捐五百块，毕竟 2021 年美国家庭平均年收入不过七万多美元。于是我们一共捐了一千块。后来杰伊上网看到多数邻居都捐了一百块，有几户捐了五百块。有一个匿名者捐了三万。有人怀疑那是艾伦生前的公司所为。“无论如何，以后我想把更多的钱花在慈善上。”杰伊平静地说，他没有责怪我。

我不时想到詹妮弗。我去乡间果园买橙子时，想是否要买一箱送她。我在跳蚤市场看到好看的兰花时，会想是否要买一盆送她。可我没有。我知道，有些时候不去打扰就是最大的尊重。

我只是想不明白，难道，除了开枪自杀，艾伦真的没有出路了吗？就算是泄露了机密被关进监狱，给妻小家人的伤害也不会大过血腥自杀吧？

# 迷　信

小时候，我看到字就喜欢读。那时住在河北小山村的爷爷奶奶家，没什么书可看，我就趴在那长长的漆成红色的木板柜上，一页页翻看上面的日历，农村人叫月份牌。上面除了阳历、阴历和星期，还有一行宜做不宜做的提示。比如宜婚娶、忌上梁等。

不知是否受了那根深蒂固的传统文化影响，长大后，我每逢出门，没皇历可看，也总下意识地找点儿出行顺利指数。在国内时，老人说听到乌鸦和猫头鹰叫不是吉兆，听到喜鹊在宅院的树上喳喳叫是好事。等我到了洛杉矶，发现很少看到喜鹊，反倒是乌鸦，随处可见，且大得出奇。后来便安慰自己说日本人可是把乌鸦当成神鸟呢，于是那心中的不安便缓和甚至彻底消解了。

后来开车上路，我便把红绿灯当成吉凶标志——若一路绿灯，则意味着要做的事会顺利。若总是赶上红灯，则要格外小心。绿灯红灯夹杂，则是不好不坏。

信则灵吗，有好几次，我还真感觉应验了。

这天是周二，我打算起床不做瑜伽也不吃早饭，直奔露天旧货市场，虽然周二的规模跟周日比小很多，但还是有些卖家专拣这天出摊，因为不收摊位费。买家也不需要付入场费，可因为是工作日，去逛的人也少。

上个周日因为前一晚失眠，我主动取消了雷打不动的周日旧货市场之行。所以，周二这天我想弥补上一个捡漏的机会。

驶离车库，从家门口的小路右转上大路的丁字路口，没有红绿灯，一般停一下，左右观望没车就毫无悬念地右转，可这天左右都有车，我等了近一分钟才右转上大路。待到第一个红绿灯路口近了，我需要左转，眼看着的绿灯在我开近路口时转黄灯了，我只得减速停下，瞬间，灯红了。作为第一辆被红灯卡住的车，我暗自不爽，知道这个左转需要等的时间很长。然后下一个直行路口，仍是红灯。再下一个是右转，仍是红灯，直到面前没有直行的车了，我才转上那条路。

往前开，下面第二个路口需要左转，所以，我提前从右往左并线，结果看到路前方有一个方纸盒子，无法判断车轧上去会如何，便决定继续向左并线，这时便听到急急的喇叭响，左边一辆车很快地擦着我的左侧驶过去，似乎只差一厘米就会发生剐蹭。那司机是个中年大汉，愤怒地冲我竖起了中指，却没停下来纠缠的意思，急急地开走了。

我知道，如果真剐蹭上了，我是全责。

心虚地念了几声南无阿弥陀佛。我加倍小心地开着，又过了两个路口，终于到了旧货市场的露天停车场。看到空车位很多，我舒了口气，找个左右都没车的车位停下。我开始走近那有围栏的市场逛起来，我知道包里只有三十五美元，我不会逗留太久。

我买到两个丹麦瓷盘、四个手工敲击出的英国铜盘、一个德国啤酒杯，口袋里只剩下三块钱的时候，决定离开。无意中我看到有一个男人手里拎着一个印第安风格的篮子，一个顶着金色非洲爆炸头的小伙子车里的描花锡罐，那都是我喜欢的东西。我只能遗憾人家比自己先看到，也暗自告诫自己，不要打量已经被别人买到手的东西，如果爱而不能得，只能让自己痛苦。

就这样想着，我走向停车场，刚走到车附近，我就发现不对劲儿——那车右侧尾灯被谁剐蹭了！不仅黑漆上有着白色痕迹，连车灯下的塑料边框都裂开了。

我急步上前俯身用手去摩擦，心疼之际想去找市场治安人员，可一想这市场停车场不可能有摄像头，找他们也是白费口舌。便沮丧地开车离开。

想到头天做的美梦，忽然相信了许多

人信奉的一个说法：梦都是反的。

回到家，刚好接到史蒂夫从机场发来的问候。他和太太正在候机，准备去纽约领奖——他获得了美国探险家俱乐部颁发的荣誉奖章。“这个奖始于1962年，找到泰坦尼克沉船的Robert Ballard（罗伯特·巴勒特）在1986年也获过这个奖呢。我和太太的机票、食宿、租车费用他们全包，一周时间！”

我祝他一路顺利。

“我现在可领教了我的飞行员邻居的话——他飞从洛杉矶到澳大利亚悉尼航线二十多年了，告诉我说，最危险的不是飞行的那十六个小时，而是从家开车到洛杉矶机场的一个小时！”史蒂夫说他和太太本来十一点的飞机，八点就出发了，可还是差点儿误了航班。他们开特斯拉到机场，先是路上因有车祸严重堵车，好不容易到了机场打算把车停在预订好的停车场，结果那自动起落的栏杆失灵了，等了半天才有人手控让他们进入。锁好车准备拉着行李去安检，发现特斯拉的后备厢居然关不上了！鼓捣了半天，仍是如张着嘴的蛤蜊，联系特斯拉车行说只能等他回来后去检修。等他们匆匆小跑着冲进去安检，气喘吁吁到了登机口，被告知飞机晚点一小时……

“你头天晚上睡得好吗？睡好了今天精力充沛，这些都不是事儿。”我安慰道。

“我昨晚还真睡得像个婴儿，梦见我中了乐透大奖，我捧着那一百万钞票乐醒的！”

过了一小时，我电脑屏幕上忽然又冒出一条史蒂夫的微信：“我们今天也许到不了纽约了！在飞机上坐了一个小时了，突然被告知机械故障，如果修不好就取消航班。今天看来是被诅咒了！”

我实在想不出安慰的话了，就发了个安慰的拥抱。

最后，史蒂夫和太太被换上了另一架飞机，赶到纽约时已经是第二天凌晨。“从出洛杉矶的家门到入住酒店，花了十七个小时！”

# 心甘情愿的浪费

四月真是人间最美好的季节。

听朋友说，北京的花儿都开了，处处美得如花园。

我所在的这个美西山谷小城亦然，足不出户，或站或走或坐在院子里，柑橘花、金银花、玫瑰花、风车茉莉，都攒足了劲儿般地绽放着，又像美人出浴，散发着各自诱人的体香。我奇怪，人类为何造不出真正的花的芬芳。知道我喜欢栀子花香，有个细心的朋友为我挑生日礼物，专门跑去商场专柜问询是否有栀子花香的香水，还真买回家一瓶。许多女人闻到洒了那香水的我，嚷着说好闻，也要去买一瓶。可如果真把鼻子凑到一朵半开的栀子花前，我们买香水的心思也许瞬间会淡下去许多——那气息，真的没法比。

香水之于鲜花的芬芳，就像做了整容手术的美妇之于天生丽质的少女，无论生于乡村的小姑娘，还是城市小巷深处的小家碧玉，那瞳子闪亮、双眉如漆的新鲜气息和美好活力，不是人为的加工就能复制的。就像许多半老徐娘的明星，脸上明明绷得很紧，不仅没有一丝皱纹，处处还比例匀称、精致完美，可连小孩子都辨认得出她们是阿姨或奶奶，绝对不能叫姐姐。

我喜欢写字。写字和做瑜伽、走路一样，是我的生活习惯。把眼耳鼻舌身意感知到的写出来，就是我的世界里的色声香味触法。我喜欢并享受记录下来的这个过程，即使写了只存在电脑里，我是唯一的读者。

可有时候，我什么也不想做，尤其在这四月万物竞相展露生命活力的季节。在脆亮的阳光下，我喜欢躺在后院沙滩椅上，摊开四肢，脸上盖着一顶帽子或一块围巾，听着鸟儿的鸣唱睡上一觉。我的双腿双脚已经晒成小麦色，像早就经过了一个炎热夏季的暴晒。我最近已不再吃钙片和任何保健品，每晚却睡得香甜。

我欣喜地见证着植物们从冬眠中醒来的顺序。先是桃、杏，后是李子、樱桃开花绽叶，佛手柑、柠檬一年四季都绿着，同时挂着果开着花。最后醒来的是苹果树和无花果，别人都开花结果了，它们才睡眼惺忪地慵懒地伸出几片叶子，毛茸茸的，像小熊崽子的耳朵，表示自己正在醒过来的路上。

有时我在菜园里拔草、施肥、浇水。有一种肥叫蚯蚓粪，三十美元一袋，不足十公斤，却像万金油一般让一切植物受用无比。

人类天生对土地就有亲近吗？我喜欢在地里像个农民

一样出一身汗沾一身泥，虽然收成看起来永远配不上我的劳动，和土地厮守，让我心里踏实快乐。

干活儿后，上楼洗个澡，躺在床上，望着墙上挂得满满的旧画，阳光透过空格斜照上去，那是另一幅画。我躺在那儿，望着自己的身体，想象十年二十年后它老迈松弛的样子。时光一分一秒地流逝着，我好像看到生命之河正一刻不停歇地奔向大海。海水，是流动的尘沙，海洋是埋葬一切的辽阔墓地。

忽然想起刚读完的《布鲁克林有棵树》里的那个喝咖啡的细节。贫穷的一家四口，年轻的父亲偶尔在餐馆献唱挣点儿小钱，母亲给几栋楼擦地板谋生。他们靠吃霉面包、买点儿舌根肉勉强不饿肚子。可是每天早晨，那面容姣好、手指红肿的年轻母亲都要煮一大壶咖啡。两个小孩子“酷爱”咖啡，只是喜欢闻那热腾腾的焦香，却几乎不喝。母亲知道，却仍然每天开心地给孩子们倒满一杯又黑又苦的咖啡，看他们把炼乳抹在面包上吃掉，就着杯中咖啡的香味儿。两位姨妈来访，每次看到孩子母亲把咖啡倒掉，都要责怪她浪费。而这年轻母亲却说，如果孩子觉得倒掉比喝了好，那也只好随他们。“我个人觉得，我们这样的人家，偶尔能有点儿东西浪费也不错，好歹也能体会体会手头有钱、不用东拼西凑是个什么感觉。”

“这种奇怪的视角妈妈很满意，弗兰西也满意。这把一贫如洗的穷人和大手大脚的富人连接到一起了。这个小女孩儿感觉到，即便她比威廉斯堡所有人都穷，在某种意义上，她也比所有人更富有。她有得浪费，所以她富有。她慢慢地吃着甜面包，不想一下子就把那甜味儿给消灭掉，而那咖啡慢慢变得冰冷。她很享受把它倒进洗碗池排水管的感觉，这时候她觉得自己很潇洒、很奢侈。”

没错，浪费不只是表面上人对物质的态度和处理方式，而是事关自己与这个世界关系的微妙感受和想象。

时间和钱一样，有时候，拿来浪费一下，谁又说不是一种富足感?

这样想着，我慢吞吞爬起来，拉开抽屉，翻出一张雅诗兰黛的金钢侠面膜，认真地敷在脸上——我还是想让我那条小河奔腾到海的速度慢一点儿。

# 孤 儿 树

十年前，我刚到洛杉矶，发小儿 P 从波士顿带着儿子前来观光。我问那听得懂汉语却只肯用英语说话的小男孩儿：“这里和你家有什么不一样啊？”“树！这里到处都是棕榈树！”

小孩子观察力强，他说得一点儿没错。沿着大街小巷，洛杉矶到处都是棕榈树的身影，无论是露天而卧的流浪者身边，还是深居简出的亿万富翁的豪宅旁，一点儿也不势利的棕榈树们只是从容淡定地立在那儿。

在我眼里，高大挺拔的棕榈树们着实让洛杉矶有了梦幻色彩和异域风情。洛杉矶的棕榈树，远比星光大道上的星星还多。可没多少人知道的是，这棕榈树在这个天使之城扎根竟也不过一百多年时间，它们随着十八世纪传教士的到来而在这异邦扎根繁衍。就像把葡萄引种进来，是为了酿圣酒。把棕榈树带来是为了棕枝主日。直到 1932 年，罗斯福总统为了刺激美国经济走出大萧条，给百姓提供就业机会，拨款保护历史遗迹的同时，城市绿化、修建国家公园和自然保护区也在那 to do list（必做事项）上。洛杉矶也正是在那一年，种下了四万棵从墨西哥引进的棕榈树，每棵当时的价格是三点六美元。

读到这些历史，我感到越发喜欢棕榈树，而且我发现除了那挺拔高大只在头上顶着一丛稀疏叶片的墨西哥棕榈，还有许多种类，我非常喜欢那枝干略矮却粗壮、有着更多翠绿扇形叶片的加州棕榈，被称作蒲葵。它们是仅有的加州土生土长的棕榈，更耐寒耐旱。

杰伊的后院不小，一块长方形的草坪外，就是沿墙的两棵老漆树和一些灌木。他很信赖地让我这爱植物的人自由发挥种些东西。除了在后院沿墙根种上了一丛东方情调的竹子，我还想种上几棵芭蕉。我认为那是中国园林中最美的植物景观。可为了现实考虑，我最终还是用香蕉替代了芭蕉，一来芭蕉不耐寒，客居的这小城四面环山，海拔一千二百零七英尺（三百六十七米），冬天最低气温有时会降到零下；二来香蕉除了有着阔大的绿色叶片，还可以结果实。

待这两样都争气地活下来并茁壮成长了，我又打起了棕榈树的主意。我散步时看到路边山坡上的灌木丛里到处都是棕榈树的野生幼苗，也不时看到园丁们用电动工具把它们毫不留情地抹掉。它们显然不是栽种的，而是随鸟儿的粪便随处安家落户。我留意到它们如果幸存长大了就是加州本土的蒲葵，我多次在邻居家院墙外看到过它们成年时的样子，叶片像纸折叠成的手风琴，只不过更好看，因为是圆形，有着分叉的边缘。我相信儿时夏季在农村看到的蒲扇就来自这类棕榈。好奇地上网查，才知道中国原来也是棕榈的发源地，有一种叫中国蒲葵。

“你干什么呢？哎呀！”那天仍是黄昏，我和杰伊正散步，我忽然停下脚步，从背着的小帆布包里取出一把小铲，弯腰从路边的树下挖一株棕榈树苗。这一幕惊得他东张西望，生怕有路人经过，看到我“薅资本主义羊毛”。

那小苗只顶着三片蜡质的叶子，像我儿时踢的毽子上那撮鸡毛。真挖起来，我才知道那根系原来那么深。费了半天劲，终于挖出了大部分的根，放进我早就准备好的塑料袋里。

结果，那看似皮实的小苗竟然水土不服一般，在前院没水灵几天就死了。

我继续羡慕邻居家的棕榈，也在苗圃看到有卖的，稍大一点儿的竟然要上百美元一株。

不久，我便回了中国。再回洛杉矶已是一年后，我惊奇地发现，前后院竟然都冒出来两株棕榈树苗，而且都在合适的地点——前院的在与邻居分界的灌木丛边，后院的在没有其他树木的墙角。

我兴奋地指给邻居格瑞看："真好，这样自己冒出来的植物叫 orphan（孤儿），说明这块土壤适合它。这样从一粒种子自己破土而出的植物生命力往往最旺盛。放心吧，你就是不管不顾，它也死不了。"

格瑞说得一点儿没错，只不到一年工夫，它们像比赛似的，已经高至我的肩头。

孤儿树。这个叫法，让我更加珍视它们——因了注定的缘分吧，它们是特意来投奔我的！

不久，我又在前院玫瑰丛中发现另一个孤儿，柔细枝条上长着窄小如米粒的翠绿叶片，到了春天，竟开出秀秀密密的小粉花。我后来在苗圃看到它们，惊喜地读到它的芳名：breath in heaven，天堂的气息！

自此，每逢我和朋友聊天，由衷地说出"I am blessed.（我是被保佑的）"这话时，脑海里都会闪过这几个孤儿的形象。没错，在我心中，它们是来自另一个世界的天使。

# 出　租　记

杰伊通知了几户想租房的人家，约好下班后六点至七点看房。

至于我要不要也一起去，我有些纠结。我知道杰伊不太乐意让我露面，因为我快人快语，喜怒都藏不住，不像杰伊，整个人都像他那灰蓝色的眼睛一样单纯如少年，即使被人冒犯也仍能温和有礼。他比我大一岁，可在我心目中他像个白纸一样的小弟弟，他对金钱的态度让人既佩服又担心——只要付得起，就算被人占便宜也无所谓，尤其是比他穷的人，他不介意吃亏受委屈。

那两居室的二层公寓房，市场月租金已经是两千三百到两千五百美元，可他贴在网上的租价只写了两千一百美元。“你要价低，来看的人确实会多，可那未必意味着你一定能把房子租给一个可靠的人。”我忧心地提醒他，最好别再犯上次的错，租给泰勒那样连一千八百块都月月拖欠的租户。

“我知道。我会小心看他们的收入证明的。”他很轻松地说。

“除了收入足够，还得看那人的品性。有些人会认为反正是租来的，对什么都不爱惜，不是这儿弄坏了就是那儿出故障，花钱还耗精力，多让人闹心。你得看对了人。”我都嫌自己烦，可仍忍不住啰嗦。

“知道了，妈咪！”杰伊有时会笑着用这种方式表达他轻微的不满——我是成年人，不需要一个妈咪呀！

时间到了，我仍在犹豫未决究竟去不去。想到头天晚上做的梦，居然又是名利双收的美梦，我更加担心自己的参与是否会把事情弄糟。

看到桌上有一枚硬币，我拿起来在手里摇了几下，抛向空中，让它落在地毯上，捡起来看时，是正面，按我几秒钟前临时的规定，是去。

于是十分钟不到六点，我们已经把车停在了公寓楼下。

自从三年前他买下这公寓时我跟着来看过，中间没再来过。那高大的松树、枫树似乎又长高长粗了许多，草坪仍是整齐嫩绿，仍有人在遛狗，那狗或萌或丑，永远都比主人吸引眼球。

打开门进去的一瞬间，我似乎明白了为什么泰勒说他有事不在，那屋子简直让我不敢相信有人在居住，地上是成袋的空塑料瓶子，两个吉他靠墙立在厨房地砖上。那黑白相间的瓷砖竟被什么硬物击出个洞！明明是客厅，却摆着一张脏床垫，上面的被褥凌乱地堆着。本来是崭新的木地板，东一块西一块丢着肮脏的小块地毯。所有台面都堆得满满当当，空隙都是灰尘的落脚地。阳台本是看树景的最好所在，却堆得像垃圾山，没处下脚。

“我让他清理一下的呀，说好了今天有人来看房。”杰伊虽然有些失望，仍并不气恼，“他现在还是租户，我带人来看已经是打扰了他。”

我进到洗手间，看到那浴缸差点儿把刚吃的晚餐吐出来——那本是洁白的浴缸结满了黄色的污垢，下水道口还有一圈黑油。

我不想在这屋里待着，说下楼去等。

杰伊用带来的设备检测了一下客厅的插座，泰勒早就报修说有两个坏了。

过了一会儿，有一对墨西哥年轻男女到了，学生模样，有点儿腼腆。可那男孩学大人模样，走上前伸出手和我俩握着。

杰伊领他们各屋大概看了一下。他们客气地说着喜欢，问是否介意有一个堂弟和他们一起租。

正说着一个头上包着奶油色丝巾的女人从门口探进头来，确认这是要出租的房子后走进来，后面跟着一个戴黑色口罩的男子，最后小尾巴一样进来一个五六岁的很瘦的小男孩儿。杰伊说出一个有些绕口的名字，那女人大方得体地点头，说正是。他们夫妻来自迪拜，目前在美国没有工作，但有足够的收入支付房租。如果可能，想尽快搬进来，因为他们现在住旅馆呢。

第一拨进来的年轻人很安静，没有问什么问题，离开前，再次跟我和杰伊握手。

迪拜夫妇长得都很好看，只不过男的略显忧郁，女的很开朗，也很精明，虽然英语很糟却自信得像个电影明星，四处走着看着摸着，把每个贮存室和壁橱的门都打开，晃动着看是否结实，看里面是否干净。

“等他搬走你们会打扫一下吗？”她微笑着问。

“会的。你自己也可以再打扫消毒一下，毕竟瘟疫还在。”杰伊说。我已经预感到这是一个很挑剔的房客。

听说最低起租期限为一年，迪拜女明星追问：“要是签了一年但要提前搬走，会有罚款吗？”

杰伊解释说应该至少会有一个月的押金扣除吧，还有房主临时找房客的广告费之类。还没签合同就想着中途毁约？我暗自又给这女人打了个叉。

“洗衣间在楼下不远？我可以去看看吗？两个车位紧挨着吗？”女人继续提问。

杰伊刚要陪他们下楼去看，一个瘦小干练的妇女敲了下门直接走了进来。自报家门叫克里斯汀，我暗自舒了口气，我听杰伊说过这是一个不错的人选，每月六千美金的收入，和女儿同住。

所有人又都在屋里继续走走看看。“如果你们有兴趣，在这同一个小区，我还有一套三居室，不过要晚一个月入住。”杰伊显然喜欢这些人，主动推销着。

“对，那租客是个护士，很干净。”我赶紧附和说。

“我真希望这户目前的租客也是个护士。他东西真多呀！”克里斯汀客气地笑道。

“就是，这人把这里住得真够不像话的。”迪拜主妇接口道，“过道天花板上这黄色污渍是什么？”杰伊说泰勒主动提出由他负责换掉，说是空调水汽所致。除此之外，微波炉也会换个新的。

“我发现冰箱里面的灯不亮，这算故障吗？”迪拜妇人拉开冰箱门，望着杰伊像又抓住了一个把柄。

大家七嘴八舌一通，像熟人聚会一样聊得很热闹。两个看房的女人虽然是竞争对手，却已经互相赞美起来，一个说你家小男孩儿真可爱，另一个说你哪儿像有二十一岁女儿的妈！

然后大家一起去看楼下的洗衣间和停车位。

本来还有一户说要来看，等到七点，没见人影。我们离开。

“你感觉怎么样？他们都很聪明能干，我喜欢他们。”杰伊边开车边说。

“是啊。可是你只能选一户租出去。你选谁？反正迪拜那女主人太精明挑剔，我不看好呢。”我说，忽然灵机一动，“要不你就让他们竞价。你知道现在买房的人为了竞争一套房子，居然有买主给卖主写特别感人的信，洛杉矶时报都当新闻登了。这房子两千二仍会非常抢手。他们也想必早比较过了，知道你要价已经很低。那个克里斯汀甚至小声问我，这房子没有别的毛病吧。你看，价低了反倒好像一定有什么暗藏的问题。”

杰伊说他相信两千二百美元很容易租出去，可是他不想那么干，“只要房子没空着，每个月多收一百少收一百差别不大。而且房客感激你收费低，可能不会总找事儿。”

“其实应该告诉他们，这房子每个月物业费都四百块，还有各种开支，只租两千一百块，他们应该知道这房主太不贪婪了。”我突然有些后悔，这些话怎么我刚才没当众说出来。

想到自己只管热闹地跟着别人责备现任房客，我暗自气恼不已。想起年轻时和某人拌嘴吵架，气得满脸通红，吵得词不达意，过后思忖，脑子里有许多解气又一语中的的话，偏偏关键时刻大脑短路想不起来说，便恼怒自己胜过恼怒那吵架的对手——为什么我当时不那么说？！

“哎呀我这几十年的路白走了，几十年的盐也白吃了。”我又开始说汉语。

杰伊问我在嘀咕什么。

我说没事，我真是和他一样喜欢这些陌生人啊。

# 进化差异

我以前看到杰伊痴迷情景喜剧总感觉很无聊，除了《老友记》《生活大爆炸》，他特别喜欢看《宋飞正传》。某个电视频道总在十点以后连播，早早在自己房间睡下的我好多次被杰伊的大笑声吵得睡意全消。

某天没事干，我也有一搭没一搭地看了几眼，居然被吸引得欲罢不能。故事也都是日常生活琐事，却被四位极有天赋的主角演绎得开心捧腹。那秃头的小胖子乔治，怕吃亏又心软，像极了我的弟弟。那瘦高长颈鹿一般的麻秆、顶着蓬乱头发的克雷豪冲进冲出，总揩朋友的油水却又热心仗义。表情丰富夸张、脑子极好使又总倒霉的小个子伊莲和好脾气却又爱较真儿的宋飞更是笑料不断。

我只是纳闷，为什么这个以美国脱口秀明星的 Jerry Seinfield（杰瑞·宋飞）姓氏冠名的室内剧，翻译成中文是《宋飞正传》。

从此，每天晚饭后如果没有别的事情，我和杰伊会一起看两集。

这天却没看成，因为杰伊要给三位都钟情那房子的潜在房客发信息。他有些为难，他喜欢他们，可显然最后只能把钥匙给一家。

他让我看刚刚收到的一封情真意切的邮件，来自那对年轻的墨西哥情侣中的女孩。讲到他们是多么喜欢和需要这房子。他们是交往了六年的情侣，毕业于加州州立大学，都特别负责任和讲卫生。男友是学犯罪心理学的，最近找到了一份更高薪的工作。她本人是平面设计师，平时在家工作。他们的表弟也是个正派好人，正在读大学。最后有一句是：如果有什么额外需要我们做的，请明示，我们会考虑接受。

我本来不想插手，可一想到这选房客就是人性的冒险，万一有一家素质很差的人住进来，吃亏受罪的还是杰伊。

于是我犹豫了一下，走到正坐在电脑前的杰伊，问他是否可以由我起草一份草稿，最后请他润色语法和语气。

杰伊虽然单纯且不时一根筋，可他也知道这位中国女人的脑子在许多时候比他好使，便起身让了位。

“既然如此抢手，谁都知道这价格低得离谱。能不能跟每个人说已经有人报价两千二百块了？”我再次不惜自毁形象当坏人。

“我才不那么说呢。要真想涨价，我就直接说涨到两千二。”杰伊忽然变了口风，让我有点儿吃惊，但很快想到可能是他看到了我转发给他的地产中介租金报价表。白纸黑字写得很明确：二居室两千四到两千五百美元，三居室两千七到两千九百美元。

杰伊自己也不讳言，说他接到一个中介的电话，说他们愿意代理出租，“你目前的标价有点儿低。即使扣除给我们的中介费，你也会得到比这高得多的收入。”但喜欢自力更生的杰伊不打算用他们。

有了这话，我似乎吃了定心丸，我坐定写道：

亲爱的某某，我也很希望能有你这样的房客入住这套房子，但是由于多户都想入住，且我需要花费额外金钱来进行一些维修，所以这套房子的租价上涨到两千二百美元。不瞒您说，这房子的物业费每个月就达四百美元。想必您也知晓了，目前同小区同户型平均租金在两千四到两千五之间。对我来说，找到有责任感并值得信赖的租户更重要。

如果这套两居室租给了他人，您是否要考虑一个月后可以入住的另一套三居室？同在这一环境优美的小区，起价两千五百美元。目前的租户是一位模范租户，已经租住两年，从未有过物品任何毁损，从未迟到过一次付款。但她母亲要来搬来同住，不方便上二楼，故只好搬走。

祝您好运。

杰伊看了，说写得不错，但他要润色一下，然后分头发给每户申请者。

我小有得意，暗想，对我这专业码字的来说，这点儿措辞太小菜一碟了。

很快杰伊发送出去。两人继续下楼看“宋飞”搞笑。

杰伊的手机在茶几上一响，他警觉地拿起来看，像钓鱼者看到浮漂在动，“有人回复了！”

那位墨西哥女孩说没问题，她和男友愿意接受两千二百元租这二居室。

先到先得，于是，杰伊痛快地回复说这几天签合同。

一集电视没看完，就接到了克里斯汀的信息，说她愿意出两千二租住这二居室，两千五百块的三居室对她来说负担有点儿重，可否降点儿价，她可以考虑长租。

迪拜女人没有回复。

“很抱歉让你失望并造成不便，那两居室已经出租给他人。如您所知，三居室标价两千五已经很低。下周我打算把它放在网站上，标价两千五。我相信您是一位好租户，所以愿意以两千五成交。以上信息供您参考。”

看着面有难色的杰伊，我再次仗义伸出援手。他依言发给了克里斯汀。对方没再回复。

第二天一早，也不过五点钟，我听到杰伊起床，二十分钟左右后，跑步回来，上楼换衣服，锁门开车离开了。我想起来他早上八点约了维拉推荐的墨西哥人来检修那套二居室的空调。

待我起床做完瑜伽吃过早餐，仍不放心杰伊，担心他会被人敲竹杠，便发信息说无论情形如何，不要急于拍板。

“这位工人说空调管道没有故障，只是太脏了，油污和尘埃堵住了出风口，所以一开空调才会有水渍出来，才会把天花板洇得那么脏。他上门检修费七十五美元。如果让他做清洁，一共二百四十块。”杰伊压低声音在电话里说着，显然那干活儿的家伙就在不远处。

“上门看看就收七十五块！”我有些不悦，但知道既然要清洁还不如就让他做了。于是问杰伊是否可以请他把那两块洇了的天花板一起给换掉，那种塑料复合板不过十几块钱。

“他说可以，但总价要三百元。”杰伊不等我答复就说，“让他做吧，不就多几十块钱。”

我愣了一秒，昨天还在庆幸自己的周全，没想到今天就被人教训了。螳螂捕蝉，黄雀在后。

不过这次我没真生气，因为我太知道杰伊的做人哲学了。

有一次出租房浴室的热水器坏了，他在网上找到一位修理工。对方说不收上门费，查清问题给了报价不让他做也没问题。如果让他做，他的工时是一小时一百二十五美元，零件单算。

谁也不会对如此厚道的人说不。

杰伊放下电话就出发了。很快那人也到了，手里拿着一个零件，他说根据杰伊的描述这个部件出问题的可能性很大。换上，果然热水器恢复了正常。

没到一小时，杰伊已经回到家里，说拢共花了六百五十块，他直接在现场开了支票给那人。

我问他那个配件多少钱。他说三百五十块。

我叹口气，知道看他单纯，那人糊弄了他。就算三百五十块，不足一小时按一小时算，也不应该是六百五十块呀。

“你上网查一下，这配件如果自己去买，同品牌同型号的多少钱？”我明明已经看到杰伊脸色怏怏的，决定索性坏人做到底。

“二百三十块！”杰伊闷声看着手机道。

“就按两小时的工时算，就按他的价格算，加起来了也就六百块，怎么会出来六百五十？”我从小数学就不好，现在却要跟这大学读了数学系的美国佬来算加减法，越算账越为他生气。

“也许他加了税钱？我不知道，既然他修好了，我又付得起，就给他好了。”

我瞬间被这样糊涂哲学气成了智者，我感到自己的英语从来没那么流畅，快速地反驳说：“我允许自己丢失金钱或捐钱救助别人，如果被别人如此明目张胆地挑战智商，会感到是耻辱！”

几天后，我跟加拿大的发小儿讲起这一幕，对方是个理工女，安慰我说：“看来这进化程度不一样，确实智商情商都不同。咱们毕竟有着五千多年文明呐！”

# 百分之五个中国人

周六杰伊一早去加班。我头脑昏沉，因为又是凌晨三点醒来。睡眠不好，先让我情绪低落，反应慢半拍，我注意到睡不好觉自己的英语都说得磕磕绊绊。

好在气温回升，阳光再度灿烂，中午在后院的沙滩椅上听着《卡拉马佐夫兄弟》睡了一会儿。

醒来精神大好，嚼了几粒杏仁，吃了一根香蕉，算做午后甜点。这几天总为喝什么纠结。咖啡早戒了，不仅影响睡觉，据说还容易造成钙流失。从国内带来的张一元花茶、祁门红茶都不敢喝了。问维拉这营养专家，她说刚在一个有机食品网站上订购了一些印度茶，并且把网址发了过来。

我很喜欢那图文并茂的印度老农手捧着的大吉岭茶，决定一试。可一细看成分，也含有咖啡因。待读到最好的饮用方法是兑牛奶喝，我又兴趣大增。于是下单。刚输入地址，就有一栏文字提醒自动跳出来：加州食品安全部门提醒你，你订购的产品可能含铅，对人体健康造成伤害，

特告知晓。

吓得我赶紧取消了订单。

于是这天我就开始喝柠檬茶。邻居格瑞一个月前送的几个超级大柠檬还在茶几上，黄灿灿的。我切去部分外皮，切片，丢进玻璃杯，倒入开水。喝了几杯下肚，是心理作用吗？果然感觉神清气爽。

这时杰伊回来了，说他要去出租房那儿把昨天买的微波炉换上。看他一脸疲惫，我主动说同行，有人打个下手总比没有强。

车开到半途，杰伊忽然刹车道：“糟了，忘了带钥匙。万一泰勒不在，就白跑一趟。”

于是开回家取钥匙，再上路。

二十分钟左右到达，杰伊从后备箱拎出一纸袋工具，说微波炉先放车上，等他把那旧的拆下来再说。

俩人走到那二层公寓楼下，杰伊说："看，他在家呢。"

我抬头，看到窗前有一个模糊的人脸，那是我第一次看到杰伊这位住了三年的房客。第一个反应是赶紧把揣在口袋里的口罩戴上。

房间还是乱得一塌糊涂。穿过客厅，走近一间客卧门口，才见到一个年轻健壮的小伙子坐在一个小桌前吃着什么。我有些吃惊，这位生于 1991 年的年轻美国人，竟像波斯人一样蓄着一部浓密的大胡子，颜色和头发颜色一样，是黑色，却不像亚洲人那么漆黑，带点儿极淡的棕。

他跟我还算客气地打了招呼，继续坐在那儿，好看的大眼睛，沉静，有点儿郁郁寡欢。

"这微波炉怎么就能坏了呢？"我笑着问。

"其实也没坏，只是上面的挡板掉了。还能用的。"说这话时，他也走进了客厅。

杰伊试了试，果然还运转。我顿时舒了口气，建议把那掉下来的挡板粘上。

杰伊皱眉说太脏了呀，而且他也答应未来的房客说他要买个新的换上。

确实，从里到外都是油垢污渍，可清洁它总比拆下来安装一个新的要省事。那台 GE 的新微波炉，杰伊在 Best

Buy 花了二百三十美元买的，安装费就要一百二十美元，可见这安装不是什么容易的事。

听我小声但坚决地建议不要拆装，杰伊有些不悦地说那好吧，开始拿着一个电笔，各屋哔哔地试着插座。

“你弹吉他？”这比我儿子大几岁的年轻人让我感到亲切，我看到厨房一个琴架上竖着的两把吉它，问道。

“对，我从十几岁就开始弹吉他。自学，也跟老师学过一阵。弹吉他让我开心，尤其这一阵，我自己住在这儿，感觉有些闷。”泰勒显然喜欢这个话题，望着我，脸上有了点儿亮色。

“是那个叫安吉的室友吗，她搬哪儿去了？”我听杰伊说起过，三年前最初租下这个房子的是三个年轻男孩，两年后，有两个人搬走了，剩下泰勒，好在有一个年龄较大的女人搬进来与他合租，减缓了一下他的房租压力。

“她搬到圣地亚哥去了，在微软一个办公室负责故障申报。我也打算搬过去，在我叔叔的公司打工，他半身瘫痪了，需要有个人在身边。”显然这两个室友发展成了情侣。我留意到他穿着短裤的小腿上露出彩色的雄鹰文身，黑色的短袖棉 T 恤上印着两个单词：GongShow（龚秀）。

“我看才看到阳台上有一尊佛像。听说安吉是亚裔，日本人？”我又问，感觉自己像个令人讨厌的包打听。

“她在美国出生的，父母来自泰国。我喜欢她，即便比我大十五岁，她聪明能干，还有责任感。我自己身上也有百分之五的中国血统。我的太、太爷爷1859年时来自中国南方一个地方，他先在旧金山落脚，后来去了种族歧视不那么严重的肯塔基州，娶了位德国女人当太太。我姐姐说她有一张这位先人的照片，那是这个家庭关于他的唯一照片。我叔叔说手头有他当年的身份证明。我都打算复印一份，这是我家的历史。”泰勒说这些话时，非常有理性，一点儿也让人无法和这乱糟糟的房客联想起来。

我忽然在瞬间忘掉了他的邋遢，甚至对他有了些好感，笑道：“那你应该去中国看看。”

“我一直想去亚洲，日本、韩国、中国、泰国、菲律宾，我都想走一走。你看这T恤上的Gong（龚）了吗？那是我祖上的中国姓，我在网上找人专门订制了这T恤，家里每人一件。”

我们聊得越发有趣，耳边是杰伊走来走去的脚步声，和哔哔的试电声。

“感谢杰伊容忍，让我住在这里。我半小时后去上班，最后一天了。我在这家比萨店工作快五年了，要离开，心里还真难受。”

他的重旧情更让我母性大发。“不用太难过，你那么年轻，生命要像流水一样往前奔流。说不定将来你可以在圣地亚哥开一个比萨分店，这样不就和过去的关系接上了吗？”

“是啊，我也这么想的，这比萨店自酿的啤酒棒极了。

你俩喝啤酒吗？我冰箱里还有。”我这流着百分之五中国血液的同胞眼睛亮亮地说。

我们婉谢了。杰伊拎上那纸袋准备离开。

“请搬家时打扫下卫生吧，否则杰伊请人打扫，费用还得从你的押金里扣哦。”我笑着提醒。

“我知道，我这两天把东西搬到卡车上就打扫。”

走到门口的我又快步回到厨房，拉开那微波炉对他说，“对了，你有醋吗，把一碗醋放进来，开微波加热两分钟，这些污渍会变软，用纸巾轻擦就容易除去。”

“太棒了！那你知道如何清理这墙上的油污吗？我擦了半天好像很难清掉。”

“用玻璃清洁剂，或者清洁用醋，喷上去，等软化了再擦。”

“记住了。实在不行我就上网查。”

我和杰伊走到楼外，心情莫名舒畅了许多。

“如果微波炉不换了，最后你建议我从他押金中扣除多少？”杰伊边开车边问。我明白这位心软的家伙，这两天一直在被这个问题困扰。他本来打算扣三百块，我说至少得五百块，要知道找人做个保洁这一项就得三百美元。

可态度坚定的我不知为何有点儿不忍心了，“看他也不容易，一个本质不错的年轻人。你既然有能力负担，就别跟他计较了吧。”

杰伊说了声 ok，吹起了欢快的口哨。

最后，几位看房者都没能成为杰伊的新房客。墨西哥情侣反悔了，理由是表弟不愿搬，他嫌离学校远。克里斯汀和迪拜女人被拒绝后都找了别处，没再给杰伊机会。反倒是一位从没看过房的男子痛快交了订金拿到了钥匙——他妻子出轨，他一怒之下净身出户……我那百分之五年轻同胞搬走后，杰伊又请三位墨西哥大妈打扫了六个小时，那屋子才勉强算得上干净。

# 总有个地方现在是五点钟

前几天一直刮大风，车库上方那架风车茉莉被吹得像团乱发。我搬了梯子，踩上去正理顺着，听到身后路边传来小狗清脆的叫声，不用扭头我就知道是邻居格瑞正在遛Jack，那特别爱叫唤的小黑狗本不招人喜欢，可最近剪短了毛，穿上了小红背心，居然跟人理了发一样，一下秀气可爱起来。

打了个招呼，格瑞本来都走过去了，忽然又折回来，语气带点儿犹豫地说，"你一会儿干什么呀？我们订了几张露天音乐会的票，在老年活动中心，有兴趣可以一起去听听，那是一只cover band（模仿乐队），今天唱的是Jimmy Buffet（吉米·巴菲特）的歌。你知道Jimmy Buffet是谁吗？"格瑞年近七十了，仍有一头浓密的头发，尽管花白了仍根根得体地直立着，显得很有律师的派头。

我还真不知道这乐队，但听说是在露天听老歌，便毫不迟疑地说想去看看——室外，至少不用担心病毒，而且，许多美国老歌着实好听。房东杰伊刚好也闲着无事，说可以给我当车夫同行。既然六点钟就开始，还真得抓紧时间。我立即回屋发挥快速烹饪的特长，在十五分钟之内，烤了根已经解冻的法棍面包，煎了两块在冰箱腌好的去骨鸡腿，用开水焯了一袋菠菜，加入泡好的核桃仁做了凉拌沙拉。吃罢洗了碗，正好五点一刻。

“是不是应该请格瑞他俩搭车同行？”我坐进车边系安全带边问。

“我倒不介意拉着他们。虽然都打了疫苗，能分开不挤一辆车也许更安全。”杰伊思忖着说。

这露天音乐会之所以吸引我除了可以听美国老歌，还因为我喜欢格瑞和米琪这对老邻居。我忘记了最初搬到这一带来住时是如何跟他们有了交往的。“别误会，我们不是夫妻而是室友，他从我还住公寓时就分租一间卧室，二十年前我买了这带院子的房子，他也跟着搬了过来。怎么说呢，我俩就像结婚太久了的夫妻，互相早就看不顺眼了，可还是凑合着住一块儿。这个格瑞是个老混球，特别不通情理，你说他明明可以在 Home Depot（家居仓库）办一个免税卡——人家有政策凡是退伍老兵都可以享受免税待遇，我让他办一个，毕竟我们经常跟那儿买材料维修房屋，可他偏不！”米琪是个面相透着精明的富态老太，一头很短但蓬松卷曲的白发顶在头上，像个养尊处优的第一夫人。我比格瑞小两岁，在一家法务公司做行政。这场瘟疫让我既害怕又感激——疫苗还没问世时，美国死于病毒

感染的人数多得吓人，我忧心忡忡地说："但愿我能活到领退休金那一天。"后来人们普遍接种了疫苗，温水煮青蛙一般，对这瘟疫也逐渐习惯或接受了，仍然无恙的米琪嘴上没说，心里似乎有点儿感激这瘟疫，我被老板允许居家办公，"谢天谢地，我终于可以不用每周五天在高速上奔命了。你不知道，好几次我都差点儿被那些玩儿命的司机追尾！"你没见过我在高速上的险情，可知道我不是一个好司机，甚至身为会员我轻易不敢去 Costco 购物，"车停得太密集了，我怕把人家的车剐蹭了。"于是杰伊有时候帮我捎带些东西。

不同于年轻时离异的格瑞，米琪从未结过婚，倒是有过一位未婚夫，可五十岁就患癌去世了。"他可是世界上最疼我的人，总给我送礼物。那年我们去夏威夷度假，太开心了……”说到此，米琪红了眼圈。你看到过我壁炉上那位未婚夫的照片，一位胖而温和的军官。问我为何当年没结婚，我说因为对方在偏僻的兵营，我不想离职去那儿成家。而格瑞对此却给出了不同版本的答案。“她有时拿我当理由，说我跟我同处一个屋檐下让我没结成婚。”有一次格瑞请我们去吃日本菜，趁米琪没到，他红着脸说。我发现虽然米琪是房东，可到了大事上还是指着格瑞拿主意。格瑞若是飞到外州去参加同学聚会，我会吓得赶紧找个女伴来家里住几天，连狗都只在后院遛。格瑞不时善意地跟我们嘲笑米琪是个 worry wart（杞人忧天者），还无奈地摇着头说我太懒，“嫌自己胖，我宁可去医院挨一刀，把胃切除了三分之二，说是那样可以少吃少吸收。跟我说过多少回，每天别窝在屋里，该出去走走路……”格瑞早年曾去越南服役，退伍后靠军人补贴去大学读了法律，可是做了没几年突然的婚变让他消极避世，除了偶尔接个熟人的案子，早就不当职业律师了，熬到六十岁后每个月仅靠政府发的九百块钱的退休补助生活，我有一次听米琪说格瑞每月付我的租金是六百块。即便如此，偶尔一起出去吃饭，格瑞总抢着付账单。

相比于地主婆米琪，邻居们显然都更喜欢格瑞。东邻家的女人有了胎动，慌里慌张地叫车去了医院，留下屋门四敞大开着。是格瑞看到了，各屋查看一遍，给他们把前后院门能关的关能锁的锁。西邻家女儿参加派对夜归，大冬天的醉倒在车里。是格瑞去敲我父母的门，把她唤醒扶进屋。名义上是米琪有两条小狗，可每天早晚去旁边小公园遛狗的总是格瑞。米琪还总抱怨嫌格瑞不够随和，因为他拒绝割草坪。“如果你想省下每月付给墨西哥园丁的八十美元，我愿意出。可我不想割草。”跟这位温和又倔强的格瑞大叔在一起，我总忘记自己是外乡人。

夕阳把天上一抹云染成了虾粉色，那透明的粉是草间弥生这画家老太太也调不出来的，让人想飞过去贪婪地深吸一大口，那味道，我想一定比半开的栀子花还香甜。那个位于半山腰的新建社区很容易被人忽略，因为米灰色的房子和不宽的街道都太不起眼。生活在洛杉矶的一大好处是，停车场不仅车位充足，且几乎都免费。我们卡着点儿到了。

“我们是格瑞邀请来的，他应该已经到了。”因为没有门票，杰伊跟一位工作人员模样的妇人解释。“啊没问题，既然是格瑞的朋友。”我话音未落，格瑞已经微笑着从门里闪出来。随他往里走，他熟络地轻声告诉我们，可以在前台免费领一瓶饮料和一袋炸薯片。依言领了，走进去，找到在藤编长椅上占着座位的米琪。

说是音乐会，不过是几栋建筑围起来的一块空地，一排排稀疏摆着的椅子和沙发组成了临时的观众席。水泥地面上有许多半人高的花盆，里面栽着一人多高的橄榄树，正开着小米般淡黄的花。一些彩色小旗子也插在花盆中迎风飘着，上面印着一只红绿相间的鹦鹉，一行醒目的字让我感觉有些莫名其妙：“It is 5 o’clock somewhere”（总有个地方现在是五点钟）。

我有点儿失望，我们的座位是最后一排，离舞台有点儿远。虽然场地并不大，我还是觉得看热闹要坐近点儿才过瘾。

临时搭起的舞台上，有两个老男人在摆放麦克风和乐器。舞台背景则有些怪异，高处的山坡上有一条不宽的公路，不时有拖着货物的卡车轰隆隆驶过。

看着许多人的后脑勺，我发现无论男女肤色，那头发不是纯白如雪，就是 salt and pepper（直译为盐和胡椒粉混合，意思是黑白相间的发色）。而且几乎无一例外的，人人手里都拿着一小袋炸薯片，咯吱吱吃着，不时喝上一口矿泉水或饮料，像一群正在山坡的树阴下休憩的老羊。

杰伊问我们该付多少钱，格瑞微笑着说不要钱，“这是政府为老年人搞的福利。只要你过了六十岁，都可以在这个中心的网站上注册，随时会看到演出和活动信息，报名就行，免费的！”格瑞有些自豪地说。他一直对目前执政的民主党不看好，把一切好都归功于共和党光辉的过去。“我们本来预订了四个座位，可有一对朋友夫妇来不了，临时就请了你们来。”

米琪很有风度地微笑着，把目光从手机上望向我，说很高兴在这儿看到我，随即把那系着绳的花镜推在头顶上，歪着头有些神秘地问：“你们对面的格兰特怎么样？我看他比以前薄了一半！癌症四期，真让人担心。术后感染？那可不是好事儿。要是我也许就放弃治疗了。好在他有两个儿子带他跑医院。”我知道我与亚美尼亚邻居格兰特一家走动较多。

说罢给我看她侄女的照片，一位刚从医学院毕业的大学生。米琪这当姑姑的对侄女非常好，跟我说我未来身后的一切都归侄女，“当然，我得跟我亲才行。”

我则问她最近是否看到了詹妮弗。“那次在我家门口守夜之后我见过她两次，一脸憔悴。才三十多岁，丈夫就开枪自杀，还在自己家的阁楼里！我想那一阵连阴雨没起好作用，一下就是半个月，我都快抑郁了！我想这辈子她都不可能彻底走出那个阴影的，听说她带两个孩子去接受心理治疗了。所幸她妈也在加州，每个月都开四五个小时的车过来陪她一阵儿。”米琪鲜少与邻居往来，这些我猜都是从格瑞那儿获得的二手消息。

我们俩正聊着邻家的各种不幸和物价之高，台上的男人开始对着麦克风说话了。那话筒效果不太好，嗡嗡的，我得竖着耳朵仔细听。

在路上我已经查到 Jimmy Buffet，今天乐队要模仿的这位音乐人仍然健在，已经七十六岁了。乡村民谣之于美国百姓就像他们的腿和牛仔裤一样贴合，那个把歌词写得像散文的伍迪·艾伦，那个扭着胯唱得女人们神魂颠倒的猫王，那个用大鼻孔哼哼唧唧的吉米·杜兰特，都是让美国人感觉舒服自在又酷劲十足的牛仔裤，只不过有的是海一般深情的蔚蓝，有的是沧桑尽现的浅蓝，有的是被岁月漂洗后的脏白。他们让人着迷，让每个听歌的人都以为他唱的正是自己的故事、自己的回忆、自己的昨天。

“这位 Jimmy Buffet 可不仅是歌手、作曲家、词作者，还很有生意头脑，几年前就听说拥有九亿美元身价。有两家以他的歌名命名的餐饮连锁店，他还经营夜总会，写畅销小说……”格瑞看我掏出手机上网，轻声说你查一下，看他和后来 1977 年再婚的太太还在一起生活吗？

我不禁笑了，看来美国老人也追星也八卦。在维基百科上找到他的主页，递给格瑞。“这些老歌真好，唤起我们这代人的回忆。不瞒你说，我特别喜欢他的《Come Monday》（星期一来吧），那是我二十多岁时最喜欢的歌……”格瑞微笑的脸上有一丝难为情，好像说到的不是一首歌，而是当年他暗恋着的女孩。

歌声响起，格瑞指指树下插的彩旗，告诉我说现在唱的正是这首歌 *It is 5 o'clock Somewhere.*

Pour me somethin' tall an' strong
Make it a 'Hurricane' before I go insane
It's only half-past twelve but I don't care

It's five o'clock somewhere

（给我倒些高杯的烈酒 / 在我发疯之前把它变成“飓风” / 现在才十二点半，不过我不在乎 / 总有个地方现在是五点钟。）

“你知道为什么是五点钟？那是饭馆的 happy hour（乐享时分），酒水打折，人们趁机喝上一杯的时段。有时候在中午或晚上想喝一杯，又感觉不是喝酒的时候，人们就会自我安慰着倒上一杯，说一句，it is 5 o'clock somewhere——总有个地方现在是五点钟。这其实就是美国文化，及时行乐，自我放松。”左耳听着歌，右耳听着格瑞的轻声解读，我连声说太棒了，看到杰伊和米琪也都开心地随节奏晃着脑袋。

见我由衷喜欢这通俗实际的美国文化熏陶，格瑞透着笑意的脸粉扑扑的，上唇修剪整齐的短须也翘起来。

“为什么那小旗子上有只鹦鹉呢？”我追问道。

“Jimmy 多数时候住在佛罗里达，那里气候和夏威夷相似，林间有许多鹦鹉，人们也爱穿夏威夷衫。他的许多歌迷听他的演唱会时都穿着夏威夷衫戴着鹦鹉帽。另一位同时代的歌手 Timothy（蒂姆斯）就脱口而出，叫 Jimmy 的粉丝 parrot-head（鹦鹉头），当时另一支乐队 the grateful dead（知足之死）的粉丝自称为 dead-head（死亡之头）。”格瑞说这些时那笑温吞吞的声音慢吞吞的，像不好意思在不懂的人面前显示自己的懂。因为我们四个人坐在同一张长椅上，挤在中间的我俩离得特别近，我留意到他的门牙不仅很细小，而且颜色比其他的牙齿要深，有点儿棕褐色。它们像松动了一样往前突出来，让我想到小狗Jack那稀疏而向外突的牙。可我并不觉得讨厌，因为格瑞是对猫狗都不会大声呵斥的好人。在我看来，好人的一切都可以被原谅。我听米琪说格瑞之所以最近开始在上唇蓄胡子，是因为他要帮一位朋友出庭，自知牙齿有问题，他留着胡子遮丑，说等攒够了钱去看牙医。

"……哇，这个可不好，他居然支持民主党，还曾给希拉里竞选总统募捐了一大笔钱。"格瑞仍握着我的手机在看，即使说这话，他的语调仍是轻柔的。米琪同意我的看法，说格瑞是个外貌好看的男人。"要不是看他顺眼可以搭个伴儿，我早把他这倔驴赶走了。可是我要不收留他，他去哪儿住呀？他前妻是菲律宾人，嫁给他时就已经有了两个孩子。虽然后来他还很热心地去看孙子辈，可他们好像跟他并不亲。"是为了不讨人厌吗？格瑞尽量把自己捯饬得干净利索。不管是去草坪遛狗还是骑着自行车去超市去健身房，总把灰白的头发整齐地梳成三七分，戴个草编礼帽。洛杉矶一年四季阳光灿烂，多数时候他都穿一条卡其色短裤，上面配T恤罩长袖棉衬衣。我喜欢格瑞，乐于清贫却体面有尊严地活着，即使时有不满政府的言论，从不怨天尤人。

乐队一共就四个人，银发飘飘像个侠客的键盘手，微胖的鼓手，两位吉他手。他们都是七十左右的年纪，都穿着花色不一的夏威夷衫，边照顾手中的乐器边放声唱着，好像这不是什么音乐会，而是在谁家后院自嗨。当然也有主唱，是那位穿着粉色沙滩裤、戴着棒球帽的吉他手，年华老去丝毫没影响他的自信，似乎年轻时被女人和朋友宠爱让他早积攒了足够的底气。台下的银发族显然把他们又拽回到了昔日的好时光，四位老男人唱着弹着还扭起来跳起来，开心得像四个活力四射的老男孩儿。“这边的听众好像表现最好，喜欢跟着唱。我爱你们！”

Come Monday, it'll be all right

Come Monday, I'll be holdin' you tight

I spent four lonely days in a brown LA haze

And I just want you back by my side

（星期一来吧，一切都会没事 / 星期一来吧，我会将你拥紧 / 我独自等了四天，在洛杉矶棕色的雾中 / 我只盼望你能回到我身边）

…………

唱到一半，音乐戛然而止，他们和台下听众一起大声清唱着。每个人心中都有属于他（我）的那个星期一！

我听着那整齐的和声，望着一张张动情的脸，莫名的感动，甚至，想落泪——谁没年轻过？谁能不老去！

“我想到前边去站着听。”格瑞说罢自顾起身往台子那边走去。我也跟米琪和杰伊打声招呼，脚步轻快地跟随上去。我们立在房屋廊下，靠着那巨大的青砖柱子，斜望着近在咫尺的乐队和在台下那小块空地上起舞的对对男女。

“你看那对老夫妻，跳得多好！”音乐太响，格瑞凑近我的耳朵大声说。

那是一对衣着和相貌都很体面的老人，目光温暖、笑容谦卑，他们互相挎着胳膊与其说是在跳舞，更不如说是搀扶着随着鼓点晃动身体。我望着听着，情不自禁地在心底感慨——年轻时尽情尽性地爱过、痛过、活过，当青春不再，就从容放松地老去、死去。这样的人生，其实也真不坏。

It is 5 o'clock somewhere，没错，总有个地方现在是五点钟。

# 糖

我喜欢做饭，虽然没什么拿手菜，可我这北方人至少会把几道家常北方菜做得清香可口。我荤素皆吃，可如果接连吃几天饭馆的菜就会感觉油腻不适。在美国与一个地道的美国人共享餐桌，我也尝试着中西合璧，麦片、奶酪、面包、橄榄油，是我每日都离不了的食材。至于烘焙，我却从没想要钻研，因为我知道再好吃的糕点也不过是面粉与糖的各种组合。这两样都是高卡路里，最好不要纵容自己。

美国人爱说，“you are what you eat”——吃啥像啥。环顾周围的朋友，我有时不禁想笑——我最喜欢的两位，在饮食习惯和理念上却那么大相径庭。

玛丽安虽然总自豪地跟我夸耀她自小相依为命的中国奶奶，可不仅不会说一句中国话，也不会做一道中国菜。她小时候是吃肉的，因为她母亲虽然跟人跑了，还活着的奶奶照顾她和弟弟，奶奶总举着长长的筷子隔着老远把肉夹到她碗里，不容置疑地用粤语说：“吃点儿肉才有营养。”后来，奶奶走了，她长大了，成了个素食主义者。个子小小的她非但不瘦，还越发有变成个圆圆的小皮球的趋势，因为她不仅爱吃各式糕点，还超级痴迷意大利面，“哪怕只拌蒜蓉和橄榄油，我都可以吃一大盘。”

我们二人去逛旧货市场，看到卖炒货的摊位，玛丽安指指那一包包色彩红艳的塑料条一样的东西，对正在买带壳炒花生的我说：“天哪，我不能买这个，拿在手里会停不下来，吃到袋子空了为止。你从没吃过？这是芒果干儿，外面裹了糖和辣椒粉，天哪，太好吃了！”

另一位让我佩服的朋友是我以前的英文老师维拉。除了能讲流利的三国语言，笃信上帝，维拉最自豪的是事无巨细的健康营养理念，凡食材都要选有机的，如果是面粉类，一定要 glutton free，去掉了面筋的。糖，在她眼中是敌人的代名词，买任何成品食物都要瞪大那漂亮的灰蓝眼睛，把上面的成分如读法律文书一样仔细从头读到尾。她说凡是读起来怪异的单词往往是人工合成的色素或添加剂。“既然你那么相信上帝保佑，干吗还那么在乎吃喝那么怕死？”她说她喜欢我，一个重要理由是我总实话实说直来直去。

“可是我不想糟蹋上帝给我的这个身体啊。活一天就在意一天，直到他把我召唤走。我一点儿也不怕死，真的，就算死亡明天来临，我也不但不畏惧，还很欢欣，因为我会到那个更美好的国度。”

听我说到素食者玛丽安，维拉微笑着温柔却坚定地说：“你应该告诉她，宁可吃点儿肉，也不要碰糖。”

我很仗义，自然在去玛丽安家吃烧烤的时候尽职提醒，“你给大家烤了一桌子鸡肉、牛排、三文鱼，自己一口不吃。没必要吧？许多人都认为，糖对人的坏处比肉类还大呢……”美国有句老百姓常挂在嘴边的俗语：你可以把马牵到水边，可你不能强迫它喝水。小小的玛丽安只是一笑，说她也希望自己能吞下些肉，可就是做不到。

我和许多人一样喜欢观察身边的熟人。他们的点滴言行或多或少影响着我，成为自己对某些犹疑不定的事物的判断依据。就像我对信仰总犹豫不决，便留心观察身边有信仰的朋友。开始我很想近佛。佛家讲慈悲为怀。这是多么包容大度，而不像圣经里的上帝，你要不信他，别说慈悲保佑，这自称为“会嫉妒”的上帝要降灾祸于你。可我某天听到那位每个月都去寺里做义工的虔诚女朋友说，这半年来，每天早起都要率丈夫孩子一起磕长头，最后真分到了一套房子，“如果我先生能和我一样虔诚，应该可以分到一套更大的。”再见到她，我失去了跟她请教的冲动，也对所谓“虔诚”的佛教徒有了距离。在美国我也认识了不少经常募捐、每个礼拜天都去教堂的朋友，可是面对生活中的不如意，他们往往忘了主在天上的护佑，或满面愁容，或抱怨不止，或投机取巧。

我那次去参加维拉的生日派对，发现一年未见，这位四十三岁的俄罗斯美女也沧桑了许多，没有染的白发越来越多地夹杂在灰色头发里，双下巴出来了，脖子上颈纹加深了，小肚子突着，像怀孕三个月的，虽然一直渴望有个孩子的她从未如愿。

我不禁想，像维拉这样讲究，真的有必要吗？

糖，这世间多少孩子幸福快乐的魔法，何时成了罪人？我小时候在重庆一个山清水秀的小镇住过五年，尽管还听不懂当地人的方言，十岁的我已经知道了去哪儿买到我买得起的糖果。学校对面那个只有一扇窗户的小卖部，从那个枯瘦得像一根细竹竿的老头儿那儿，我可以花一角钱买到十二块高粱饴。捻开那印着暗红色高粱的糖纸，便看到包着一层一舔就化的半透明糯米纸。我会先把那纸放在嘴里融化掉，然后用牙齿轻轻咬着那弹性十足的高粱饴。那十几块糖，在我的牙齿和味蕾间搅拌着膨胀着幸福，虽然随着日头西下，它们在口袋里越来越少，可我这小小的人儿感觉自己是那么富有快乐。

我像蜜蜂总能闻到蜜糖的甜味。小学毕业进了初中，我还没搞清教室究竟是在三楼还是四楼，很快就发现了另一个甜蜜所在。也是在学校不远处，马路对面的那排高高的木门板内是一个铁厂，一个摆地摊的老太太就把那迷你的露天摊摆在了木门板下。除了卖些菜蔬水果，在一个破烂的小桌子上摆着几个玻璃罐，那里面有一种颜色和形状都像小辣椒的麦芽糖。捏着下面那根牙签大小的小竹棍，真像拿着一个火辣的辣椒。我母亲每天给我两毛钱当午餐费。我通常花一毛钱买一碗小面，花五分钱买一根麻花，剩下的五分钱就可以满足一下总是寡淡空寂的胃，买上几个辣椒糖，或让沿街叫卖的小贩给我称一两麻糖。那麻糖其实是用红薯熬的，淡棕色的石头般的一大块。卖者手里有一个小锤，连敲带磕，那或大或小的一块就掉在铺着油布的竹簸箕里。那糖非常粘牙，可是真甜呐，甜得让我以为那是世界上最甜的糖。

那么贪婪地吞食糖果，我仍是瘦小结实得像一粒稻谷。

倏忽间，那个小姑娘已经被岁月的风沙吹得无影无踪，我感觉自己还没来得及长大，就已经是中年。长大了，买得起所有的糖了，却没有了任性吃糖的身体资本。尤其我的父母都有糖尿病，甚至小四岁的弟弟也未能幸免，我知道我得格外小心。

我是多么自律啊，那童年吃过的糖果，连在梦里都没敢出现过。

# 竹篮煮水

约翰打算来拜访我，顺便来吃馅饼。

因为那天是周二，露天的旧货市场开放，还免费，我问约翰是否要去逛一逛。以前史蒂夫和彼埃尔曾来逛过周日那更正式的市场。

九点钟，约翰准时敲响了门。不到十分钟，二人已经停好车走进市场大门。要是自己去，我会八点钟赶到，为的是尽可能有机会淘到心仪的东西。我知道随着通胀日高，越来越多的人把购物的渠道拓宽到了这相对便宜的二手市场。

两人走走停停，真没看到什么吸引眼球的东西。忽然我的目光落在一个瓷器上，说是碗有点儿浅，说是盘子却又太深，尤其是下面还有三条腿！望着上面那手绘的碎花，一向喜欢老瓷器的我犹豫是否要买下，虽然这个并没有款识。“日本的！不是老货，没什么价值！”约翰几句很自信的论断，让我把它放下了。然后，二人看着旁边一摞书，有一本出版于1969年写凡·高的被约翰认可，我拿在手里翻看着。这时，一位瘦削的老妇身形敏捷地走过来，毫不犹豫地抓起那瓷碗就走到摊主前举着问价。“五块！”于是，她麻利地掏出五块钱，把那碗装进肩上挎着的布袋里。

“哦——噢！”眼前这一幕让约翰叫出了声，他七十三岁却没什么皱纹的脸甚至微微发红。我们二人似乎都立即相信这碗看来是有价值的。

我假装不经意，继续翻着那夹着许多干银杏树叶的凡·高，摊主主动说：“五块！”

我放下，继续在物品繁杂的摊位前打量，忽然看到一只竹编的食篮，编织工艺复杂，一看就是年代久远的手编篮。我仔细察看，那篮子不大，却从盖子到底部都没有一点儿残破。“五块！”那位我曾买过一幅抽象油画的年轻摊主是个笑容腼腆的男子，不知道是否为了省事，他几乎每样东西都要价五块。

“连那本书一起共多少钱？”约翰主动讨价还价，似乎为了弥补刚才自己的误判。

“八块！”

于是我掏钱买下。

桌上一顶淡黄色麻编硬帽吸引了我的目光，那帽子有着盔式圆顶，可边缘却是椭圆，有点儿像老电影《走出非洲》里的白人殖民者戴的那种。“约翰，你戴上一定好看，试试！”我说。果然，约翰那花白圈曲并很稀疏的头发有了帽子的遮挡，一张很有戏剧性的脸更优雅得像个绅士了。

摊主报价仍是一成不变的五块！

于是约翰掏钱，顶着那帽子跟我移步到下一个摊位。

我看中了一个淡巧克力色橄榄油瓶，头小肚大，那同样质地和颜色的玻璃塞子也没遗失。那面容枯黄的中年摊主也要价五块。

“太贵了！”约翰笑道，立即走开。

我却舍不得放弃，心想五块钱也并不贵，那瓶子至少也有百岁了。

“四块！”看我犹豫，摊主主动降价。于是我那竹食篮里没有食物，却有了橄榄油瓶。

“再添一个买一对吧！”一位农夫一样的老汉笑着对我说，他所有的物品都摆在地上，一只足有小箩筐那么大的竹篾编筐孤零零地立在阳光下，敦实地像穿着棉裤的小孩儿在等着人领养。我知道如果刚买得的那精工细作的食篮出自家庭殷实的小康之家，那这疏松粗糙竹条大筐一定见证了某个乡下人家的生活光景。

“三块！”老汉仍是笑嘻嘻地主动报价。

我想象着这筐在我后院的用

途，一边握着两侧的抓手打量着。

“两块！”卖主自动降价，看来真是不想再把它装上车带回家。

于是，再继续前行的路上，我不再拎着那竹食篮，而是双手端着竹筐，里面放着凡·高、油瓶和食篮。

日头越发高了，且热力陡升。早上的清凉如果说像春天，那么晒得人脸发烫的这个时段则毫无疑问是夏天。

我留意到有人在不经意地打量我们。望着旁边的约翰，我忽然忍不住似的乐出了声。身高一米八的他虽然挺着发福的肚子，因为注意锻炼，仍很挺拔，但谁都看得出他是个 senior（年长者）。我想到有一次和史蒂夫走路去餐厅，许多车被红灯拦住，众目睽睽之下，我们过马路，史蒂夫自嘲又自傲地说：“那些司机一定以为我是有钱人，要不怎么身边会有那么年轻的女人呢？”说给约翰听，他也大笑起来，声音洪亮，像在舞台上的演员，引得更多人看我们。

快出大门时，我惊讶地看到一个提篮，也是竹编，底部竹条极细密，很平，只在边沿有些弧度。那提手像一张拉满了的弓，非常圆润。由于年代久远吧，这提篮已经被覆着一层棕黑色浆膜，让我想起儿时在那个江南小镇每天经过的卖菜婆婆们，那翠绿的叶菜就是成捆整齐码放在这样的提篮里。

“一块钱！”摊主是位看起来得有一百岁的老妇，坐在一张小马扎上，目光慈祥地报价。

我毫不犹豫地买下。

Geez！约翰笑着问我为何这么喜欢竹篮，“又不能盛水。”

“它们可以煮水，煮时间的水呀。”我心满意足地望着手中一堆宝贝说，“它们身上有看不见却感受得到的痕迹——那些故去了的人手抚摸的痕迹，时间无声划过的痕迹。”

# 约翰的演员梦

坐在车里，我问约翰想不想去看一下古董店，不远，距这旧货市场开车不过五分钟。可一看表，才十点一刻，便取消了，因为那个有着数百摊位的“乡村古董店”要十一点才开门。

“我没吃早饭，饿了！”约翰毫不掩饰对即将款待他的那顿午餐的向往。

我早有打算，早上离开时已经从冰箱拿出冷冻的一袋韭菜鸡蛋馅饼。我把它们放在平底煎锅里煎着，一边把半包芦笋加入盐、橄榄油，用锡纸包好，放进烤箱。同时切了一碟酱牛肉，用意大利醋汁拌了一盆加了核桃仁的蔬菜沙拉。

这样不需要什么技术的活儿，对我原本极为简单，属于真正的小菜一碟，可我不时得应付着约翰的各种发问和话题。这幅画从哪儿买的？你为什么喜欢它？那个雕塑是圣弗朗西斯，你知道吗？他是万兽之神，相传有一个村庄的羊都被咬死了，是他跟那只肇事的狼说话，从此那狼再也没有祸害牲畜。

闻到焦煳的味道，已经晚了，我掀开平底锅盖，把那冒着烟的馅饼翻过身来，个个都像包公黑着一张脸。“没事，我喜欢吃烤煳的，我小时候胃不舒服，我妈就会把面包烤煳了让我吃，信不信由你，还真管用呢。”约翰的话让我释然一点儿。

不过半小时，俩人已经在后院的藤儿旁坐好开吃。我吃得少而快，早早就停下筷子喝柠檬水。约翰边说边吃，兴奋地讲到他不久前刚加入的表演课。

“我不想上网课，我就想离开电脑桌离开我的房间，去和真人面对面。我从小就想当演员，我妈虽然是老师，有时也上舞台表演。可是你不知道，第一节课我就窘死了，那位四十多岁的女老师居然让我们自报出生年月日！这个说，我生于2002年5月12日，那个说我生于1998年3月1日，我心说，天哪，我要不要说真话？可最后还是不打算瞎编，那样的话接下来我就得活在谎言中，我怎么能放松上课……”约翰夹了一箸酱牛肉，可能感觉得用力嚼，才暂时闭上了嘴。

我微笑鼓励地望着他，心里还真有点儿佩服，一个年过七旬的男人，和一群二十多岁的梦想当演员的年轻人为伴，一起在一位长相性感说话刻薄的女人指导下学表演，没有一点儿厚脸皮真是做不到的。我即便比约翰小二十岁，可不敢想象去做同样的事。

“这些年轻人都有自己的经纪人，许多人都已经出演过电影电视了。就这样，有两个学生还是被那老师说哭了。一个叫Sam的小伙子跟我演对手戏。即兴表演，我先开口，说我梦见自己走到了森林里。他接口说，他在森林里看到了一条蛇。我接着往下说，这蛇说她前世是个美女。本该接下去的Sam忽然笑场了。老师立即声色俱厉，指责他没有进入角色，与其这样浪费时间不如不来……当然，这老师要求严格没错，可拿这表演课当生意做了二十年，早就轻车熟路了，在我们这十几个人面前弄得那么神圣严肃，我都感觉有点儿故意，像在显示她多专业。”约翰停住，问我可否给他拿一瓶水，常温的。

“第一次形体表演，我当了一回海藻。当时我们在台上围成一圈，头顶打着光，空无一人的台下一片漆黑。老师要我们闭上眼，假装我们是在沙滩上，每个人描述自己看到了什么，不能和别人重复。有人说沙子有人说波浪，我说被冲到岸上的海藻。于是就演海藻的感受，还要说话……最有意思的是表情演绎，两个人分别站在舞台两端，互相凝视一分钟，忽然老师说 action（行动），我们就快步跑向舞台中央，脸和脸很近地对视。老师说 sympathy（同情），我们立即脸上显示出同情，很快，她说 resentment（憎恨），我们立刻互相仇视，然后又是 longing（向往），装出渴望期待的表情……”约翰的高鼻梁上架着黑框眼镜，棕色瞳孔的眼睛除了上眼皮有点儿松，还真没什么老态，他说过他每天对着镜子锻炼面部肌肉防止皮肤松弛。我暗想，心理暗示其实也很重要，像约翰这种一直以高帅有才自居，外貌也争气地显示出相应的气质。我想起一周前，在电话里听他说到去世一个月的父亲。“我真该多回去看看他，半年前就订了机票，可他说有暴风雪，不想让我奔波。终于从洛杉矶飞到波特兰去看他了，刚坐进租来的车里，我忽然感觉胸口绞痛，打电话给我弟弟迈克，他说一小时前，父亲走了！他没能等到看我一眼……”说到痛处，约翰像个孩子一样恸哭失声。

我自己也是失去父亲的人，那一刻，我忘了约翰所有的“不好”，只想未来对这老友好一点儿。

我津津有味地听着，约翰边吃边津津有味地讲着，不时仰脸望着廊架上那正开得热烈的金银花吸一下鼻子，

“这香气让人忘了病毒！你看那只鸟儿，居然在流水下洗澡呢！”果然，一只腹部明黄的小鸟真的就立在墙上那小天使的流瀑下，让那正欢快流淌直下的清水冲洗着它的背部羽毛，几秒钟后，它跳开来，然后，又跳到水流下，如此反复几遍，直到自以为洗干净了，它清脆地鸣叫一声，嗖的一下飞走了。

我们俩专注地看着这奇特的一幕，都惊叹着笑了起来。

“这表演课你打算听多久？”我从那有些硬的木圈椅移坐到沙滩椅上。

“再上两个月吧。反正不贵，才二百多块钱一个月，每周一次。然后我可能会选择另一个老师的课，你知道，洛杉矶至少得有成百上千这样的表演课。可我不会再选网课，我上过几节，真是天南地北的人都有，有来自巴西的、迪拜的，还有一位香港的。那位巴西女孩也被老师伤到了自尊，因为老师认为她的葡萄牙口音的英语影响了表演。她很生气，坚持说她喜欢自己的口音！”约翰绘声绘色地讲着，停住问我他是否可以吃掉桌上所有的食物。“都吃掉，别剩。”听到这样的答复，他道声谢，笨拙地用筷子又拨了一个馅饼到自己碟子里。

饭菜吃完了，约翰表演课的故事也告一段落。他答应在我从新墨西哥州采访回来后一起去做“恐怖徒步”——在密林深入，有一座百年前的旧宅和墓地，拐过山坳，在灌木丛生、动物出没、人迹罕至的地方，有一段不通往任何地方的陡峭台阶……

约翰离去后，我和国内一位老友通电话，他当过多年高级官员。“我现在每天就是三个饱两个倒。一天三顿，想吃吗就吃吗，晚上睡个好觉白天打个盹儿。我算看透了，除了身体享受，人生到头也没什么意思。”

这位老友比约翰还小两岁。

我想把七十三岁美国人还想当演员的故事告诉他，可想想还是闭嘴。

# 比我粗心的人

史蒂夫周一从纽约回到洛杉矶他那植物园一样的家。周三来看我，“这趟经历太难忘了，我得花上两三个星期消化。”他发来一张照片，上面是核酸自测结果，那上面的一条红杠表示他是阴性。“我知道你在乎这个，来前特意测了一下哈！”

我佩服他，不是因为他被美国探险家俱乐部颁发了自1962年以来就设立的citation of merit奖（1984年该奖颁给了找到泰坦尼克号的那位探险家），更因为他总是看到乌云上镶着的那道银边的乐观。我发现这乐观其实和年龄无关，并不是每个阅历丰富的人都能活出这份练达。

史蒂夫这一趟美东之行，其实开头非常不顺——特斯拉后备厢还没关上，他就倒车，那后备厢盖哐当一声被卡在了他家车库的檐下！一路堵车开到洛杉矶机场，费尽周折停好车，和太太拽着行李气喘吁吁赶到登机口，飞机先是晚点，终于坐进去了，被告知发动机故障，换飞机再等，（洛杉矶的家）门到（纽约酒店）门，花了十七个

小时！

可他遇到不顺时总会洒脱地自我安慰：“哈，这就是生活！我们其实很幸运，那发动机在起飞前被发现故障，你想想，要是在飞行中途出了问题，得多可怕？”

在纽约的数天，他偶尔也给我发些照片，穿着他花二百美金租来的那套黑色燕尾服，站在台上捧着烫金证书的史蒂夫很神气很可敬。他那做了充足准备的十分钟演讲也相当顺利，虽然在家写作时他不小心点了删除键，前功尽弃，咒骂了几遍自己的愚蠢后，重新写就。“In order to attain the impossible, one must attempt the absurd”（为了实现不可能的，一个人必须尝试荒谬的）他很得意自己引用的这句十六世纪探险家的话。

十二点半，门铃响，着黑色T恤的史蒂夫已经站在门外。他看起来瘦了一点儿，精神却很好，一进门就递给我两个拇指肚大小的金橘。“我知道你喜欢吃这个，就剩俩了，今天早上刚摘下来的。几天没在家，小动物们在我家后院开派对一定嗨翻了，吃光了树上所有能吃的水果，有一只负鼠居然掉进泳池淹死了，哎呀呀，可怜的小家伙，我今天早上刚把它打捞上来。”

我接过那小金橘，引领着他穿过房间到后院，屋外阳光温暖得像有个火炉熏着烤着，室内则阴冷得像冬天，我一上午都在后院坐着码字。

史蒂夫掏出手机给我看照片。亚马逊的老板杰夫·贝索斯的空间胶囊，一个外壳白色的小型飞船。“他自己已经去过太空一次了，现在许多人排着队想租用它呢。一个加了佐料后腌制烘烤的蝾螈，大脑袋和已经被切去一半的身体都呈棕褐色，那是正式晚宴的主菜。我去晚了，没能尝到另外那几道菜，炸蚂蚁、烤蟑螂、蒸蛇肉……你看餐台旁的这个告示：有些食物可能会引起某些人不适，生理的和心理的，请慎重选择。”

我瞪大眼睛问：“探险家们的聚会吃的都这么不同寻常。大家端着盘子吃这些一般人不敢入口的东西，什么反应？”

“许多人边看边咂舌，有一位女士还毫不隐瞒地说恶心。”

我说再是探险家，也都是文明社会的人，有着普通人的肠胃呵！

“你们一千多人聚在一起，戴口罩吗？”

“没有一个人戴。我本来想戴，可一看这场景，也只好揣口袋里不好意思戴了。不过大厅通风很好。后来移到一个小会议室，有些气流不畅，我就没四处走动去跟人交谈，会议结束就坐在外面和人聊天。我们都戏称这个会议是聊天大会，你不知道有多少有趣的人，发明因特网的那家伙就坐在我旁边。今年颁发了三年的奖，因为疫情攒一块儿了。与我一起获奖的另两个人都很牛，一位集资五百万美元，发明制造出一台迷你潜艇，能够潜入海底三万英尺，那可是比珠峰的高度还大的数字，相当于九千多米。另一位女性才四十多岁，父母都是 MIT 教授，研发出了火星岩石探测的新技术。”史蒂夫一边声音洪亮地说着，一边用两根指头捏起小桌上的花生米往嘴里填着。

“那个奖颁给你，确实让人心服口服。谁会花十五年时间，耗去一百多万美元去洪都拉斯的丛林找那传说中的古城？你们冒着生命危险让四千年前的文明重见天日，真是了不起。”我由衷地说，看表，已经一点多了，“你饿了吧？我去做三明治你吃吗？”

“你没有饺子或馅饼了？三明治夹什么？熏火腿、洋葱和奶酪？好。”史蒂夫听说约翰昨天到访把馅饼都吃了，笑道，“他等这个机会一定很久了。”

进到厨房。我忙活着又烤又切，史蒂继续坐在那张可以转动三百六十度的吧台椅上聊。

“这一趟最让我兴奋的不是我获奖，毕竟去年就通知我了，而是遇到各界那么多有趣的家伙。我坐在那儿五个小时没动地方，总有人走过来和我认识，甚至问咱们现在正在做的哥伦布前中国人到美洲的项目是否需要支持——你知道吗，探险家们越来越年轻，三四十岁的人很多，我随口民调了大约三十个人，所有人都毫不含糊地相信，中国人和其他地方的文明肯定早就到过美洲，哥伦布也许是最后一个到的，却是第一个留下了姓名的。你别提我听到这个多开心！”正说着，史蒂夫手机夸张地响起来。

“是大卫，他也参加年会去了。我得接一下。”说着他摁了免提接听。

大卫也是一位探险家，本职是建筑商，和许多探险家一样，非常富有。我那次和史蒂夫一起去橘郡的宝尔美术馆看登珠峰的展览，遇到这位史蒂夫的故友，非常友善朴素谦逊的瘦削而矍铄男子。

大卫还在纽约，正在往机场赶。“你知道吧，这次参会的成员中已经发现了十几例新冠阳性。我打算回到家测一下。你没事吧？”

“我今天早上刚测了，阴性。”史蒂夫自豪地说。

“听说如果真感染了，要大约三天时间才会在测试时显现。而且这家庭自测剂很有趣：如果结果是阳性，那你一定就是阳性，可如果显示阴性，别太轻信，只有百分之五十的准确率，尤其是没有症状的人，在初期根本测不出来，你得去医疗机构得到更准确的检测。”大卫声音有些干瘪，可你能清晰听出他的善意看到他的笑意。

“那我过几天再测一次，即使真感染了我也不怕。福奇不是说了吗，新冠瘟疫已经从美国结束了，我们要和病毒长期共存下去，最终每个人都会感染上，却不会再有性命之忧。”史蒂夫说，嘴里继续吃着烤花生。

“你知道我最担心的是飞机上。起飞了还好，有空气流通，起飞前后大家闷坐在那儿最危险。我在来纽约的飞机上吃了几口零食，摘下口罩，我尽量不呼吸，你根本不知道你旁边坐着那家伙是否就带着病毒。”明明是忧虑，被大卫悠悠地说出来，听着也像笑话。

“我来去的飞机上都很小心，一直戴着口罩。机场和飞机上戴口罩的人不超过四成，甚至空姐们都不戴了。祝你一路顺利吧，如果你有个好歹，我会去给你念悼词。”史蒂夫接过我递给他的三明治，剥开锡纸只碰了一下那烤得焦黄的面包就放下了，太烫。

“你一定写得很棒，我信赖你，哈哈！保重。”

饭后，我们一起走到前院，一阵风吹过，像打招呼一样拂动着树梢。“你看，蓝天、阳光、花朵、清风！我们多么幸运，没生活在乌克兰，想想那坐在家里都会被炸死的人们。开心起来吧，那些不如意都比蚊子苍蝇还小。我告诉你一件事，听了你就当个笑话。”

史蒂夫立在那棵已经冒起了许多红色新叶的樟树下，脸上的微笑带着些微难以察觉的难为情。“我去纽约领奖，可折腾一场，我却空着手回到家——我把那证书落在了酒店房间里！打电话给酒店问，对方说找一下。这事听起来多简单，只需要找到那天打扫我房间的人，问她看到没有，然后回我个电话，一共不过五分钟的事吧？我等了两天才得到回复，人家说没看到也没找到。有意思吧？”

我再次瞪大了眼睛，望着他似乎不相信地摇着头。

“最后，我给俱乐部主席打电话。他笑着说：史蒂夫你不是第一个丢了证书的人，之前有人丢过奖章。放心伙计，我们给你重新做一份寄去。”这令人恼火的一切，在史蒂夫嘴里都像在说一个笑话。我暗想，原来还真有比我粗心的人！

看着他离去的车子，我快步走进洗手间，望着地上那两滴水渍，我不由摇头苦笑——不知从何时起，我留意到，只要史蒂夫用过洗手间，坐便器边的地砖上总有有一两滴这样的水渍。这些无法自控的老态，让人多么无奈又担忧：某天，像史蒂夫这么好的人死了，我的世界得会多么灰暗孤独！我宁愿自己多擦几年厕所地砖。

# 收藏灵魂

虽然鸟儿合唱团照样清脆地唱着，一上午，天都阴着，那明丽的太阳每天打卡上班累了吗？它需要歇一天。

我没起床就拿起笔记本电脑敲打了起来。我实在是享受写作的过程，就像在和一个看不见的知己诉说自己的所思所见所感。

敲了三千字，起床，做瑜伽，吃早午餐，然后戴上耳机听着巴尔扎克的《搅水女人》出去沿公园旁的小道走路。

那公园除了很大的绿草坪，四周是纵横交叉的小路，在高高低低的山坡上蜿蜒，路边是丛生的低矮灌木和高大乔木。我特别喜欢那架长成树的金银花，每次经过，无论它在不在花期我都要走近瞭望着它停一会儿，像探望一个老友。那几棵上百年的老橡树，更是我敬重的长辈，跑步经过，呼哧带喘，我也会冲在路边弯道处的他们挥下手。我相信，他们在慈爱地望着我微笑。我不由得想，老而未毁的建筑是那么威仪，老而未死的树是多么高贵，自认为是万物之灵的人类可就没那么可敬可佩，许多人衰迈之际不仅失去了生命的活力，也丢掉了做人当有的体面。

那密不透风的树丛也是小动物的庇护所。小松鼠，像脚底装了弹簧，随时轻盈蹦跳着在树干和树梢间忙碌，一旦静止下来，要么是警觉地发现了来人，要么就是前爪捧着松塔，鼓着腮帮子快速地吃着松子。野兔的家族显然比松鼠还庞大，它们瞪着无辜的黑圆眼睛，拖着短而白的尾巴，灵巧地在灌木底下一仰一俯地出入。有两次，我看到了蛇，就在几步之遥的树荫下，那阴森凉滑的带花纹的长绳让我顿时收住脚步，浑身僵冷，可好奇心又作祟，心跳着冷静下来，我摸出手机，对准拉近了拍它。以后几天再走路，但凡看到地上有枯枝或脱落的树皮，我都紧张又警觉地望一眼。

还有五分钟就到家了，太阳也探出了头，我猛然发现在那几棵松树下的灌木边，有一截树桩。我知道虽然树比人长寿得多，可最终和所有生命一样，都有一死。有时，它们死而不倒，仍屹立在荒原上或山石旁。有时，它们从根部或头顶断开，枝干像残缺不全的身体，散落在它活着时的土壤上，与那埋在地下的根继续相依相伴。我经过，总不禁多望两眼，总忍不住想象它死掉的原因。

如果看到平整的被人类锯掉的树桩，我则会替那树难过：好端端的一个生命，愣是惨遭斧锯之灾，与人类被砍头或腰斩有何区别？

路边那树不知是何时被锯掉的。树桩高出地面不过一尺，黑褐色的截面像一个小鼓面。这原本没什么稀奇，吸引我目光的是那树桩最上端居然又被锯横着截了一回，约二十厘米厚，像个剁肉的案板。它之所以顶在树桩上没被园丁清理走，原因很明显：它被几根粗壮遒劲的灌木枝条环绕住了。

我本来已经快步走过去了，又走回去，蹲下身子，着实费了点儿力气，才把这案板解救出来。一圈树皮像腐烂了的橡胶鞋底，利索地脱落了。我打量着那细密的年轮想，等下次史蒂夫来，请他数一下它的岁数。每次进山徒步，遇到树桩，不管多累或多急，他都会把登山杖一扔，趴上去用指头点着，一圈圈地数一遍。

我双手捧起那树桩，继续往家走，不一会儿就手臂酸软，便猜测它生前可能是生长缓慢的松树。

歇了几回，才走到家，我把它安放在后院那盆玉树下。那砖红陶盆一直窝在那四仰八叉的光棍树丛中，在这底座的托举下，肉乎乎、玉一般镶着绯红边的叶片一下子光彩夺目了。

美国人管爱往家拣东西的人叫喜鹊。我就像个喜鹊，东一嘴西一爪往窝里收集东西。除了去旧货市场淘宝，我喜欢从不同地方、不同人手里捡拾各种废物，然后让它们在我院子里或屋里落户。

“它们其实是我们眼睛看不见的灵魂。”我笑着跟杰伊说，不管他理解不理解，认同不认同。

也正是在我跑步经过的那片老橡树林，我看到一截树干，断臂一样半埋在树叶和荒草中，朝天的一面经过日晒雨淋，已经空了，像一根弯曲变形的黑炭烧成的管子。我当时正痴迷养多肉，看到这残枝欢喜万分——在它上面种上多肉，会多酷！可是别说我自己，叫来了杰伊仍是挪它不动。我不死心，找到不远处正在浇水的墨西哥园丁帮忙。“七十美金！”对方掂了掂分量，显然感觉这是块硬骨头。我刚想还价，杰伊就冲我摇摇头，轻声说算了给他吧。

开车不过五分钟时间，那园丁把木头从皮卡上卸在前院的路边，一身大汗，不肯给搬到后院。后来在邻居格瑞的帮助下，我们三人才弯腰驼背地从侧门抬进后院。现在它正靠西墙根躺着，像重新焕发了生命一般，色彩斑斓地顶着密密的玉缀、火祭、虹玉、钱串、芦荟。

开车去拉斯维加斯，路过莫哈威沙漠，那如剑似戟的Joshua tree（约书亚树）让我惊羡不已，我多想在院里种上一株这既耐严寒又不畏酷暑的化石一般的植物。回程路上，遍寻附近各个苗圃居然没有人出售那树苗。“生长速度太慢了，没人肯养这东西！”我跑到树下捡种子，在干旱的沙地上，那一粒粒黑色西瓜子一样的种子倒是看到不少，可全是空的，里面的果仁早被各种鼠类和鸟儿当了美味。最后，我寻到一段枯木，形色都枯如鱼干，宝贝一般

放进车里。今天，它仍硬邦邦地躺在门廊下，不时引起路人驻足打量。

太平洋边那个有着三百年历史的西班牙传教会所的植物园里，我从地上捡到过拳头大一个龙舌兰，蓝绿色，像一枚洋蓟。避开上面尖锐的刺，把这小小的发着蓝绿色幽光的生命放进一个陶盆里，填上些沙土，几个月后，它扎根了，还长出了新芽。

彼埃尔后院折断的紫金刚，他打算扔进垃圾桶，被我带回家，插在玫瑰旁的空地里，一到春天，颜色紫红，像一朵盛放的莲花。

史蒂夫剪下来的日本芦荟、龙血树、银边阔叶吊兰，我都当宝贝收留下。是感谢我给予的第二次生命吗，它们都像被收养的孩子，懂事地比在原来的主人家更争气地活着。

去山野里徒步，我会从溪边捡回颜色青蓝、形状和大小像我儿子出生时的脚底板的石片，捡回夹杂着黑色闪亮晶体、边缘工整如刀切的石头镇纸。

去夏威夷度假，植物园里一片落在地上的棕榈扇形叶片上，有一个掌心大小的蜂巢，像一件蜂们集体创作的艺术品。我捡起来，小心包进纸里，飞六个小时带回我的小窝。“人家去夏威夷都买咖啡、珍珠和花衬衫，你就带回个马蜂窝？”杰伊笑道。

“谁说的，还有这个！”说着，我从一个小塑料袋里拿出两根“黑雪茄”，那是两根拇指肚粗的夏威夷特产红叶树桩。

参观一百多年前的美国旧兵营，雨后我在木棍支撑着的黄土坯墙角，捡到粗瓷餐盘的碎片，和一枚联邦军人制服上的纽扣。

我并不视这些东西为宝物，却发自内心地尊重它们。有这些来自不同时空的物件灵魂相伴，我像身处一群少言却友善的朋友中间一样，欢喜而从容。

我想，下次如果有人再问我信基督还是信佛，我也许该说，我信万物，因为它们个个有灵。

# 不　死

那个青白色的石砌金字塔一点儿也不庄重。是因为模仿埃及帝王之墓的形状吗？这迷你的陵墓不仅孤单矮小，在这小山坡下还透着点儿滑稽，让我想起中国农村看瓜的窝棚。虽然那个大写的姓氏 BRAND 刚劲有力地镌刻在质地坚硬的石面上，一副任风吹雨打我自泰然不动万古永恒的样子，在这人迹罕至的山谷，被枯黄的燕麦草和几棵松树寂寂相伴，仍似可怜荒冢。

我怎么也不能相信，这就是约翰多次提起要带我们来看的“闹鬼”的墓地。

那天的洛杉矶是个少见的阴天，五月底，居然颇有凉意。我照例搭火车进城，和史蒂夫、约翰会合，一起去这个藏在城市里的荒野远足。“这真有点儿难以相信——我们明明身处都市文明里，这生机勃勃的格兰岱尔小城到处都是带有漂亮花园的宅院，特斯拉满街跑，老教堂威严庄重，店铺生意红火，可不过才走了五分钟，就已经在这灌木丛生、阴森可怕的山谷里，好像进入了原始社会。”史蒂夫的感慨还真不是无中生有。把车停在山脚下，我们没去参观格兰岱尔之父那有着巨大喷泉的白色宫殿——昔日富豪狂欢之所，如今已经是为寻常人共享的图书馆，而是沿一条有些年头的柏油路来到了名为 Verdugo 的延绵山脚下。我们也没有顺着主路往山上走，而选择峡谷里一条僻径，在横七竖八旁逸斜出的林间穿行了几百米，就看到一个由十几级石台阶筑起的坡地。走上去，看到那围在铁栅栏里的一块平地，不大，像农家在荒山自垦的菜园，门上挂着一把和栅栏同色的锈绿色的锁。

我们像探监的人，扒着栅栏往里望。这显然是一个家族墓地，除了那在园子最里头依山丘而卧的金字塔，前面还立着三块极厚的石头墓碑，字迹刻得很浅，已难辨认。再细看，那被没脚踝的枯草覆盖着的地面上，也像名片一样平铺着几个金属墓牌。

“我听说这里最初是他家的狗死后被埋葬的地方，后来，布兰德先生被诊断患了癌症，就开始请人在此修墓地……这金字塔是有点儿小。”约翰个子很高，有一米八五，似乎为这格兰岱尔之父莱思利·布兰德（Leslie Brand）感到憋屈。

我说别忘了，这位一百年前在这块土地上叱咤风云的男人只有五英尺（一点五二米），那金字塔也不算太小。我来前看到一篇文章，说面容威仪的布兰德有着拿破仑的体格，极为瘦小，为了掩饰这一天生的缺陷，他总戴着一顶宽边高顶礼帽。家里他钟爱的那把摇椅也被砍短了腿，为的是摇到前面时他的双脚能触到地板。

约翰就住在这小城距此只有几个街区的地方，是旁边那个以这位大人物布兰德为名的图书馆的忠实读者。“那图书馆太美了，不愧是这位成功商人的家！捧一本书在手，临窗而坐，正好看到笔直的布兰德大街，棕榈树哨兵一样沿街直立着，风景绝佳！”当然，他也早耳闻过那神秘的闹鬼传闻，“不知道他是不是为自己才活了六十五岁就死掉不甘心，他的灵魂似乎没有得到安宁，死于1925年，快一百年了，仍阴魂不散，有图书管理员说不止一次看到过他夜里四处走动的身影。”

“我也看到youtube上一个人录的视频，他拿着一个对讲机一样的仪器，站在这墓园里和看不见的灵魂对话，当问到你是谁时，居然在嗞拉作响的噪音声中听到一个男声：Brand！”我刚说罢，两位友人就本能地扭脸望向那墓碑，约翰还下意识摸了下胳膊，似乎要抚平上面乍起的鸡皮疙瘩。

那天早上我又差点儿误了火车。我很幸运，我迟到五分钟，那火车居然也晚点了五分钟。

我万分感激地走到上层车厢，找到一个前后没人坐的座位，却发现过道对面一前一后坐着的两个老人在非常认真地聊天。他们都戴着口罩，都是黑人，老先生使劲往前探着身子，老妇冲后侧扭着上身和脑袋。那没完没了的聊

天让我莫名心烦。刚好在下一站上来一个黑发上抹着许多头油的小伙，大咧咧坐我对面，没戴口罩。

我犹豫几分钟，想想这四十五分钟的路途还真不算短，最后还是起身走到车厢另一头，找了个没人的地方坐下。

接站的人总比火车准时。车还没停稳，我已经看到史蒂夫和约翰立在站台上的身影。

约翰的租车到期，又新租了一辆，仍是丰田，每月租金长到了三百块钱，车很干净，还有没挥发尽的皮子和塑料味儿。收音机音量开得极大，阿黛尔用底气十足的女中音倾诉着离指尖永远差一点儿的爱情。

我们相约要去看的墓地与公园都因为一百年前的那个有钱人而命名：Brand。这位只活了六十五岁的小个子男人，在一百年前，让洛杉矶郊区的小村格兰岱尔繁荣兴盛起来。当时这个只有三百多人的半山区，完全是种菜种果树和养牛羊为生的农村。出生在密苏里的这位年轻人却有着不凡的经济头脑，二十多岁就靠做房地产尝到了有钱的滋味，于是来到他看好的蒸蒸日上的洛杉矶，和另一个铁路大亨，著名的亨利·亨廷顿（如今著名的亨廷顿图书馆就是他的家产）携手，不仅拥有水、电、电话、房地产、铁路等各种生意，还把自己的家建在可以俯瞰他一手打造的新城市格兰岱尔（Glendale）山脚下。布兰德豪气冲天，买地就像买件西服，他的家占地上千英亩，奶白的印度庙宇风格虽然有些不伦不类，在当时尚是一片荒野的山脚下非常惹眼。据说因为他相信不灭的神灵和轮回——1893 年芝加哥世博会，莱斯利·布兰德和他的妻子参观了东印度馆立即为之倾倒。于是请他的姐夫设计建造了这如今屹立了一百多年的地标建筑 Miradero，西班牙语，意为瞭望塔。当他着迷于飞行买到了第一架飞机时，便又买下了家门口十五英亩地，不时邀请朋友自驾前来开派对。

为了让这个小城“像玫瑰花一样开放”，财大气粗的布兰德不惜到处为他的城市做整版广告：“have you been to Glendale（你到过格兰岱尔吗）？”他本人自然也是一手遮天的受益者，深深懂得雁过留声人过留名的道理，不仅把这新兴城市的主街以他自己的姓氏命名，他生前立下遗嘱，把房宅捐给格兰岱尔市政府，分别用作对外开放的公园和图书馆，当然，前提是以他姓氏为名。于是现在的人们得以随时随地记得他的存在：上班时开车穿梭在布兰德大街上。周末带上孩子和狗去绿草如茵的布兰德公园打棒球吃烧烤。如果想安静一会儿，就去布兰德图书馆坐上半天，那里的艺术和音乐馆藏颇丰，受益于生前是艺术家的布兰德夫人，她在丈夫去世二十年后死于一场车祸。

不管那金字塔是否帮助布兰德轮回往生，至少，没让他遭受掘墓之辱。五十年前，那块墓地被盗墓贼闯入，先后两次将埋在地下的尸骨挖出后扔得四处都是，包括布兰德的姐夫、豪宅设计者的尸骨，其头颅竟被人盗走。两拨盗墓者均逍遥法外，至今没有任何案件破获的报道。

“你看这块栅栏下面，土塌下去一块，你可以钻进去。”史蒂夫这探险家禁不住好奇心的诱惑，对正在拍照的我说。

我把手机伸进栅栏，竭力拉近，想拍清楚那金字塔上BRAND下面几行小字，闻言低头看了看脚下，果然有一个不规则的豁口。我犹豫了一下说：“还是不要打扰亡人吧。”

史蒂夫不死心，说我们至少可以沿着栅栏外围走一圈。那外沿极窄，且多处长满枯草，一失足就会掉到几丈深的沟里。但我们还是边遥想着这位历史人物边摸索着走了一圈。这次，除了那些逝去者的墓碑墓牌，还看到草丛里的白色石雕，形似一本摊开的书。

“快看这个墓牌，天哪，这小家伙才活了一天！”由于离得近，约翰读到一个墓牌上的生卒年。

布兰德第一任太太新婚不久就死了。他与艺术家玛丽在墨西哥结婚，却未有子嗣。后来他在火车上邂逅了一位女子，在那女子怀孕后悄悄去墨西哥结婚。为避人耳目，他让这位没有名分的女人和两个儿子偏安一隅，终生都用一个假姓氏。在他死后，那女人为了安度晚年不得不卖掉房宅。而享用布兰德那有着十三间卧室豪宅的，是他的兄弟姐妹和宠物狗们。

我们唏嘘看罢这墓地，继续沿山谷往深处走，感叹着这位不幸的有钱人——所有先于我们而去的人似乎都是不幸的，因为他们死了，我们目前还活着。

一位身形敦实的男子匆匆超过我们，很快就消失在浓密的树丛中。

一路除了棕榈和梧桐树，居然有许多似芦苇似竹子的植物，它们密密地成片相拥着，高大细瘦，弯着腰，像一群无家可归的难民。史蒂夫说那分明就是竹子，叶子和竹子一样。我却说是芦苇，因为秆子太细瘦了。

约翰看二人极认真地抬杠，哭笑不得。后来就用手机识图软件，史蒂夫先认输：“这上面说是芦苇。好吧，你赢了……等一下，这软件太不准确，这回又说是竹子。”

我也查到了，上面写着：芦竹。

于是二人皆大欢喜，虽然谁都没赢，可好像也都没输。

我们不时看到这儿几级那儿几级石阶，沿着落叶走上去，却发现除了老树和枯枝败叶外，也不知所终。

继续走，脚下的小径不仅极窄，许多时候完全消失了，得靠两条腿蹚开脚下的杂草才能勉强通行。裤腿衣衫很快被灌木杂草上的露水湿透了，贴在身上，被冷风一吹，不由得打哆嗦。

“这让我想起越战时，那些可怜的美国兵在这样的地形前进，冒着被埋伏的敌人射杀的危险……”约翰重心高，走得比有一条坏腿的史蒂夫还吃力。

我走在最前面，不时被倒下的巨大枯树挡住去路。我的鞋袜已经湿透，每迈一步就听到鞋里的水啌啌的响声。我头一天刚看了一集纪实电视片《I survived》(我幸存了)，一位年轻的公园管理员在山林里巡视时邂逅一头豹子，殊死搏斗后，他被那大猫咬得遍体鳞伤，正在它啃食他头颅的时候，他用手中仅有的武器，一把瑞士小刀胡乱地挥舞，无望之际只听那豹惨叫一声猛地跳开了，原来他的刀扎中了它的眼睛。那前额仍留着一块醒目伤疤的小伙子总结自己的幸存理由时说：“主耶稣救了我。”看到这儿，连出生于天主教家庭的杰伊都笑出了声。

我们现在正往名为 Verdugo 的深山腹地走，常有报道说有人看到熊、豹子、山猫出没。想到这儿，望着深浅莫测、被树木和杂草遮蔽着的山谷，看似满眼的绿意和生机，我却打心底有一种无名恐惧，比听到布兰德的鬼魂还真实的恐惧。

“如果遇到了大型动物，不要跑，把手臂举高，假装你很高大，然后使劲尖利地叫喊。那样有可能把它们吓到，不敢贸然攻击你。”约翰说着一摸裤袋，说坏了，他的辣椒喷雾忘了带。

有不知名的鸟儿在高树枝头鸣唱一两声，清脆悦耳。在这阴沉着的灰色天宇下，山谷显得越发清寂。

再往前走了半小时，发现一道极陡的石坡，右侧则是五六米高的水坝。那石坡有一米宽，却没什么抓手，且是唯一的通路。我忽然发现一根绳子悬空垂着，另一端被谁拴在坡顶的一棵大树上。我拉着那绳子，很快爬到了坡顶。

约翰和史蒂夫就费劲了，费了九牛二虎之力，手足并用，连爬带抓，总算也上来了。

我一心想找到一条能折返的路，这样就不用沿原路返回。可越走越深，明明感到已经到了耸立的那列山脚下，却又迂回进另一个腹地。

史蒂夫建议坐下喝水补充点儿体能，原路返回。这一丛那一洼的树和灌木让我感觉似乎有某双机警的眼睛在透过树叶打量着我们，便说往回走一段找个开阔地休息不迟。正说话间，我啊地惊叫起来，我的脚差点儿踩到一条有着红棕相间条纹的蛇头！

史蒂夫和约翰也看到那瞬间缩回进草丛里的家伙。“这不是蛇，我看到它有脚了。我猜它是鳄鱼蜥蜴，不伤人的，但样子很吓人。”

我们都不知不觉加快了脚步。忽然约翰说：“刚才超过咱们的那个人呢？他去哪儿了？”

我和史蒂夫也一愣，不由得停住，四下张望着，除了环绕的山岩和野蛮霸道栖居着的植物们，哪有一点儿同类的影子？

每人吃了一个史蒂夫带的橘子和几粒杏仁，开始最艰难的一段：爬下那陡峭的石坡。

等约翰也平安到了坡底，所有人都松了口气——没有人摔断胳膊，也没有人扭伤了脚腕。“我真以为自己不行了，得让你们俩把我抬下来。感谢老天！”约翰一边拍着身上的泥土，一边笑道，“天哪，我的新裤子居然被磨破了，还好几个洞！”说着他一手摸着左侧的屁股，转身向二位同伴求证。

那深蓝色的灯芯绒裤子果然磨破了。

“我上周才买的，花了七十五块呢！”

“你应该庆幸你的屁股没事，否则上医院可就不是七十五块钱就可以解决的了。”史蒂夫挥着登山杖说。

再望到那金字塔墓地，三人如见故人。“谢天谢地，咱们没成了熊和豹子的美食。”

已是中午，天仍是阴着，这才感到饥寒交迫。开车上路。约翰先从一个洗衣店把早上放那儿的几袋脏衣服取了放后备厢。他半辈子都租住公寓，没有自己的洗衣机。然后去修车店取史蒂夫的特斯拉——几周前他去赶飞机去纽约，后备箱敞着居然他就从车库倒车，代价是花三千块换个新的后备厢盖。

终于三人到了那家名为 heirloom（传家宝）的咖啡店买三明治和沙拉，直奔史蒂夫家。

每人都换上史蒂夫找出来的干净衣物，把湿脏的那堆丢进洗衣机。

我庆幸我的双肩背里有一袋茶叶，沏了杯热茶，就着三明治，坐在史蒂夫家的阳光房里，望着院中植物园一般的美景，吃喝一顿，感觉恢复了元气般踏实了。

“你这院子真美！那株天堂鸟得有五十年了吧？看那竹林，翠绿得像假的，真成一面墙了……还有那小溪……”

说话间，衣物烘干了，穿在身上，每个人都感觉从未有过的丰衣足食的幸福。

史蒂夫打开电视，正播的新闻让我们仨都呆住了：就在不远的阿卡迪亚山脚下，两个骑自行车的人遭到了熊的攻击，经过一番搏斗，侥幸逃脱。二人中一人伤势严重，正在医院抢救……电视台警告人们提高警惕，毗邻山野的地方要格外小心。并插播了另一个事件：一个只有七八岁的小女孩儿正在后院玩 iPad，一头熊忽然跃过栅栏跳了进去袭击她。小姑娘急中生智，用手中的 iPad 猛击熊的鼻子，然后快速跑进屋里才没命丧熊口。

“下回，咱们去布兰德图书馆待半天，即使老主人现身，也未必像熊一样非要咱们的命。”约翰笑道。

史蒂夫打开电吹风轰轰响着烤他的鞋子，扭头望向我：“你敢去吗？”

“咱们都凭吊过他的墓地了，我相信这位不死的人会善待咱们的。”我认真地说，眼睛望向空中。

# 黎巴嫩母亲

“我儿子在同学面前总用亚美尼亚语悄声跟我说：妈，你少说话——你说，我有什么丢人的？我虽然英语没他好，可会说五国语言……”坐在沙发上的安妮瞪大眼睛扭过那张不悦的脸来，伸出指头一个个数着，法语、亚美尼亚语、阿拉伯语、土耳其语、英语。那手晃得我眼前一片金光，说不上是什么金属的戒指几乎每个手指上都套着一个，左腕处还有一个绕了三圈的细金丝手镯。

安妮是我修英语写作课时的同学。作为班上阿姨辈的学生，又都是外国人，还没开始上课，只互相打量一眼，心理感觉已经近了一层。可也仅限于选挨着的座位坐，私下也不过在课间闲聊几句，并没太多交往。

当时我知道安妮和丈夫两年前来自黎巴嫩，带着两个读小学的孩子。她是老母鸡一样的全职太太。送孩子到学校后没事干，就到离家不远的城市大学选门课来读，提高英语水平，顺便解闷。看她穿金戴银的像个有钱太太，可她说她丈夫开网店，卖游戏机配件。

“这还能谋生？”厚道的杰伊听说后都笑了，“我倒是喜欢玩游戏，可谁总买硬件？”

安妮一家从来到美国就租房住。四口人，靠卖游戏机配件的收入，除了房租，还能剩下多少钱确实是个问号。可这一切对安妮来说似乎不成问题，有些略长的脸总沉静从容，带着生活优越的中年妇女惯有的满足微笑，体态也丰满，是那种营养充足的富态。

后来瘟疫来了，学校停课，很人性化地通知选修了课的学生，可以继续在家跟着网课修学分，也可以无条件退钱。

我不喜欢网课，便退钱在家看闲书。和安妮也断了音信。

“我是你的同学安妮。有空回我电话。”几天前在新墨西哥游走的我接到了这条信息。回来后，我们二人约好在我那儿聚一下。

两年多未见，她更丰满了，只不过穿着宽松的铜绿色连衣裙，并不让人感觉胖。但我们拥抱的一瞬，我确实感觉到她从胸到腰都大了不止一号。

“我尽力了，只想做个好母亲。所以我在美国五年了，从没出门工作过。”刚坐下互相夸了几句气色不错，安妮掏出手机给我看她一儿一女的照片。儿子十五岁了，唇上的小胡子和斜睨的眼睛宣告着青春期的躁动。女儿十三岁，双腿修长，穿着极短的裙子，完全已经混同于土生土长的美国少女了。“我们在家都说亚美尼亚语，我不能让他们忘了英语之外的语言。”

我接过她带来的那盒亚美尼亚点心，放在茶几上，暗中琢磨是否应该让她走时带回去，我知道那亚美尼亚点心有多甜。本来打算榨果汁招待客人，可安妮听了挥下手，并未显出兴趣，说带了水，然后从那个超大的LV包里掏出一瓶矿泉水。

我一来兴奋地想和她好好聊聊，二来已经在茶几上放了几碟杏仁、炒花生等零食，听安妮急切地示意我坐下，便不再客气，坐在同一张长沙发上聊起来。

我先问安妮先生的游戏机生意如何。“疫情以来，根本卖不出去了。我先生投资了两辆limo（豪华轿车），放在Uber平台上租给人开，收入和司机分成。”

我心想也许这生意不错，否则他们不会想换大房子，就像她一进门就兴冲冲地报告：“来你家路上我刚去看了一套三居室，毕竟孩子大了，需要分开卧室。可现在租金贵得吓人，三千五百美元一个月，居然还有十五户抢。我想房主不会选我们，因为我们有狗，虽然我给她看了那狗只有八磅……”安妮说着把一枚红色打火机一样的东西放进嘴里，一扬脖，呼出一口烟。原来她在吸电子烟！

“我知道这也含尼古丁，可没办法，我和先生都戒不掉。你没见过我先生对吧？”说着再掏出手机举给我看照片，一个秃顶男子目光恬静地冲镜头微笑。其实这张夫妻合照在学校读书时她就给我看过。知道她很以自己嫁的男人自豪，我便很真诚地夸他长得很好看，没有某些秃顶男人的猥琐或病态的感觉。他自信而有学识，像个大学教授、律师、音乐家，一切体面的职业放在他头上都不让人产生丝毫怀疑。

听了我的夸赞，安妮显然很受用，露出了一丝少女的自得。“我比他大三岁。可他这几年因为甲状腺出了问题，每天服药，头发掉了许多。我们也吵架，可总的来说很快乐。每个周六我们都去参加派对、跳舞、唱歌、喝酒。每年都去一趟拉斯维加斯，也不大赌，也就三五千块钱吧……你听出来了吧，我的英语好多了吧？”安妮的声音浑厚，是好听的女中音，讲英语时因为不流利，语速缓慢，却是有底气的，似乎相信自己能被对方听懂，虽然说到他或她时，仍错误地用“do”而不用“does”。

说罢，可能是饿了，她没等让，自己凑近茶几开始剥炒花生吃。

“你知道我十年前就患上了糖尿病，如今肩颈动不动就疼。可我只想做个好母亲，我也不再试图使唤孩子们了，白费口舌。累了就歇会儿再干。可就这样偶有疏忽，我儿子还会不解地问：妈妈你不用上班，怎么这点儿事情都没空做？我实在太爱我的孩子们，尤其这儿子，已经读高中了，他结交什么人我哪儿盯得住？担心啊。对了，我可以来点儿咖啡吗？”安妮说着又向空中喷出一口烟雾。

我起身去磨咖啡豆，烧开水。我喜欢这种坦率直接。

边在厨房忙着我边问安妮她儿子的未来。“他说想当牙医，挣钱多。可你知道年轻人还没定型，哪天就又变了。他爸给他的设计是先读两年社区大学，再转到好点的学校去，美国老百姓都这样，省钱啊……”

“咖啡不错！”喝了一口黑咖啡，安妮赞叹道。这让我很开心，我一向认为自己根本不懂咖啡。

下午四点了，我不敢碰咖啡，继续喝我的柠檬水。

“我每天操劳家务，最大的快乐除了周末的派对，就是去逛街购物，那是我和女儿的最爱。买什么？衣物、首饰、鞋子……我需要就买。女儿要的东西我一般也不拒绝，我喜欢看到她得到心爱的东西时的快乐。不过她也懂事，衣物多选二三十块钱的，上百的，她知道我不会痛快掏钱。女儿和我很亲，喜欢我胜过她爸。儿子最让我担心，下月他就可以考驾照了。现在只要坐在我车里，我就不厌其烦，提醒他右转要看人行道，STOP 标志前要停够时间……”安妮确实比在学校听课时健谈了许多，也许真是因为英语有进步了。

我听说安妮在黎巴嫩还有房产，问她是否出租了，至少可以补贴一下这里的家用。“黎巴嫩的房子？你以为是在美国？一个月折合下来也就一百美元，我租它干吗？还不够别人折腾的呢。”说着安妮咧了下嘴，我发现她居然掉了好儿颗牙。

“我们一家人都喜欢美国，偶尔回去看看待一个月还行，长期生活在那儿？大人孩子都会说不。有绿卡五年就可以申请美国国籍了，我们期待着呢。谁不喜欢美国？虽然这里有许多问题……你挺好吧，健康没问题吧？”安妮忽然想起来关心一下我这老同学。

我说还行，除了去洗牙，好像还没怎么看医生。“我比你小三岁，可是两年前就绝经了。我的牙！左边掉了两个，右边拔了仨。你知道美国种牙多贵吗？我这三颗下周去做，七千美金，还不能走保险！”安妮的烟吸得很勤，说话到一段落，总迫不及待地放嘴里吸一口，好像那不是烟，而是氧气，不吸她会窒息。

“你没事可以锻炼一下。另外，饮食也要注意，少吃红肉。”我说。

“不行，我坚持不了，曾经一周去游一会儿泳。两个孩子都长身体，每天都得有肉吃。我先生说一不吃肉就浑身没劲儿哆嗦。培根和鸡蛋一起煎，真是很香啊。”

我感到喉咙发痒，建议到后院看看我种的花草。

“你哪儿有时间照顾这么多植物？天哪，这得花多少时间和精力。看啊，你有那么多瓶瓶罐罐，打扫起来多费力啊。”我本来想引着她在院子各处看看，可她只是站在廊下没有跟随的意思，便打住了。

依我的意思，我们二人可以坐在后院的椅子上接着聊，可安妮却主动回了屋，仍歪在沙发上。我担心她喝苦咖啡胃难受，切了两片米琪送的香蕉面包。

“我得走了，今天是周六，晚上我们得去帕萨蒂纳参加派对，我还没化妆呢。”说罢她起身往外走。

我很佩服这位同学，不仅因为视金钱如尘土的乐观，还因为她真是一个化妆高手——我看到照片上的安妮真是美艳无比，丝毫没有绝望主妇的疲沓，反倒像个好莱坞艳星。

送她走后，我对着那一盒点心发愁，扔了吧，会良心不安，毕竟这是典型浪费。可是我实在吃不下那齁甜的东西。于是打电话给不时送我自烤蛋糕的邻居大妈米琪，说给她送过去尝尝。结果，就在出门的一瞬，我本能地看了一眼那塑料盒上的日期：2022 年 5 月 10 日。

过期一周了。

我窘得想了半天才决定告诉米琪：那蛋糕不小心被猫碰掉在地，摔出了盒子，弄脏了……

# 堕　　胎

我和史蒂夫、约翰又一起去登山，还没到山腰，三人已经争吵起来——如果一个女人被强奸怀孕了，她是否有权力选择堕胎?

史蒂夫怒目圆睁，本就很双很重的眼皮吧嗒一眨，态度鲜明:“身体是她自己的，孩子是她的一部分，她当然可以选择中止那强加给她的生命!”

约翰不动声色，却也毫不犹豫:“再怎么说，生命无辜。她生下来可以不养，交给教会或孤儿院等慈善机构去养育。”

“那简直是凭空想象!那些认为堕胎不合法的达官要人们，自己都说不定让太太或情妇堕过多少次胎呢!尤其是许多共和党人，只不过为了表现自己有人性或政治正确而在人前一套背后一套。你去查一查，那些少女母亲活得多么艰辛，真正有几个人得到了社会的关爱和帮助?”史蒂夫激动得停下了脚步，站在一棵老橡树下，不时用登山杖使劲戳着路边一块石头。

“堕胎不人道，也不符合上帝的旨意。杀死一个生命，是多么大的罪恶。”约翰声调未提高，却继续坚持己见。

我知道他们是看到了那则新闻：就在本月，俄克拉荷马州州长签署了新法案，规定堕胎违法。一旦发现有诊所给人堕胎，罚款十万美金和坐牢十年。而滑稽的是，在此之前，已经于2022年9月率先将堕胎定为违法的得克萨斯州的女人都是跑到俄州去做堕胎手术！激进的德州打出“心跳堕胎法”，就是说只要胎儿有了心跳，中止怀孕就算违法。有人抗议，那也就是在怀孕六周左右，许多女人甚至都察觉不到自己怀孕了。德州甚至规定，即使被强奸和乱伦导致的怀孕也不被视为例外。而且政府还鼓励民众互相监督，如果有人举报某诊所或大夫做堕胎手术，可获得一万美元奖赏。

“为什么美国各州现在开始关注这个问题了？”我不解地问。

“因为1973年美国通过了堕胎合法化的法律，马上就要五十周年了。高等法院突然公布了一则草案，讨论是否推翻这堕胎合法令。为什么？因为现在的大法官有多一半是保守的共和党！”史蒂夫一向是民主斗士，“女人应该有生育权或不生育权。连被强奸后都不能选择堕胎，还必须屈辱地生下被人侵犯的恶果，那些所谓的有人性和神性的人想过这些女人一生会背负着多么重的负担吗？”

…………

约翰和史蒂夫不约而同地把目光投向我，问我的意见。

作为女人，作为一个疾恶如仇的人，我毫不犹豫地给出了立场：女人有权力作出决定。

我们继续走着。一会儿就聊到天气、枪击案、房价飞涨，说说笑笑，一派祥和，似乎刚才的争执根本没发生过。

我不由得心生佩服。这就是美国人的包容，“我可以不同意你的观点，但我誓死捍卫你说话的权利”。朋友之间如此，夫妻之间亦如是，尊重对方的观点，哪怕是荒唐可笑的谬论。似乎是做人的第一原则。这让我想起在美国总统选举期间的一幕——一户人家的车库两侧插着两面不同的旗帜，一面是支持特朗普的共和党，一面是支持拜登的民主党。

我走路经过看到，不禁笑了。心想这要是在中国，夫妻非得离婚不可——作为夫妇，岂能容忍三观如此迥异？不要说这么大的政治分歧，一些丈夫喜欢的朋友如果令妻子嫌恶的话，那继续交往下去的可能都微乎其微。人们喜欢根据你对他喜欢或厌恶的人的态度来判断你，比如，敌人的敌人就是朋友。依此类推，自己的敌人呢？也应该是朋友的敌人啊。呵呵。

# 外 星 人

“我倒愿意相信 UFO 真的存在。它们也许看到地球人身陷瘟疫，前来拯救咱们了。当然，也有另一种可能，它们看到机会来了，趁机消灭人类！可是，人类已经把自己逼上绝路了，相信外星人的存在，就像有些人相信上帝一样，至少是一线希望吧。”我和约翰坐在史蒂夫家后院闲聊，约翰引出了 UFO 的话题，史蒂夫兴致极高地表态。

“我相信 UFO 和外星人是存在的，而且是上帝造的。要没有的话，为什么国会自 1969 年以来再一次正式举行关于这个话题的听证会？而且有重要的军方人物出席，就是因为他们已经收集到了许多无法解释的天文现象。你知道，许多数据都是来自军机驾驶员。”约翰这虔诚的天主教徒总想给自己的信仰找到更多物证。

我想到那部 1979 年的美国老电影 *Alien*（外星人），那应该是第一部以外星人为主题的电影，片头有一句很让人后背发凉的话：“In space no one can hear you scream”——在太空，没有人听得到你的惊叫。

“听证会有什么新内幕？”我好奇地问。

“海军情报部门官员说目前还没有外星人的物证，但是确实有许多不能解释的现象出现。他们已经有四百多个相关的数据，有些是百姓目睹的，多数是军方发现的。军方和情报部门不用UFO这个称谓，而是UAP（Unexplained Aerial Phenomena），不能解释的天文现象。”约翰微笑着说。

“显然他们不想透露太多内容。五角大楼负责情报的那家伙说了，他们不希望让潜在的怀疑论者知道他们究竟看到了什么和如何解读那些现象。无论如何，这么煞有介事的听证会，让人感觉似乎我们和神秘的外太空更有了交汇的可能。也许我们死了并没彻底消失，而是去了外星人的地盘儿。”史蒂夫说罢起身去了书房，拿回来一本书，“这是写外星人的畅销书，作者就是我相伴了三十多年的邻居。这老太太去年去世了，九十一岁！研究了一辈子外星人。死前把她的大院子割了一块过户给了我，反正我们中间也没院墙。我极喜欢她那棵得有五十年的橘子树，结得橘子又多又甜。”

我接过那书，看到书名先乐了，*How to Defend Yourself Against Alien Abduction*——《怎么防御外星人对你的

绑架》！

作者安·卓菲尔（Ann Druffel）简介本身就让我震惊：1957年开始，这位女士就开始研究UFO。美国的国家调查委员会有个专门研究太空异象的部门，她就是其中一个最热心的研究者，为《飞碟探索》等数不清的和UFO有关的杂志写文章。

史蒂夫也不知道这位神神道道的邻居的书究竟有多畅销，只是知道那是个非常和善的人。从她那住了一辈子和她一样老迈的小房子看，她经济上也许并不宽裕。“死后她女儿就把房子卖掉了，一百三十万美元。买家是个地产中介，重新整修了一番就挂到网上，不出两个月就出手了，卖了二百万！现在我的新邻居是一对年轻夫妇，在好莱坞某电影公司工作，显然不差钱。”

我借了那本书，在回程的火车上看。外星人在世界各地的所谓见证者眼中有共性：一般人看不见他们。他们可以随时改变形体，甚至可以是动物之身。他们有时可见，有时不可见，完全取决于他们的意愿。他们是天生的说谎者和骗子，喜欢愚弄人类。他们热衷绑架人类。他们喜欢诱骗人类发生性关系。他们可以瞬间绑架人类，然后把他们在另一个地方释放。

看到这些，我忽然想到所有地方都有的鬼故事，感觉这外星人和鬼还挺像，而且是爱搞恶作剧的鬼。

安的“抵御被绑架”手段，读了更感觉可笑：阻止他们的意识控制。反抗。保护你的爱人。多找些人帮助你。从上帝那儿获得帮助……

外星人研究专家。我想这也许和相面算命的一样，是最容易谋生的职业，前提是：有，人，信。

# 为了生存

我从小对猫没什么感情，我更喜欢狗。可既然客居的美国房东杰伊有一只跟了十四年的猫，我只能爱屋及猫。尤其看到小猫喵喵地叫着蹭我的腿要吃的，我的心总忍不住一下变得柔软如棉花，虽然这叫火球的小家伙是只最普通不过的橘猫。

我已经习惯了这猫固有的野性，打扫房间时看到蜥蜴尾巴、鸟儿的羽毛都不再吃惊。在电脑前写作时，甚至会被墙角窗帘下窸窸作响的断尾蜥蜴打断。我只得起身从*VOGUE*杂志上撕下一页香水广告，折卷成个小簸箕，把那惊魂未定的不幸者铲上去，在后院寻个树丛，将其放走，希望它不会再沦为猎物。可是昨天黄昏，我仍是心跳加速，边训斥那一脸无辜又漠然的火球，边费劲地清理客厅地毯上一大摊鸟毛——那显然奋力挣扎仍送了性命的鸽子一动不动躺在那儿，像一团深灰色破布。而几小时前，我刚在后院金银花下埋了一只蜂鸟。

猫真是鸟儿的天敌。每年光是在美国就有二十四亿只鸟儿死于猫爪。

“捕猎是猫的天性。火球有吃有喝，从不吃掉它的猎物，只能说明那是它的本能。再说，如果没有了猫，鸟儿还不泛滥？虽然有些鸟儿是濒临绝种的物种，可猫脑子里没那根弦儿。”当我痛斥火球的暴行，说每年有六十多种鸟儿因为猫的捕杀而绝种时，猫主子杰伊微笑着充当辩护人。

从此我就总把那供火球畅通无阻的推拉纱门关着。既然不能阻止杀戮，也图个眼不见为净吧，至少它不能把猎物叼进屋。

今天早上，我正在煮麦片准备我的早午餐，就接到史蒂夫打来的电话。

“我想给你讲一个刚才发生在我后院的动物故事。你有时间听吗？”他兴奋的口气像得到了有价值情报的线人。

史蒂夫的家在寸土寸金的帕萨蒂纳，那灰瓦白墙的平房并不轩昂豪气，可那快百年的老屋四周环绕着各种高大的树木。喜欢水的他不仅有游泳池、喷泉，还专门用天然石头沿树林修了一条欢快奔流的小溪。这好风水也吸引了各类小动物，浣熊、豺狗、鼹鼠、负鼠、猫头鹰、松鼠、蛇、兔子……史蒂夫这探险家好奇心重，为了观察这些不速访客，在溪边安装了夜视摄像头，早上起床第一件事就是前去查看前夜的动静。“你说多神奇，这些动物们似乎早有约定，不管是来喝水，还是洗澡，它们从不扎堆儿前

往，好像怕冲撞了别人似的。”所以这礼让之风让他的野生动物园平静祥和，从未出现过战争。

“今天早上我正在书房看书，忽然听到凄厉的鸟叫声。跑出去一看，才发现那松树枝上立着两只大乌鸦，看到我叫得更急迫了，还往游泳池飞去。原来是它们的一只小乌鸦掉水里了！我把那个子也不小的乌鸦捞出来，放在草坪上。它可能刚掉下去，除了一身羽毛湿了，倒并没性命之忧。既然它有父母陪伴，我就打算进屋。这时那鸟妈鸟爸又大叫起来，还扑扇着翅膀从草坪上飞到空中。我环顾四周，才看到一只豺狗正在不远处打量着地上那飞不起来的鸟儿，我就把它赶开了。没想到，刚在屋里坐下，那乌鸦的叫声又响起来，似乎比刚才还绝望。我冲出去一看，完了，那豺狗嘴里正叼着可怜的乌鸦往树林里跑！我想上前去追它，可太晚了。那鸟儿肯定已经被它咬死了。”史蒂夫很简洁又生动地讲着这一切。

“你应该把那鸟儿放在高处啊，既然你看到了豺狗在打它的主意！”我心直口快地说。我一向不喜欢豺狗的样子，在我住的小区周围树林里也不时和它们遭遇，总是瘦得皮包骨，既像丧家之犬，又像运气不好总饿肚子的劫匪。

“我事后想到了，我当时应该登着梯子把它放到房上去。等它的羽毛干了，它就可以飞回树上它的窝里。我感到难过，眼睁睁看它送了性命。不过，我也为那豺狗庆幸，它终于找到了口吃的，你知道，它还年轻得像个长身体的孩子……”

史蒂夫的话让我似乎好受了一些。想到我年轻时被一位同事欺负，一位年长的朋友安慰我：“不用太在意，他也是为了生存。”

# 驾照更新

我的驾照十一月份到期，想到那时我未必在美国，便想到提前更新。上网一查，才发现只有驾照有效期不足两个月的人才可以申请网上更新。否则，驾照有效期多于两个月少于六个月者，如果想更新，需要本人到DMV（车管所）去办理。

一想到车管所的长龙，我就发怵，决定在网上预约，虽然去了也要排队，但那预约者的队伍往往会比没有预约的要短。没想到网站很不给力，到最后提交一步，电脑好像突然短路了一般让我前功尽弃。

杰伊好心建议找个不忙的日子陪我去。于是我们选了两周后的周五，那天杰伊休息。

只有四英里的车程，可我却有点儿心神不定，一路观察着红绿灯的情况。还好，多是绿灯。不足十五分钟我们已经开到车管所院里。“好兆头，没有看到排队长龙！”杰伊笑着说，居然很容易找到了停车位。

待我们走进那方墩墩的大纸盒子一样的办公大厅，

看到那往常长蛇一般的非预约队伍居然比兔子的尾巴还短——只有七个人！

我很开心，立在队伍中不足十分钟就轮到了我。那个戴着彩虹口罩的年轻男子看了一眼我的驾照，礼貌地问，“你不介意考一下笔试吧？提前这么长时间换驾照是需要笔试的。如果是距离驾照到期只有两个月的时候，接到了DMV 的更新通知，就不需要笔试。”我心想只要不是路考就行，要知道我当年可是路考了三次都没过的人，这笔试好像从没失手过。我爽快地说没问题，立即到旁边的电脑前登记个人信息。“如果意外身亡，是否愿意捐献器官？”看我晃着鼠标在犹豫，杰伊在旁边笑着说：“点 yes 啊。”我知道杰伊不仅每年捐七八次血，从十五岁拿驾照就一直是器官捐献者。

我笑说反正死了也得火化，捐器官也算废物利用，就点了 yes。其实之前领驾照时逢这一项我也是选的 yes。下一项，“是否愿意为器官捐献协会赞助两美元”那一项，也选了 yes。我很自私地希望这样的小小善举能让今天的一切都顺利圆满。

登记完，我得到一个号码 G47，坐到椅子上等叫号。下一步就是交费、照相、笔试。我忽然有些心慌，开始掏出手机临阵磨枪，找到一些测试题做了起来。第一题居然就答错了：多大的孩子需要用儿童座椅：七岁、九岁、十岁？后面还有不同的身高。我选了九岁。可答案是七岁。

下一道也是和孩子有关：如果小孩子坐在车里，在什么情况下不是非法的？家长只离开五分钟；有十二岁的儿童在车里相伴；天气不太热。

这道我答对了，虽然是猜的。有十二岁的儿童相伴。

我忽然希望叫号速度慢点儿，好多有点儿时间补课。

也不过十分钟，轮到了我去三号窗口。一位戴着黑色口罩的黑人妇女让我摁了拇指指纹，把不过三米之外的那张白纸上的字母表挑了几排让我念，算是测了视力。交了三十九美元，我去十三号窗口照相。

也不过十来分钟后，我已经又回到了刚才登记的电脑前，开始做题。二十五道题，答错五个以上就算没过。

我发现那些题目居然很生疏，别说选出正常答案，就连把那题目理解正常似乎都要耗点儿脑力。我很快用完了三次跳过不答的机会。再遇到模棱两可的，我只能蒙，偶尔蒙对，多数蒙错。我立在那儿，感觉浑身发冷。旁边一个小姑娘比我到得还晚，却很快答完通过了。我更着急，想知道究竟自己答了多少题了，好像没有线索可查，只能硬着头皮继续蒙。很快一行字在屏幕上蹦了出来：你没有通过！

“你可以歇两分钟再测。”刚才给我照相的那位年轻女子已经替代了戴彩虹口罩的男子，坐在电脑区的那张办公桌上。“如果第一次拿驾照，你需要做四十道题。这是驾照更新，只有二十五道。”

我三年前第一次拿到驾照，当时感觉相当容易，可这次的二十五道题似乎比外星物种还让我陌生。

是头一晚没睡好觉吗？我感觉腰背酸痛，蹲在地上，难为情地对坐在旁边玩游戏的杰伊道歉，说没通过。

我知道杰伊要去出租房请人做保洁，不敢恋战，匆匆起身选了最左边的电脑，至少一侧没有人打扰。这次我选了中文。

可题一出来我立即后悔了，那中文是繁体字倒罢了，还是台湾腔的中文表述。而且，旁边一对胖胖的中年夫妇在我右边的电脑上登记信息，声音很大，“我希望这是免费的。这三十多块钱不收就好了。”那挺着肚子的男人说着，在电脑前笨手笨脚地帮那女人填表。

有些题刚才我遇到过，似乎容易了一些。但凡我答错，选继续时，那电脑会直接告诉我出错了，并公布正常答案。我想记住错了多少道，可似乎脑子根本不够使。不过十分钟，那行字就蹦了出来——我又没过！

“你没有学那本蓝册子吗？”那女工作人员都开始同情我了，说建议我别硬着头皮考了，“回去学了再来吧。否则这钱就白交了，你还得重新再走程序。”

我已经蔫头耷脑了，话也说不流畅了，还是杰伊明白了我的意思替我问：“如果放弃考试，等到驾照不足两个月到期，是否就可以正常换驾照不用考了？”

“不行，既然你选择了考试，电脑里已经有了你的信息，就一定要考过……我们的蓝册子发完了，你去三 A 保险公司要一份，他们有。”

这一回答让我彻底没了底气，本来还打算搏一搏运气的我乖乖地答应把最后一次机会留给下一次。

好心的杰伊拉着我去取了小册子：“回家好好做题吧，下次你会过的。”

“可是我万一把最后的机会也搞砸了呢？”我悲观地问。

“那就再交钱考三次，没什么大不了啊。”杰伊一向是不知愁滋味的单纯中年，当晚他和好友迈克约了去看 *Top Gun*（电影《壮志凌云》续集），心情更是好得比这天空还晴朗。

钱能解决的问题都不是问题。想到这儿，我似乎才活了过来。

# 袁大头和光绪元宝

杰伊出差去了波士顿，我犹豫了一下，周日早上还是驾车去了旧货市场。我一路有点儿不敢相信，全是绿灯！

我没把车停在杰伊习惯停的北侧广场，而是开到了东边邻近火车站那侧的停车场。这样我就从东边的入口买票进去，先沿着往常总最后去逛的东南角逛了一圈。

一切都和平常没什么两样。阳光照旧晴好，像永远也花不完的银子慷慨地挥洒着。人们有些戴着口罩，多数都没有任何遮掩。听到有人大声打喷嚏的声音，我仍是本能地把鼻子上的口罩金属条压紧一些。

我尽量让自己坦然从容地走走停停，就像身边有美国“保镖”陪着一样。待我走到第二行中间地带时，漫无目的的目光落在了一个纸盒子里——那里面有一堆圆圆的钱币。我对钱币是不感兴趣的，因为我知道自己完全是门外汉。完全出于好奇，我低头伸手，开始拨拉那堆小饺子皮一样的钱币，猛然看到上面的字：中华民国元年

我翻转过来细打量，那不是袁世凯头像吗？我当然

是知道袁大头的，可至于值多少钱，怎么判断真假，我一头雾水。而且我还真没见过那么多。我没数，可感觉至少有四五十枚。再细看，才发现了另一种钱币，虽然大小相同，却是写着：光绪元宝

很快，我的一次性塑料手套就已经沾满了钱币上的锈迹。

“一美元一个！”那个挺胸凸肚的美国女人说道。

我再缺乏常识也知道这是相当便宜的价格。于是我低头继续拨拉着，把看着顺眼的（也就是锈少一点儿的）放在一边。最后，我数了数，一共拣出来三十枚。

“三十枚一起买，二十块钱！”那女子很爽快地说。

这时我留意到一个中年男子凑了近来，也打量着那纸盒里的钱币，可能看到我正在挑拣，他没吭声。

我发现有些钱币居然被人打了孔，显然是想把这钱当项链坠穿绳子用的。我又调换了几枚，当着那女人的面，把那堆钱两枚两枚地数着放进她给的塑料袋里。那女人似乎很不习惯这样的数法，倒也没异义，接过那张二十元纸币，道了谢，继续立在那儿张罗生意，一个老头看上了她摊在地上的那两个旧自行车轮胎。

“发财了发财了！你用指甲捏着钱的两侧，吹口气儿，放在耳朵边听听！”金牌编剧Z先生一向是我请教文物的第一人，早在十几年前我还当记者时，就曾蹭着他的车去南四环的吕家营旧货市闲逛。那些卖货的看到Z的到来，无不兴奋得像看到了专家，东家请他掌眼看一对圈儿椅，西家让他给瞧瞧那条长案。

我回到家第一件事就是先把这堆真假莫辨的东西放进清洁用醋里泡着，然后用海绵擦拭。再泡，再擦，终于让那些锈迹和黑斑都去掉了。我知道有人说旧物的包浆很重要，去掉会影响价值。可我更在乎干净与否。再值钱，如果不干净我都不想碰它们啊。

像给孩子洗澡一样把每一枚都洗得露出了白净的肌肤，我又拿出椰子油，用纸巾擦了一遍。

听到Z爷电话里兴奋的声音，我也兴奋起来，依法吹了听了，还真忍不住笑出了声——我以前看电视里有人拿银圆吹口气放耳边，总好奇他听到了什么。这次我真听到了，那悦耳的悠长的像鸽哨划过天空的声音，那声音虽然要短要轻很多。

“你再拿两块碰一下边沿儿，应该也有这样的声音。”

我又试了，果然。

“鹰洋（光绪元宝）的价格随着造币局的不同而不同。你手头有多家造币局的钱币，更应该不是假的。”Z老显然在晚饭后散步，很有耐心地继续指点，并建议我，“这就是捡漏儿！下次再看到了，别管它是打眼儿的穿绳儿的，都买回来！一美元，你给谁七块钱谁能给你用银子造出一块银圆来？！”

他的话让我恨自己当时没有气魄，早知道这么便宜应该全买下呀。

一个星期过去了，我兴冲冲地又去市场了。上次那个女人的摊位，早换成了另一个墨西哥大叔在卖牛肉干。我专心地打量其他摊主，终于看到一个体型相似的，我把每样物件都打量了一遍，没看到丝毫钱币的影子，便故作镇静地问那女人：“我上周是跟你买到过一些钱币吗？”

“不会呀，我从来没卖过钱币。”对方客气又有点儿奇怪地说。

把整个市场梳篦子一样无一遗漏地梳了一遍，我空手而归。在我向出口走去的时候，看到一张支起的小三合板桌子上，一抹极雅致不俗的色彩吸引了我，径直走上前去细打量，却见一条窄细的织物铺在桌面上。把压在上面的其他杂物移开，才知道那是一块日本产的彩丝，赭石、豆绿、姜黄、虾青……所有的色彩都谦和低调，像一群素雅的女子安静地在花园喝茶，没有喧闹，却美得让人不想转睛。

“三块钱！”卖主是一位尚年轻的男子，清瘦得颧骨突出，目光却是清澈干净的，丝毫没有满脑子想着钱的贪相和焦虑。

于是，我递钱给他，边谢边把那长方形的绢叠起来，还没放进随身的布包里，就看到一对男女立在我身侧，那中年女子眼睛盯着我手里的丝巾，嘴里是毫不掩饰的羡慕：“看呀，被买走了！”脸上的不悦显然是给身边的男子看的，想必是先前她想买下，被男人以再看看为由阻止了。

我心底暗自笑了，因为我也不止一次有这样的失落。看到心仪的东西被别人买走，真是不亚于自己喜欢的男人被别的女人挎在手里。甚至比那还令人沮丧——男女之情能持续多久？人与物之恋却真是要天长地久得多。

所以，没找到银圆的下落，开车回家的路上竟没太失落。

# 航　海　者

“别不好意思，厕所安了就是要用的。真的，请别客气。”女主人芭芭拉坐在马桶上，真诚地给我和女画家丹妮澳介绍着镶在侧边上的几个按钮，“一号（解小手）摁这个冲水键，二号（解大手）摁旁边这个。手纸用完后请放进这个棕纸袋，然后丢进垃圾篓。”

接着，芭芭拉从那麻雀虽小却五脏俱全的洗手间走出来，迈着大长腿带二位女客参观船舱的卧室部分。那三面抵着墙（船舱）的大床是不规则的方形，长宽都是七英尺，为的是即使有海浪颠簸，睡梦中的人仍是安全的。她真的好高啊，双腿修长且结实匀称，在那湖水蓝的超短裹裙下，趿着人字拖鞋大步走着，被晒成淡褐色的双臂露在白色 T 恤外面，胸部丰满却适度——她真有一个令人羡慕的健美身体！

我问她有多高，“以前五英尺十二英寸（一米八），现在年龄大了，也许缩了一点儿。”她坦诚地说，蓬松的头金发在红色的半遮阳帽下飞扬着。

虽然刚上船不过十分钟，我已经对第一次见面的芭芭拉相当喜欢，她是多么友善亲切而知分寸啊！该说话时她知无不言，耐心细致地向面对她的学生们。对了，除了是这艘私人游艇的主人，她的职业是初中英语老师。不该说话时她安静得像个害羞的孩子。她离异，现在的丈夫迈克，是位地产信托律师，出生在洛杉矶这寸土寸金的新港（New Port），“我八岁时就在这海上自己驾驶小船，我父母常带我出海。后来我又迷上了登山，先把美国的几座高峰都爬了一遍。我和芭芭拉刚见了一面，她还没到过我家，我就问她的人生理想是什么，她不假思索地说：驾船环游世界。我一下就呆住了，和我的一模一样啊！于是我们就在一起了。我们花三年时间，驾船环游了世界！”迈克和太太一样高大挺拔，尽管头发灰白，却没有一丝上年纪人的暮气，微笑时，古铜色的脸上露出一口保养极好的白牙。

他和史蒂夫都是探险俱乐部的成员，听说英国前皇家海员菲力蒲要来宝尔博物馆演讲并签售他的新书 *Atlantic B.C*（公元前的大西洋），他一口答应史蒂夫的请求，邀请几位朋友到他的游船做客。

“你从未上过私家游船？一起去看看吧。这也是你在美国的新经历。”史蒂夫总知道如何游说我，于是我也欣然前往。

“不要担心这皮椅，直接踩上去，从这船还崭新时我

们就穿着鞋踩在上面。”这是芭芭拉上船对客人打的第一句招呼。“我真没想到这驾船高手是芭芭拉，你真能干！”史蒂夫看到芭芭拉一会儿在甲板上猛力摇着绳子校正船帆方向，一会儿立在那轮巨大的方向盘后面掌舵，还要不时招呼客人，给他们准备午餐。

“我们可以先吃一顿很好的午餐，然后出海。”迈克毫不自谦，从船舱一盘盘递上食物前就直接宣布了。那很好的午餐虽然也挺简单，从某餐馆订好的三明治，却因为又自配了葡萄、草莓、吞拿鱼罐头、土豆沙拉等开胃菜，显得相当用心而有营养。每人接过那已经分配好了开胃菜的木头餐盘，自由选一个三明治，牛肉的、火鸡的还有纯素的。

轮到我，我说任何一种都行，迈克主动递给我一个纯素的。

“这船是四十七英尺长，三万三千磅，1985 年制造于西班牙。我是第三代主人了……”迈克边吃边讲，俨然一个熟练的讲解员。他们每年都会接待许多朋友的来访，曾有两年这船还租赁给一些想在海上开派对又没有船的人。

英国人菲力蒲的英国口音和他的蓝眼睛一样很绅士。

他没有我在网上和书里读到的那样有派头，不高，微胖，那敦实的体形配上他圆脸上斯文的微笑，让我感觉很亲切。他几天前从英国飞到美国，第一站是盐湖城，因为那里几位信摩门教的商人打算买下他造的腓尼基木船。

“因为他们相信这仿制的公元前六世纪的木船会给他们带来好运。你知道，菲力蒲的船是在地中海岸边一个叙利亚小镇制造的，完全依照传统的造法。那里当时虽然没有摩门教，可却是耶稣的家乡。”在前往海边的路上，史蒂夫驾车，拉着我们先去宝尔博物馆看两天后菲力蒲的演讲场地。画家丹妮澳曾两次跟菲力蒲搭木船出海，十几年间也确定了她以画水为主题的创作理念。

把菲力蒲准备签售的书放到礼品店，我们驱车前往海边当迈克夫妇的客人。

“你看那栋绿房子了吗？价值一千五百万美金，为什么前面有那么多植物？因为主人是花草种植商。”芭芭拉一边掌着舵，一边往码头左右望着，看到有意思的建筑，就指给大家看。

“看到那堆被夷为平地的房子了吗，光推倒它就花了七百万美金。再看旁边那个，是恺利·麦吉丽斯的家，她可再也不像 *Top Gun*（电影《壮志凌云》）里那么美了，老了胖了，哪儿有一点儿当年和阿汤（汤姆·克鲁兹）配戏时的风采。”迈克看妻子游刃有余地驾着船，双臂交叠，悠闲地立在甲板上微笑着当导游，“再看那白房子，挂着国旗的那个，主人是 Home Depot 老板……”

我坐在松软舒适的皮圈椅上，望着灰沉沉的天和同样灰沉沉的海，更多时候把目光放在那沿着码头肩并肩却风格各异的建筑，不禁想到最近正在看的《红与黑》穷木匠的儿子于连的话：“一个人的幸福不取决于智者眼中的事物的样子，而取决于他自己眼中的事物的样子。”可不是吗，对有些人来说，削尖了脑袋成为富人在此安上一个家，就是他们眼中的幸福。迈克说这一个港口就有一万八千艘船，像他这样的船，买艘新的要七八十万美金，而一艘船每个月在港口码头的泊船费用就达一万美金！他和芭芭拉有远见，早在七年前买了一个泊位，只花了不足二十四万美金，如今要加倍都买不到了。

“我们每年花大量的时间旅游。2018 年，知道哈里王子的婚礼即将举行，我给皇室负责婚礼的部门写了封信，自荐作为普通民众参加婚礼。我还真收到了回信，你知道英国人的，那两页的信写得相当含蓄，我读了两遍才明白，我的请求被婉拒了。可是王子大婚那天，我们两人还是穿着正装到了现场，梅根不仅看到了我，还跟我有眼神交流……看！”说着迈克举着手机让大家看那些照片。

他没吹牛，那穿着笔挺西服扎着黑领结的他，那戴着贵妇帽的芭芭拉，高雅气派，即便皇室也会误认为是哪房想不起来的远亲。

说笑着，离港口越来越远，那些泊船和房屋变得越来越小。“一会儿我们可能会看到鲸和海豚，或者海狮——这是我一贯承诺我的客人们的，可是唯一有保证的是海狮。”迈克说着也坐到客人们围坐的折叠吧台边，示意史蒂夫去掌舵。

史蒂夫曾和别人共有过一条船，也是航行老手。他熟门熟路地边当着舵手，边祝贺迈克康复：“谁能想到你曾是肺癌四期的患者，切除了半个肺，居然没事人儿一样好好的！”

看到大家关切的目光，迈克笑笑说：“我打算再去登山，可我的大夫建议我别冒险。可是，这世界并不按常理出牌的事太多了。比如我吧，从不吸烟，每天跑两英里健身，吃喝都很健康，可居然，会得了肺癌！”

我好奇地问：“那你问大夫你患上肺癌的主要原因是什么了吗？”

“我被确认患癌时也这么好奇，成天上网搜，倒是有所谓的肺癌十大感染原由这类的文章，其中可能唯一与我有关的就是吸入大量的柴油。你知道这船是用柴油当动力的，我自小到大和船泡在一起，估计那是最可能的理由。”

然后，迈克微笑着叫丹妮澳的名字，让她去过过舵手的瘾。“你给我拍张照片，我回去拿给我女儿看，看她妈当船老大的威风。”

我依言给她拍了，心中想，轮到我时是否可以谢绝。第一我真不懂一点儿驾船的门道，第二我也没什么兴趣去掌舵。可担心谢绝是否有些不礼貌。

就这样想着，我们已经驶入了空阔的海面，左右往来的船越渐稀疏了。一个红色浮塔上，真有七八只棕色皮毛的海狮趴在塔架上晒太阳。

我问丹妮澳："菲力蒲的木头船上没有这样的舵，你们怎么改变航向？"

"我们有一个木头的舵，也是可以调整方向的……"菲力蒲接过话来，进一步解释他那古船的原理。说得我频频点头，却根本一头雾水。我知道有些事情对于有些人来说，永远属于黑暗的谜团。

这时，我听到迈克叫我的名字，"你先坐在这儿看我操作，然后试试。"迈克的格外周到让我感觉到了他对我的不放心，是啊，我是这船上唯一没有过任何海上经验的人。

知道和开车一样，向左打方向即是左向，向右打方向即是右向，可幅度大小、打得快慢显然是需要经验的。我试了一小会儿，被史蒂夫主动给摆拍了照片，也算过了平生第一次掌舵的瘾。

最后当舵主的是菲力蒲，听从迈克打道回府的指令，他熟悉地调转船头，并一直驾船直到进港。我留意到，在这群美国人中间，在这放松的时刻，菲力蒲显得很安静，大眼睛在浓眉下显得有些孩子气，完全不像六十二岁的人，也让我难以想象那个书里描写的他——历尽艰难，船终于有了着落，他突然决定当船长，和被降格为副船长的朋友发生了激烈争吵；也想不出希腊考古专家让他把精心设计的图纸扔进垃圾箱时的沮丧和挫败。这一刻，他想必是难得的放松，尤其是船已经找到了买家，他只是有说有笑地用他的英国腔的英语和大家聊着天，虽然不幸的是，当他两年前从地中海漂过大西洋驶到佛罗里达时，他想把船卖掉，却无人问津。而当他把船解体后，将一半已经运回英国后，竟然有人找他说要买下那船，所以他还得把那另一半船运回来。

我问芭芭拉从哪儿学来一手驾船本事。“从哥哥那儿，我十几岁就跟酷爱航海的他混，虽然最初曾有两次掉进海里。可笑的是，我已经驾船环游了世界，如今也离不开船，两个哥哥早就不碰船了，因为他们和不喜欢海的人结了婚生了子。”

这时人们听到站在船尾的迈克轻唤了声“sweetie（甜心）”，他同时冲那桅杆轻微扬了下下巴，芭芭拉便心领神会，大步走到甲板右侧，双臂用力，摇着一个轮柄把缆绳拉紧，好让帆改变一点儿方向。

她那么利索，果断，有力，每一个动作都像一幅极美的雕塑，看得我向往钦佩，心想怪不得说到芭芭拉，迈克这精明的律师总一脸的自豪。

“当一个好的船员必须得会游泳吗？”芭芭拉的友善让我放松，我出于本能地问。

“真不一定。毕竟你不用待在水里。可是如果有万一紧急情况，会水肯定比不会要有优势。比如遇到海盗，呵。”芭芭拉确认船帆和风的方向匹配了，直起身子喝了一口饮料道。“我还真遇到过海盗，在加勒比海，当时我哥哥还驾船呢。对方是三个人，大声嚷着让我们把船停下，说他们是边防检查员。我们见他们既没穿制服也没有出示检查证件，拒绝了。可他们掏出 AK47 就向空中射击，然后跳上船抢走了一千多块钱现金和我们的枪……不久听说另一艘船也遭到了他们的袭击，但那个船主死活没停船，只是帆被子弹打烂了。从此我们长了个教训，这种情况下，一定不能停……”数不清的风浪让芭芭拉成了真正的船家，年轻时她的主要谋生手段居然也是船：和当时的丈夫帮人把订购的船从此地开到彼地，有时是在美国，更多的时候是开到其他国家去，从未失过手。

芭芭拉夸赞了菲力蒲的掌舵技术，接过轮盘把船侧驶到几小时前离去的泊位，恰到好处，丝毫不差。

“小心不要把手机掉到水里。我的一部手机眼看着掉进了海里，我们竖了根杆子标记位置，请水性好的朋友下去捞了上来，我把那在水里泡了十六个小时的手机放在窗台上吹着风，居然又用了三年。”看大家就着有些稀薄的太阳拍照，芭芭拉笑着提醒。

迈克提议大家合影，并精心设计好了位置，就在他的船上桅杆下，特意露出桅杆上那大大的红色字母

TRAVELER（旅行者），那是他的船名，也是他大学母校USC（南加州大学）那吉祥物白马的名字。

“别急着走，喝杯啤酒庆祝一下咱们的短途航行成功。”迈克递给每人一罐冰镇啤酒，看到一个立在小艇上的年轻人，举手打招呼。“那个家伙是清洁船底的好手，我每月付一百块钱，他负责把船底打扫干净。”

“要是这港口每家都买一幅我的画，那会是什么样子？他们爱水，也应该爱画水的画呀。”丹妮澳立在甲板上，像是对着我，又像是对自己说。

回去的路上，正是下班高峰，史蒂夫又错过了出口，导致我错过了火车。最后，他只得开车送我回家。

我戴着隐形眼镜的眼睛既困又涩，竟然睡着了。醒来的一瞬已是黄昏，睁开眼睛忽然想到那个给人家打扫船底的年轻人，感觉和迈克那种有钱大鲨比，他真像一只细小的虾米啊。可是他也许，至少，是只健康的虾。相对于少了半个肺已经近七旬的人鲨迈克，谁更羡慕谁？

# 压　惊

虽然头天晚上没睡好觉，这个周五，我的心情却似乎没太受影响。

先去车管所试最后一次的考试运，过了。虽然我几天前在车管所网站花十八美元买的 cheat sheet（小抄）一点儿没顶上用。早上七点多就怀揣着那本驾驶指南蓝皮书上了路。杰伊不上班，继续当义工司机，好让我临阵磨枪地啃着那一页页枯燥的交规。我边看边惊讶地发现，读了好几遍后，那用彩笔画着各种重点的条例，有许多读起来仍陌生得没有丝毫印象。

好在有准备就有底气有实力，站在电脑前正准备答下一题，屏幕上出现一行大字：恭喜，你通过了。

仍是错了两道。如果酒驾被查到，会被扣掉几分？驾车者胸骨和方向盘中心的距离应该是？这两个问题让我大脑一阵空白。

无论如何，我过了。那女职员微笑着冲我道贺，仍不解地问："你怎么上一次用中文考都没过？"我说在美国我的中文也水土不服变得不灵光了，她大笑，说两周后我会在信箱里收到新驾照。

为了感谢杰伊的大力相助，我请他吃早餐，也给自己压压惊。那条有着百年历史的旧街离车管所不远。步行过去，不过五分钟，就看到那褪色的奶油色小黄楼，选了墙上装饰着美国各州汽车牌照的老式咖啡店，为了不用等位，我们直接坐在曲尺形的吧台前。美国虽然是个年轻的国家，可一点儿也不影响人们怀旧。这小城有一家自十九世纪末就开门迎客的餐馆仍在营业，食物没啥特殊，无非是汉堡、三明治外加咖啡和薯条，却人气极旺。坐在那像加长车库的老旧平房里，眼前是发出昏黄光线的灯泡，张贴着泛黄的黑白电影剧照的四壁，坐在红色塑料转椅上的当地人，一下子，就好像穿越时光隧道回到了过去。

这家咖啡馆也是这样的怀旧风格。

我点了免咖啡因的咖啡，很高兴桌上有新鲜的奶油（而不是封在小塑料盒里的人造奶油）。给我端咖啡的服务生还是个腼腆少年，墨西哥或南美人，他干净的微笑和身上的棉T恤让人心里舒坦。

一位肤色微黑的女子靠在墙边和我目光相碰，很温柔地笑了。我亦回她以微笑。

过了一会儿，体形富态的她从我身边经过，停下脚步轻声说:“我真的太喜欢你的风衣了！”我低头看一眼那年轻时在国内买的灰色风衣，小西服领，三粒单排扣，带盖的口袋，简单至极，那也是我喜欢的风格，所以多年来不离不弃。“它和我相伴二十多年了！”我望着她说道。

“get out of here！（滚出去）”她笑着说，好像我们是非常熟悉的朋友。

滚出去？她随意又友善的表情让我猜出这话别有意思。我笑笑，跟她挥手道别。

杰伊看到了这一幕，只是微笑喝着他的冰茶。

我问他是否有人跟他说“get out of here”。

“有啊，那是很熟悉的朋友之间，这话表面意思是让你滚出去，也可以在熟人间亲热地表达吃惊。”他笑道。

我心情陡然间更晴和轻快了，回味着那女子的友善，真和从窗外投射进来的阳光一样温暖。

“你说，她是墨西哥人还是南美人？”我好奇地问杰伊。

“African American（非洲裔美国人）啊！这你还看不出来？”杰伊有些惊讶地说。

我看到一对夫妇带着四个小孩子坐在靠墙的卡座上，看到他们肤色和刚才的女子近似，便猜也是非裔美国人。

“那不明摆着是墨西哥人吗？天哪！”杰伊睁大了眼睛露出更加不可思议的神态。

“怎么区别他们呀？既然肤色差不多。你知道许多非洲裔人都不纯正了，没有那么黑……”我索性打破砂锅问到底。

“看五官哪。墨西哥人五官更像亚洲人而不像非洲人。你正在采访的专家中不就有人相信玛雅文化和中国文化有相似吗？虽然我不知道哥伦布前中国人是否真的早就到过美洲，墨西哥人和土著人一样，都有明显的亚裔特征……”

我顿悟般谢了他，扭头打量我左侧的那位老者，他正慢吞吞地用刀叉切着炸土豆丝饼和三明治，感知到我的好奇打量，却并不开口，似乎耐心等着我主动搭讪。“你看来是老主顾了。本地人吧？”我问。在美国越久，我发现自己越对身边的人感兴趣，也越来越像史蒂夫一样喜欢主动 chitchat（闲聊）。杰伊不时笑我说真没白和史蒂夫交友。

“我 1961 年从北卡到加州来投奔我爹，当年十八岁。几年后买了人生中第一套房子。那房子有八百多平尺，带漂亮的小院子，两万九千块，我开始嫌贵没买。半年后我出手了——已经涨到了七万九千块！我喜欢加州，这里人不仅讲话口音好听，也比家乡的人开放包容。我偶尔带两个儿子回去，还得故意模仿着说那一般人听不懂的南方口音……我每周都来这儿吃几回早餐，这里的食物让我想到儿时我妈做的早餐。”

听他聊着旧时光，偶尔啜口咖啡，看阳光静静地照在红砖墙和人们身上，那一刻，我竟忘了自己是在异乡。

# 玉　　树

周日了，我照样去了旧货市，令我意外的是，许多摊位空着，那地上划着的粗重的白线让这露天的广场更空阔。

我问杰伊那天是什么日子，是否有足球赛或什么节日。“没有啊。许多摊贩估计不来是因为油价太高了。你想，那些远路的开车往返一百多英里，耗不少油钱呢。所以宁愿白交那已经预付了的摊位费，也不想再投钱。”杰伊别看话不多，却比我更了解这里的百姓。

一进门的左侧靠栅栏的摊位，依然是那个总喜欢低价甩卖的中年男人Jeff。有几个年长的女摊贩甚至都跟他手中扫货，然后加价再卖给别人。我喜欢他的不贪心，曾把车库里一些不需要的东西用纸箱搬来了送给他。他对我也是更加大方，听到我询价，他会大声说："你出多少我都说yes！"那样倒弄得我不好意思。有一次我看中两个栅栏，年代久远，日晒雨淋，那木头都已经成了灰黑色。"五美元。"我犹豫地说。"你的了！"Jeff立即说。"什么，五块，你说两块钱他也给你。都晃得快散架了。"杰伊边往车上搬这两个栅栏边笑道，他可是最不爱跟人计较价格的人了。我听了并不沮丧，有时候照顾别人的钱袋也是在意他们的心情，不是每样东西的价格都要单纯用钱来衡量。

于是Jeff的摊位就成了每次必看之地。可能这天我去晚了，地上狼藉一片，东西已经卖得差不多了。看到车轮旁有一盆玉树，主干有婴儿的腿那么粗了，可显然疏于打理，上面的枝条软软的，像喝多了酒的醉汉四仰八叉，没有一点儿树型。而且那叶子因缺少光照，不同于我后院那棵红彤彤的，而是绿色。"多少钱？"我随口问，纯属好奇，并没想买。Jeff伸出一根手指。一块钱？天哪，我想都没想，掏出一块钱递过去。"你没看见，今天有一堆植物呢，全是多肉，十块八块很快被人抢光了。这盆显然不招人待见，剩下了。"Jeff坐在一张贴着sold（售出）纸条的黑转椅上说。

"谁家忽然卖这么多植物？"我忍不住问。

"一个老太太搬家呢，估计是还不起月供了，银行把房子收回拍卖……"我望着那缺水少光蔫头耷脑的玉树，心里不禁叹息了一声。

一个爱植物的人，得多么无奈才得眼睁睁把它们贱卖掉？

我想起很久前买到的那十个《圣经》故事瓷盘。尽管看不懂那些画面所描绘的是《圣经》里哪些场景，可那丰富的色彩，那生动的人物神态，让我毫不犹豫想买回家。一问，才两块钱一个！“我爹的东西，他死了，我清理他的阁楼，对他可能是宝贝，你看每个还都有原装的盒子，还是分期分批订购回来的。可这些我都不稀罕，卖了省得占地方……”那看起来并不缺钱花的小伙满不在乎地说。

回家把那些盘子精心擦拭干净，一一放回纸盒。我留意到上面邮戳的日期是 1969 年。那年的我尚未在人世间。从一个从未也永不可能谋面的美国人的阁楼，到我这个中国女人的手中，这中间是谁的翻云覆雨手在牵系？物品的命运，其实又何尝不是人的命运？

# 一朵昙花

看到朋友圈有人在晒昙花。“又到昙花开的时节了？”我想到后院长椅旁那株两年前栽的昙花，不知道是否因为今年奇热，它还蔫头耷脑连一个花苞也没滋生出来，去年开放十几朵的盛况注定不会再现。

洛杉矶郡在这个夏天颁布了控水令，不同的城市有不同的限水政策，史蒂夫和丹妮澳所在的地方每周只能浇一次草坪，杰伊这山谷里的家属高地沙漠气候，还可以维持每周三次的频率，但规定了浇水的时间和水量，否则会被罚款。后院的多肉们似乎并未受太多影响，它们原是这干热少雨的气候下的植物，可那本该绿油油的草坪在高温炙烤下显得很痛苦，惨淡地泛黄发棕，即使那绿着的部分，也像洗旧了的旧军服，让人看着都替它们饥渴。

室外热得像烤箱。这坐北朝南的房子室内本很凉爽，又加之门窗全部是双层玻璃，很是隔热避暑，可中午前在里面待久了又令我这阳气不足之人腿脚冰凉，我便写一会儿字后，走到后院去“暖和”一下。

那棵长者般的老漆树在盛夏烈日下枝叶有些枯瘦，好在仍有大片阴凉。我躺在那把没见过沙滩的沙滩椅上，把脚伸到阳光下，像一块冰慢慢感受温暖的抚摸。透过树的枝叶，望着湛蓝无云的天，感觉很是惬意。不可避免地，我看到了那株昙花，不禁为它担心——往年那碧玉一般润泽紧致的狭长叶片不再，取而代之的是枯黄而干瘪的几枝薄片，上面还长着黑色斑点。我爱我亲手栽种的每一棵植物，可我并不是专家，就像一个女人生了孩子，那种发自肺腑的爱并不能让我成为一个好妈妈。

我坐起来，忧心地呆望着那株细瘦伶仃的昙花，不知如何是好。我曾试着给它多浇水，或少浇水，也曾在给柠檬施肥时把颗粒肥撒给它一些。我不指望它今年能开花给人赏，就像不盼着果树每年都结果，只要它们活着跟我相伴，我就很快慰欢喜。

可是也不知是哪一天，不经意中，我惊喜地看到了它——顶端那片稍微透着点深绿的叶子上，居然支棱出来一根淡黄的嫩条，我不敢相信地凑近了看，我认得，那真是一个纤细的花苞！怯怯地，坠在叶片边缘，像一根多余的手指。

此后它迅速裂变般生长着，从手指头粗细拉长成了一管弯茎，在那淡绿的茎（花托）的顶端，又膨胀出椭圆形的花苞，珍珠一样的粉嫩，像初生婴儿的脸蛋。它细长的管子般连着蓬大的花苞，打个有些俗却非常形象的比喻，

医院妇科诊室墙上通常都贴着的妇科剖面图，上面那输卵管连接着卵巢，真的就是这样的！

我感激地望着这小小的生命，唯一能做的就是给它拍照。

四五天后，它不再生长，只是鼓胀得厉害，好像随时都会一口气收不住而炸开来。

“今天晚上，这朵花要开放。”我兴奋地叫了杰伊去看。“那你可得记着来看哦。”杰伊的微笑与其说是欣赏，不如说出于礼貌，终日对着电脑的他对植物向来没有感觉。

“如果运气好，明天一早花还不会闭合。”我像个有经验的接生婆。我真是见识过以前这昙花盛放时的景象，不过也从未像别人那样呼朋唤友秉烛夜游，都是早晨天亮了看到那盛宴的尾声。我是个粗疏之人，院子里玫瑰或多肉花儿开了有时都不知晓，直到某天看到那已经枯萎的干花才明白，原来有刻美好已经绽放过，心中不免遗憾叹惋——那积攒了多少时光的灿烂，竟然无人见证与欣赏，想必很是寂寞，就像我写了文字没人共享。

可是，我又是一个随缘之人，或说懒散之人，喜欢一切都不刻意去守去盼，就像朋友，该遇见，该喜欢上，自然发生最好。

结果，它没辜负我。第二天早晨，在鸟儿的鸣唱中，在晨光的照耀下，它仍灯笼一般柔美地开放着，虽然已经不是全开，但在我眼里已经是完满。

我一向认为花谢了并不意味着美的结束，那凋零的花自有别样的美。插在瓶子里的玫瑰谢了，落在白色的棉桌布上，像被热烈的情人印满了痴缠的唇印。又像穿着丝绸睡衣的女人，一遍遍在镜前试用新买回家的胭脂。它们散落地飘零坠落在哪儿，透着一股空寂自如的美。如果收集起来，放进再普通不过的瓷盘，不拘天青色的牙白色的，都会好看得让人心柔起来。

而那昙花，最多的时候我采摘过七朵，头颈相交着摆在一张竹编茶席上。它们沉沉地睡着，像几只跳舞跳倦了的火烈鸟，睡态都那么优雅。

把那令人惊艳的照片发给朋友看。“这昙花是可以吃的哦。做汤，相当美味呢！”那朋友显然很懂美食之道。

我不，我不会把花烹来食用。就像听说日本人热衷各种食樱花的方式，我都觉得不可思议。虽不必比做焚琴煮鹤，至少在心理上——因灾年或为野趣食槐花和榆钱另当别论吧。我宁愿用眼和心享受它们凋零衰败之美，也不愿把它们送进口腹沦为秽物。

# 卜 生 死

知道当天最高温度会蹿到四十摄氏度，起床后没敢耽搁，吃沙拉和麦片，收拾干净厨房，往脸和脖子上抹上一层防晒霜，我就匆匆走出家门。饭后十五分钟不能坐着。我这讨厌规定的人，对自己相信的健康原则仍会奉行不二。

才九点不到，可是太阳发挥的热力已经足够让人难受。不一会儿我就出了汗，可仍旧戴着遮阳帽，甚至脖子上还围着一条布三角巾。我不怕晒黑，可真心不想长皱纹。

戴着耳机，播放着《枕草子》，那个朗读者有点儿嗲，可嗲得很有点儿慵懒可爱，非常符合写下这文字的女官的神貌。可我意识到自己并未专心听，不时因路边所见和心中所想而走神。

我沿马路走了一段，拐进旁边的灌木树林。只供行人往来的水泥小径也在阳光下由灰变白了。忽然什么东西在我一米远的前方飘忽了一下。我以为是脚步带起了一片细小的柳叶，定睛细看，才发现那居然是一只小蜥蜴，真小呀，也许头一天才刚刚从蛋里孵出来。它显然不像它的长辈们面对人类或其他兽类泰然处之，没经过多少阳光，它的颜色是极浅的赭石色，长短不过一道淡眉。我继续走，影子投到它的身上，它更是受惊般加快了慌张移动的脚步。

我不由得笑了，看到松树下多了许多松塔。熬过了一个冬天的雨打风吹，在这酷热的夏天，终于撑不住了，落在了树下厚厚的松针上。它们的颜色多是深褐，有些完全裂开呈塔状，如果没有一片残缺，那便会是很美，如被手巧者雕成的迷你木塔。有些颜色是红栗色，包裹得很紧的鳞片还没打开。它们往往是松鼠们寻找的目标，里面还有松子可吃。我喜欢捡拾松塔，拿回家放到花盆里，既可为花草们遮阳，又比露着土好看。

我忽然看到极袖珍的一枚，躺在一块圆圆的石头旁边，像这石头下的蛋。我弯腰捡起来，发现它也就鸽子蛋大小，紧致的鳞片上布满小得几乎看不见的小突起点。我把玩着它，心柔软起来，像看到刚才那宝宝蜥蜴一样。

我记得某天散步，和邻居格兰特同行，看到一只小兔子随着母兔在吃草，他笑眯眯地说："我妈妈说过，连蛇小的时候都很可爱。"也真是，世间所有的东西在小的时候都那么干净、无辜，透着与世无争的恬静与友善。不是吗？鼓肚凸眼的青蛙似乎丑陋吓人，可它还是小蝌蚪的时候，那么有趣，谁不想微笑着伸手到水里掬起来盯着看？

粮食和蔬果的种子，都光溜溜无甚趣味，可它们发出的芽，都莹润柔嫩，让我感觉人类的唇凑上去都是亵渎。再奸猾邪恶的人，如果你有幸看到他（她）小时候的样子，对着那黑亮无邪的眸子，你也会想蹲下轻拍一下那稚嫩的肩膀。

我想，这也许是生命的自我繁育本能：你得不招人恨，才能有机会长大。而一旦长大到有了力气对抗这个世界和同类，就开始露出可怕的一面，而这里面似乎又属我们人类最极端，不仅面目可以变得可憎，还把自欺和欺人当成生活法则，直到死神把他唤走。

“如果未来人类可以预测出自己的寿命。那是好事还是坏事？”那天吃过晚饭我又和杰伊散步，忍不住问。

“我可不想知道哪天死，那岂不太让人紧张了。”

“可是也有好处，你会活得更简单，你会放弃许多你拼命想得到的东西，因为你发现你在某天就要死了，许多东西对你其实没任何意义，还不如闭眼在后院晒太阳喝咖啡。”我说。

“那是往好处想。可是也有另一种可能，有些人想到死的可怖，反倒会受这末日倒计时的刺激，发泄式地做坏事，反正自己也会死，还不如折腾冒险……那样的话，这世界可比现在要乱得多。”杰伊说着加快了脚步，还四下打量了一眼，好像真有人伺机而动似的。

“不管别人。如果是你呢，你会怎么做？”我仍笑着追问。

“如果我能活到八十岁，在我七十九岁，也许更早一点儿的时候，我会什么也不干。除了维持生命，我不看电视、不旅游、不打球。我只让自己做个旁观者，假装我已经死了，像个幽灵一样旁观这个世界。”

“这个主意很棒，等于死后自己还能看到这个世界。”我说到这儿有些兴奋，暗想，还是先活着吧，虽然这个世界让人越来越不乐观。万一哪天有什么新发明，自己还来得及一试。

# 机器依赖症

“这小机器别看只有手机一半大，可是我的救命恩人。它一靠近这个贴在我胳膊上的感应膜，就能测出我的血糖数。另一端，我的医生立即在电脑前就看到了。你看……”那卖花的老年男子极快地说着，左手把那仪器从裤袋里再次掏出来，举着靠近自己的右上臂，然后凑近眼前飞快地瞄了一眼。

“正常吗？”我好奇地问。

“嗯高一些，你知道，我到市场后刚吃了个汉堡，一会儿应该就降下去了。我打了半年胰岛素了，有了这机器监测即时血糖，就可以每天调整药量。科技太发达了，刚面市不久，你知道吗，三千多美金呢。我不用掏一分钱，走保险。”说罢，他从桌上大大小小的花盆中拿起可乐喝了一大口。

那是靠近跳蚤市场出口的摊位。他在这儿卖绿植和花卉已经有两年了。我喜欢买他的兰花。紫的、粉的、白的，还有粉中带白的。每株都不高大，却都有两枝花箭，上面挂满了刚开的几朵花和许多骨朵，虽然那骨朵有时过小，不到真正开放时就落了。他要价很公平，八块钱。而在其他超市或花店至少要十二块。一来二去我们彼此就成了不知姓名的熟面孔。这位老板一看就是蓝领，短头发，夏天总趿着拖鞋穿着挎篮背心。他晒红了的白皮肤和高鼻梁像是白人，可那眼睛却让我认为他有亚洲血统。我曾悄悄问过杰伊，有着典型雅利安五官的杰伊用他还很初级的中文说了声“也许”。

这人爱说爱逗爱要宝，我问价，他会说：“我卖十八的，既然是你，那就二十得了。”脸色还一本正经。听到我说：“你对我真好啊。”他才绷不住地乐起来，用手在我肩上拍一下，接过钱道了谢，看我离去，他还不忘体贴地来一句“多保重”。

他的绿植比那墨西哥大叔的看着干净，种类也多，价格优势虽然比下（墨西哥人）不足，却比上（超市和园圃）有余，所以生意很红火。

这次我打算跟他那儿买一束转运竹，和文竹、富贵竹一样，那是东方人才待见的植物，一般美国人没感觉，普通花店也不卖。

我蹲在地上选了一把，十枝，根根都有两尺长，且饱满茁壮，顶端弧形弯曲着，叶与秆茎一样翠绿如玉。

“赶紧买，便宜处理。处理完了我要去度假了。”摊主上前招呼我。

“去哪儿？”

“去日本！不，我开玩笑呢，我去俄克拉何马看我爹。”他可能以为我是日本人。

“无所谓。反正我也不是日本人。”我起身把二十块钱递给他。

“我讨厌日本人。他们当年炸死我们那么多人……”他仍是语速很快地说着，一脸没正行的打趣表情，用一个塑料袋包住那竹子刚生出根的底部。

“小声点儿，你会惹麻烦的哦。”我开玩笑道。

“我知道……”他仍是笑嘻嘻的，却把声音放低了点儿，开始夸赞他的血糖监测仪。

我立在半米远的地方，认真配合地听着问着，暗自庆幸逛这露天市场仍戴了口罩，我清楚地看到他的唾沫不时喷向空中，然后准确地落在了我的头发和口罩上。

“尝一块儿，这是我吃过最好吃的 donut（甜甜圈）。”说着他打开一个纸盒子，用餐巾纸捏起一个递过来，自己用另一只手直接捏起一个咬了一大口。

“不了，谢谢，我早餐吃得太饱。下回吧。”我谢了离开。我其实还没吃早餐，但再饿，我也不会去碰那 donut，我太清楚那就相当于半碗白糖和半碗白面。

“许多美国人就是那么任性，只在意即时享乐，要不怎么街头有那么多胖子？他们宁可在出了问题后依赖和迷信科技，也不愿在生活中多些自我克制。这其实也是一种病，机器依赖症。”史蒂夫大叔听了我的感慨在电话里说，他本人是健康饮食习惯的受益者，年过七旬，血糖血压血脂全都正常。“我妈走的时候九十四岁，我努力活过她！”

# 六个外乡人的独立日派对

那天我刚走路回来，就看到在前院正修理草坪的杰伊。正问他是否需要我帮忙，就见一辆白色特斯拉在路边停了下来。我从摇下来的车窗里望见开车的是阿瑟，邻居格兰特的大儿子，旁边坐着一位很娇媚的女子，想必是他的女友。

“杰伊你剪完草干什么？”阿瑟长得有些干瘦，可声音洪亮，和他蓄起来的黑色络腮胡一样很有威仪，他探着头从女友这侧的车窗大声问。

“一会儿去公司加会儿班。”杰伊有些不确定这问话的目的，停下手中的割草机，还是实话实说。

“真希望我有那么好的员工！ 7月4日也不休息。几点回来？”

“大概四点。”

“晚上去我家吃烧烤。五点多过来就行。Emma 你没问题吧？”

我笑笑说没问题。虽然一向对烟熏火燎地吃烤肉不感兴趣，可我喜欢阿瑟这一家友善的亚美尼亚移民，置身他们那热闹欢快的家庭气氛，总让我忘了乡愁，就如格兰特总说的那句话："中国人和亚美尼亚人很像，既吃苦耐劳又关心他人。"他还总说杰伊真是个幸运的美国人，有我这么好的房客。

杰伊急匆匆去加班了。我给后院一些自动喷灌浇不到的花草浇了水，进屋又吸了地毯，感觉很是疲累。头天晚上失眠总让白天体力不支。躺在沙发上，听着萧红的短篇小说集，睡着了不足半小时。醒来想到晚上要去参加的烧烤派对，竟有几分勉强。如果身体做主，而不是大脑说了算，我宁愿在家吃一碗牛奶麦片，洗个热水澡，有一搭没一搭地看集《宋飞正传》，然后上床睡觉。

可是事无巨细，我不喜欢言而无信，还是决定要去赴约。尤其想到，去年就被医生宣判癌症四期的格兰特也不知还能坚持多久。

四点钟，杰伊回来了，满面春风，一如既往的微笑又回到了他的脸上，好像他不是去加了会儿班，而是去打了会儿高尔夫球。我喜欢杰伊这位房东，敬业和友善是他的醒目标签。

"你找到茶叶了？"杰伊问着，把那被风刮到地上的国旗重新插好。美国老百姓很少说自己是个 patriotic（爱国者），可每逢纪念日、独立日、老兵节等重要日子，家家户户都会自动把国旗悬挂起来。

我本来问杰伊回来的路上是否可以买束鲜花，钱我来付。我不习惯去人家吃饭空着手。可是经常光顾的那家花店大门紧闭。他去了一家超市碰运气，也闭门谢客。“今天还真是特殊，就连 Costco 的加油站都停业了。终于找到一家还营业的，将近六美元一加仑了！不到一箱油就一百块，以前加满了不过五六十。”听着像是抱怨飞涨的油价，杰伊脸上仍是微笑着的。他的乐观逻辑是，只要支付得起，那就不值得担心。

看着我拿出的那罐从中国带来的红茶，他说带去当然很周全，可像这种临时通知的 party，不带礼物也不算失礼。

虽然平时站在门口就能看到格兰特家的前院，可站在廊下打量着他手栽的那些深绿浅绿的植物，我还是感觉很新奇，尤其是那一架攀到房檐上的九重葛正在艳阳下燃烧，像噼啪作响的一串鞭炮，离近了我才发现原来有细细的铁丝牵引着从主干固定到房檐上。我心中不禁一暖，越发感觉格兰特像我那同样喜花爱草的父亲。父亲一生爱侍弄植物，盆盆罐罐，草本的、灌木的，开花的、不开花的，他啥都养，虽然因为不得法常常稀里糊涂地把最喜爱的花养死。他去世前一屋子的花草也跟着死掉了大半。

摁了两次门铃，才在狗叫声中听到有人来开门，我猜大概人都在后院和厨房准备烧烤。

开门的人让我有些意外，是格兰特的孙子、阿瑟的儿子小格兰特。似乎只是一眨眼，这位小家伙从一只萌态可掬的小狗长成了健壮的大熊，即使穿着一身黑，那宽厚的肩胸胯也遮不住。我立在那儿待了几秒，不情愿地接受时光飞逝的又一物证。这个出生在美国的亚美尼亚后裔先从体格上被美国同化了。“你还记得你小时候的模样吗？”我相信所有青涩的少年都急于忘记童年的自己，像脱下一件他认为不合身的衣裳。这话我想问但没出口。

小格兰特很小的时候父母离异，父母家两边轮流住。身为画家的爷爷很自豪，说孙子和他一样有艺术天赋，自小喜欢音乐，已经试着谱了一些曲子，他总怂恿着孙子放给客人听。

“这瘟疫还没结束，我的两年社区大学已经读完了，打算转到 USC（南加州大学）读完本科。我这两年上网课，不允许去校园上面对面的课，因为我没打疫苗。我感染过两次新冠了，也就是头疼一下，既不发烧也不咳嗽。我爸爸和爷爷都得过新冠了，也都好了。”小格兰特虽然胖得有点儿走形，可那双黑眼睛闪着聪慧的光，依然很好看。

“你为什么不打疫苗？”我坦率地问。

“我不知道。可能是家里没有一个人打吧。我第一次感染是 2020 年，疫苗还没研发出来。”他很爽快地回答，并不感觉这是什么需要忌讳的话题。

说着他把我们引进客厅。两只可爱的小狗正在欢快地跑来跑去，除那只跟了他们九年的“罗密欧”，叫查理的迷你雪纳瑞是这个家庭的新成员。“我大难不死，查理是一个朋友送给我的礼物，这是它在我家的第三天。我太太特蕾莎去给小狗们买玩具去了。”格兰特说着疼爱地把只有两个巴掌大的查理抱起来。他患的是肠癌，肿瘤转移到了肝脏。去年做了一次手术，医生除了切去那些肿瘤，似乎把他的厚度也削去了一半，本来敦实的他现在像个穿着衣服的薄片儿。

我把茶叶递给阿瑟的女友——阿丽塔，比在车里坐着时显得更年轻好看，黑发粉唇，脸上的笑容也更亲切，说阿瑟去采购烧烤的肉去了。

我正教给阿丽塔怎么泡茶，忽然，一个剃着光头穿着橘红色挎篮背心的小伙子从后院走进屋，看到我，微笑了一下也在沙发上坐下。“他来自乌克兰，是阿瑟的表弟。他全家只有他一个人拿到了难民签证，一个月前刚到美国。”阿丽塔显然看出了我的好奇，主动介绍说那膀大腰圆的年轻人叫瓦格。

我顿时对那愣头愣脑的小伙子充满同情，想跟他好好聊聊，无奈瓦格虽然俄语、乌克兰语和亚美尼亚语都说得很溜，可英语磕磕绊绊。我们要想聊天，得由阿丽塔当翻译。

“我的父母和姐姐在法国避难呢，他们也想来美国可没得到鉴证。一颗炸弹在我家房子五十米远的地方落下来，把我们的房顶炸没了，当时我们全家都在房里睡觉，所幸没有人伤亡。我有自己的酒吧，也被炸掉了！”瓦格说这些时，脸色非常平静，没有惊恐没有愤怒，眼睛不大却很黑亮，透着掩不住的希望与渴望的火花。毕竟，他才二十七岁。

“那你未来怎么打算？未来如果停战了，你留在美国还是回家乡？”我似乎有一万个问题。

“有很多乌克兰人逃离了家园，可我听说多一半都已经回去了，虽然战争还在继续。为什么？没人喜欢当难民的感觉。我还不知道未来怎么样，也许会留下来，毕竟这里不那么排外。”一聊起来，长着一副街头混混样的瓦格却很诚恳，他老实地回答着我的问题。

我开玩笑道：“你藏得挺深的，住在格兰特家一个月了，我还真没看到过你。平时不出门？”

瓦格说他已经拿到临时身份证了，加州一向允许外国人用自己国家的驾照开车，他偶尔也去街上转转，还新买了个苹果手机。

正聊着，阿瑟回来了，手里拎着好几个沉甸甸的塑料袋。瓦格懂事地上前接了，然后微笑着冲我指指后院，开始去点炭火预热烧烤架。

“他很幸运有亲戚可以投奔。有些难民来了集中住在一起，可以想象多么失魂落魄。”我认识一位给难民做志愿者的美国退休老人，主要的工作就是四处为阿富汗难民募集衣服、电脑。阿丽塔是开美容院的，顾不上跟她请教护肤知识，我俩接茬聊起难民来。“我当年能来美国纯粹是运气好，因为我妈中了Green card Lottery（绿卡乐透），我们一家就都来了，反正这里已经有些亲戚。”阿丽塔的英语带着很重的口音，即便听着费力，却让我感觉很亲切，似乎那口音是我们这些外乡人共同的记号。

“什么？还有绿卡乐透？”我都听出了自己的大惊小怪。

“对啊，全家只要有一个人抽中，配偶和未满二十一岁的子女都可以一起拿签证过来。”她见怪不怪地微笑着说。

说话间女主人特蕾莎回来了。她年轻时是个美人，当画家的丈夫为她绘的那幅肖像并不夸张，挂在门口处任谁进出都不可避免地看到。才六十多岁的她现在已经佝偻了后背。她来美国近三十年了，生活圈子很有限，超市、教堂、亲友家。她有兄弟姐妹五个，只有一个妹妹还留在亚美尼亚，所以平时她几乎用不着说英语，也从未出门工作过一天，像老母鸡一样把两个儿子和孙辈都养大成人。无论何时见到她，她脸上总是很浓的妆和很亲切的笑容。她把两个小公仔扔在地上，两只小狗看了一眼，却并不热心地跑开了。特蕾莎脸上漾起慈爱的笑。

阿丽塔说声抱歉，站起来跟特蕾莎进厨房忙活。

•

我自知插不上手，便掏出手机好奇地搜那绿卡乐透。

“每年通过乐透抽奖得到美国绿卡的人数有五万五千人左右。占当年一百万移民的百分之五，目的是增加这个国家族裔多样性。世界各地的成年人都可以报名，得到一个编号。七个月后美国国务院会随机抽签，抽中者即可进行面试获得签证……赢得乐透绿卡的概率是二十五分之一到七十五分之一，取决于参加者所在的地域，比如欧洲地区的参加者赢得绿卡的概率是四十五分之一。”看到这儿我不由得想，所谓的美国梦原来还可以这样实现！

每年接受一百万移民，天长日久，这个国家的人口数字为何没出现爆炸性的增长呢？我又好奇地查看美国每年的平均死亡人数，2000年是二百四十万左右，2019年是二百八十五万人。新冠的流行让这一数字直线上升，2021年美国总死亡人数为三百四十五万，新冠感染为第三大死因，当年有四十六万人因感染这病毒而丧命。

“现在全球都生育率低，这样补充人口也许是迫不得已。比如阿瑟和我，三四十的人了，肯定不想再要孩子。精力有限，经济负担也太重啊。”阿丽塔又走过来坐在我旁边，告诉我她离异，有一儿一女，母亲五十岁时就患胃癌去世了，好在父亲在身边，她才感觉不那么孤单。

说罢我们一起走到后院。阿瑟家的后院不大，却收拾得干净整洁，小小的草坪总是很绿，墙角一大棵石榴枝枝蔓蔓地没人修理，挂着不少绿色的石榴。沿栅栏一道花墙，除了几株芦荟，空着一大半。阿瑟说他打算沿那花墙种一片薰衣草，法国普罗旺斯那种。

杰伊握着一瓶啤酒闲闲地喝着，立在烤架边微笑着看三个男人忙活，风把烟火吹得忽左忽右。两只小狗在烤架和人们的腿间跑来跑去，丝毫不介意头上灼热的炉子，身上的毛被风吹得东倒西歪，像两个小老头，狼狈又可爱。

亚美尼亚人以喜欢开派对而闻名，后院烧烤显然是再家常不过的美食之道。带骨牛排、去骨鸡肉、腌猪排、柿子椒、茄子、玉米饼……在那炭火上从生到熟，散发着诱人的香气。每样烤好后就放进带盖的保温盒里。阿瑟指挥着瓦格加炭，让儿子用一个无线电吹风样的东西鼓风。他自己则用铁夹子给架上的食物翻面。格兰特白裤白背心像个教练，立在那儿悠闲地品着一杯红酒。我留意到，阿瑟几年前还是干练幽默的小伙子，如今越发像他父亲了，目光和笑容都沧桑了不说，额头眼角也添了纹路。说到他这几年蓄起的络腮胡子，阿丽塔泄密道："阿瑟说他得留着胡子，因为皮肤松弛了，胡须可以遮盖点儿老态。"阿瑟其实只有四十二岁，在距家二百英里棕榈泉经营一家汽修店。他曾告诉我自闹瘟疫以来生意并不缺，可雇不到技工。父亲患癌让他更加焦头烂额，本来不信教的他也开始跟父亲去教堂了。“下个月我和母亲去受洗。只要能让父亲的身体好起来，我什么都可以做。”

长长的餐桌在后院的廊架下已经摆好，除了纸餐盘和塑料刀叉，阿丽塔端上藜麦和蔬菜沙拉、煮好的红色腰豆、铺了奶酪后烤的青椒。

很快，食物齐备，大家随意围桌而坐。酒水都是半瓶或只剩一底儿的，红酒、伏特加、墨西哥龙舌兰酒。除了不到二十一岁不能喝酒的小格兰特，大家各自取了点酒在杯中。

阿瑟举杯，祝大家7月4日快乐。“尽管这个国家并不尽如人意，我们仍感谢它接纳了我们。当年我父亲带全家离开亚美尼亚，就是想离开那专治的政权，现在可倒好，这个我们投奔的国家也越来越像专政了。看到最高法院的裁决了吗，女人连堕胎权都不受保护了。在那些极端的州，一个女人被强奸了也得生下那孩子，这多可怕！”阿瑟有些激动地说罢，喝了一口加冰威士忌，“咱们八个人，其实只有杰伊和小格兰特是出生在美国的美国人，我们六个都是外乡人。可既然生活在这里，就盼着它好。来吧！”

杰伊本来话就不多，他安静地听着吃着喝着，一脸的放松愉悦。他这生于二十世纪七十年代左右的美国人可谓carefree（无忧无虑），没赶上什么大的生活波动。“Happy July fourth——7月4日快乐！”他举杯喝了一大口，友善地望着眼前这些异乡客。我知道，我们这些人的来路和心路，他不会懂得。

不同于坐在桌子最中心位置的格兰特，特蕾莎坐在桌子一角，仍尽着主妇的职责，不时站起来把食物在桌子两端交换着摆放，好让大家都够得着。阿瑟说为了减少奔波之苦，疫情刚开始的时候在公司附近买了一套房子，花了四十多万美元。现在涨了不少，不过这种涨是暂时的，他相信美国会在一两年内迎来经济萧条。“我敢说，我从没欺骗过这个国家，不像有的公司通过虚报员工人数和损失得到大笔的疫情补贴。我宁可老实做人挣该挣的钱。我常跟小格兰特说，不要贪一时便宜，否则你将来得付出代价还回去。而且一个人养成了坏习惯，一辈子都跟着，想改都改不掉。”阿瑟显然喝得有点 high，话密了起来。

“我很高兴你有阿丽塔这么一个女友，她真是很不错呢。”趁阿丽塔进屋取甜点，我夸赞道。

“她其实已经不能被称为女友了。我们认识五年，同居二年了。她和我都有过一段过去，我买了戒指给她，大家就伴过日子罢了。”阿瑟说。

“在我看来，有十张结婚纸也抵不上一颗真心。婚姻不是契约。”格兰特插话道，不时低头抚摸一下小查里的毛，“这美国的独立日对我来说并没特殊的感觉，只不过是个亲朋可以相聚的假日。当然，也会想到美国历史上那个特殊的 7 月 4 日。别看我在这儿的三十年靠设计首饰谋生，既没发了财也没少受气，可不得不承认，这是一片伟大的土地。”我知道在故乡当美术教授的他一直没停下手中的画笔，虽然他在美国从没卖出过一幅画。

我看到瓦格有点儿落寞，盯着桌上的杯盘发呆，不知是听不懂桌上的英语对话，还是犯了思乡病，坐在桌角很安静，不时大口喝杯啤酒。阿瑟拍拍他的肩膀，“别紧张，你会应付自如的。一切都会好起来。”他说瓦格几天前刚接到尚在乌克兰的女友绝交信，“交往了三年的女孩，说两地遥遥没有未来。没事的，节后瓦格就要去我店里当汽修工了，他可以重新开始。”

阿瑟再次举杯，祝儿子第二天旅途顺利，他要回故乡过暑假。“先飞十二个小时到德国，停留七小时，再飞仨小时到亚美尼亚。”小格兰特和我中间隔着他奶奶，我听他和奶奶说亚美尼亚语非常流利自如，一聊到音乐，他的话就多起来，“我喜欢中国传统乐器，二胡、琵琶、古筝、箫……太美了。我这次暑假回亚美尼亚也会选两样传统乐器来学。我相信搞音乐就像我爷爷画画一样，是需要天赋和技能的，但决定一个人好坏的不是大脑，而是这儿。”说着他指指自己的心。

趁着杯中还有酒，我举杯预祝月底格兰特手术成功。“这次是左侧肝，据说又发现了一个小肿瘤。”格兰特坦诚地告诉大家，“我一点儿也不焦虑。如果到了我该走的时刻，我会开心地离开。”

阿瑟起哄似的和大家碰着杯道："为爹地的健康！不要有手术取消，不要有术后感染！"说着冲我笑着挤挤眼睛。

我感谢他们的邀请。"我的父母看到你这好心人的身影，也心里踏实呢。我知道你不止一次帮他们买菜跑腿。"阿瑟道，脸上已经微微泛红。

天已经黑尽了，一弯新月挂在天上。时密时疏的爆竹声东一处西一下地响着，让我想到前廊下那架九重葛上喇叭样的花朵。谁家的喷灌系统自动开启了，水雾和水流声嘶嘶响着。那一刻，大家都没吭声，似乎世间真有岁月静好。

# 鉴宝在路上

“我这个镶玉的戒指据说是中国末代皇帝的，现在才知道是弗吉尼亚制造！darned（该死的）！”坐在沙发上看电视，录下来的*Antique Road Show*（鉴宝在路上），我不由得被那个中年男子对着镜头的无辜逗笑了。我自己都奇怪，这种开怀大笑的时刻好像这几年越来越少了，尤其是疫情笼罩以来。我仔细回忆，才想起来上一次这么忍俊不禁地笑出声来是听书的时候，走路去超市购物，戴着耳机听老舍散文——“我爱小孩，花草，小猫，小狗，小鱼；这些都不虎事。偶尔看见个穿小马褂的小大人，我能难受半天，特别是那种所谓聪明的孩子，让我难过。比如说，一群小孩都在那儿看变戏法儿，我也在那儿，单会有那么一两个七八岁的小老头说：‘这都是假的！’这叫我立刻走开，心里堵上一大块……”

听到此，我不禁笑出了声，引得迎面而来的那个滑板少年不看脚下而好奇地望向我。

在美国我很少看电视，可有几档节目不仅看，还录下来方便有空时随时看。

PBS 频道这档名为 *Antique Road Show* 的节目就是吸引我的栏目之一。每集约四十五分钟，资深专业的鉴定师在现场为百姓鉴定手中“宝贝”的真假。鉴定师不收报酬，在镜头前曝光算回报——每周平均九百万的收视人数，而且，足不出户看到许多意想不到的宝贝，也常让鉴定师们惊喜不已：“感谢你从家里带来，这件东西我平生头一次看到！”参加鉴宝的人也是免费，手中的票像抽奖一样全靠运气，如果能被选中上电视，更是撞了大运。2014 年加州有两万两千三百六十七人报名，只有五十人最后在电视上露了脸，不足百分之零点二的概率。“我们不看中物品的金钱价值，藏品后面的故事更吸引人。所以，一个好故事更容易让人有出镜机会。”节目制片人说。一些很特殊罕见的好物件，和一些有着惊人故事的假货都会令鉴定师兴奋，“他们会不动声色地鉴定，却暗中通知在现场的制片人关注”。一场鉴定会下来有九十件物品会被送进节目制作程序，而有一半又会被剪掉无缘在电视观众前露脸。有一位男子带去一件十九世纪的天文望远镜，在 1980 年被鉴定值六千美元，时隔二十五年后，鉴定师告诉他市场价值为两万五千美元时，他并不吃惊。“你不能上电视，因为你手中的东西是什么、价值几何你都门儿清！”听到节目组这样的答复，他太太很遗憾地说他应该装傻：“我知道他们喜欢看到人们瞪大眼睛，不相信地说：你在逗我乐吧？或者有人当场泣不成声，这是他们喜欢的 drama（戏剧性）。”这人比手中的古物还顽固，说他偏不！

但也不是什么东西都可以拿去评估。评估师拒绝评估汽车、邮票、股票、纸币、硬币、工具、化石、弹药、炸药或任何他们认为有危险的东西。

除了专家给百姓鉴定的现场展示，还有几分钟的 feedback booth（反馈亭），专门让现场无名的参与者说几句俏皮话。一个留着小胡子的青年说：“我二十年前花一块钱买的这幅油画，以为是件价值连城的宝贝，没想到只值二十块钱！一年增值一块钱，也不错！”一个富态的大妈拿着一个罐子说：“我们以为这个罐子足够支付我女儿的大学学费，没想到它只够买个汉堡包，还不能是 double（双层的）。”

我喜欢看，还真长见识。某人祖父留下来的参加一战的军服、钢盔，在地窖里藏了一百年，差点儿当破烂卖掉，竟然值四千块。某人在拉斯维加斯酒店邂逅猫王埃尔维斯·普雷斯利，意外得到偶像欣然签名的腰带，被评估值五千块。母亲去邻居家的搬家甩卖看到一副老银耳环，买下来准备送给女儿，花了一百五十块钱，竟然值三千块！像逛流动的博物馆一样，我看到了珂勒惠支的签名版画，看到了毕加索设计的猫头鹰陶罐，看到了尺寸罕见的达利版画……就连那假货也让人开眼——号称是非洲原始部落祭祀面具，其实不过是个旅游纪念品；印着官字款的宋代大碗其实是民国间的仿品。

我好奇地上网，才知道这档节目最早于 1979 年在英国首创，1997 年有了美国版本，如今 pbs 这版已经到了二十七季，每季在全美范围内选若干城市作鉴宝地。迄今为止，最值钱的发现是一块百达翡丽的怀表，被苏富比拍出一百五十万美元的天价。最古老的物件是一个公元前 100 年的袖珍小壶。

美国人以上鉴宝节目为荣，这节目还催生出了偶像鉴宝师——一对姓 keno（克诺）的双胞胎兄弟。我初次在电视上看到他们时还以为是一个人，不仅都是面容清瘦目光亲切单纯，还都是家具鉴宝专家，直到有一集他俩同时出现在镜头前，才知道他们是 1957 年生于纽约的双胞胎。他们的父亲是个古董商，自十二岁时他们就开始介入古董这一行。大学毕业后更是从未偏离一步，分别效力于世界上最成功的拍卖行：苏富比和佳士得。

“他们哥儿俩不仅博学，亲民的风格也是让他们成为偶像的原因。”节目制片人也不掩饰对他们的认可和喜欢。

我也相信他们的蓝眼睛里透出的友善、随和，让人不喜欢都难。人畜无害，就指是的他们这样的人。

从旧货市淘回来那么多自己心爱的物件，我想如果我有机会去参加鉴宝，应该带哪两件？那是规定的件数。各屋走走，看看摸摸，是那套 1865 年的手工着色老版画，还是那个一尺高的铸铁佛像？也许应该带那两尊东南亚风格的漆金实木佛弟子雕像。

无论值钱与否，我都享受它们的陪伴。

# 摄影危险

如果不靠码字为生，我想我愿意当个侍花弄草的园丁，其次是做摄影师。我实在喜欢拍照。水泥地上一条米字状的裂纹，树荫下一地枯黄的落花，夕阳洒在窗帘上的金色树影，躺在门廊下打盹的猫，旧货市场面貌各异的人，胡乱摆在地上的一群玩偶……在我眼中都有着无限的美。

“你还是小心点儿，有人发现你拍他会很生气。尤其是在美国。”儿子也喜欢摄影，可他对装备的在意远过于对构图的研究。每次我与他分享自己抓拍到的照片，他都在赞叹之际好心提醒。在他眼里，母亲一向粗枝大叶，像个不会保护自己的小女孩儿。

好在人人都有手机，而且人人都随时握着手机，或者在听歌，或者在看视频，或者在发消息、打电话，所以我发现有趣的目标后，会半举着手机，极快速地大致调整好画面，趁未引起对方警觉，赶紧摁下拍摄键。

可昨天我却遭遇了点儿险情。吃过晚饭后，我照例去散步，沿公园小丘下坡时，看到一群十来岁的孩子正戴着头盔玩美式足球。如茵的草地，夕阳投下的柔暖光线，让他们的蓝白球衣和闪亮的头盔格外好看，甚至集中丢放在草坪上的那些放运动器材的包包袋袋也很入镜。我举起手机站在坡上拍了几张。忽然，坐在草坪边上的一群家长中，有一个女人扭头看到我，立即起身和另一个女人说着什么，似乎越发紧张起来，仰面望着我，嘴里说着“oh no”，好像机敏的母狮嗅到了危险。我戴着耳机，外面又罩着连衣防晒帽，虽然隔着十几米听不清她们在说什么，我心一沉，知道自己可能面对着麻烦，虽然装作满不在乎的放松的样子。

“对不起，你在拍那些男孩儿吗？”最先站出来的那个女人提高嗓门问。

“没有啊。我拍那些包包。”我答了句，随即握着手机继续走路。

“拍那些包包？那可够奇怪的！”第二个女人对同伴说。

在她们猜疑的注视下，我淡定地经过她们，往前走，心却快跳出了嗓子眼儿。我知道有些美国人很极端，如果感觉受了侵犯，他们会做出意想不到的事情来。

直到离开草坪拐上另一条小路，我留意到那两个女人一直在尾随观察着我。我故意停下来，拍了几张那正搭着脚手架盖新楼的小学校，红色的钢架子在绿树掩映下也很好看。

回到家，我迫不及待地上谷歌：在公众场合拍摄他人违法吗？

答案很简单，在公众场合，你有权拍其中所有的场景、建筑和人。拍摄权是你的 Constitutional Right（宪法权利）。

“你不知道现在的人多么神经过敏！我下载了小区的app，你不知道邻居们在上面抱怨什么——太可怕了，昨天有人居然对着我家花园拍照！”“有人没得到我同意，把一面小国旗插在我家草坪上。”杰伊笑道。他说他小时候爸妈从来没担心过他和弟弟的安全，可现在，家长们都像一个个老母鸡，好像周围有许多坏人在对孩子虎视眈眈。不过他还是提醒我：“小心点儿为妙。合法的事很多，如今不可理喻的人也不少。那两个女人要真是很极端的人，动手打了你，吃亏受伤的还不是你？”

“如果有人再质疑我拍的是什么，我可以说不关你的事吗？”我问。

“你当然可以。但你这么说很可能会引起争吵甚至谩骂。你可以说没拍什么，或像你上次那样，不要承认拍了人。他们至少应该知道无权强行看你的手机。”

“你们美国人那么专注于自己的人权，

有时到了滥用的地步，可对别人的人权呢，却戒备漠视得不值一提。”我有些生气地说。

“是，自我为中心，这不就是人类的狭隘吗？”

再出门走路，再经过那草坪，我似乎总看到那从人群中投向我的戒备目光。有好长一段时间，那无拘无束的边走边拍的心情已经不在了。

# 木心的旁听生

最初听到木心的名字是在十年前。我从洛杉矶的韩国城开车到西好莱坞，坐在七十多岁的华裔女演员 T 客厅喝红酒。这位忘年交之所以吸引我，倒不是因为她是周信芳的女儿，也不因她曾在两部 007 的电影里露过脸，而是她那非演员的一面——她家里有两整面墙的书架，从老版的莎士比亚英文文集、达达艺术到周作人的散文、夏衍的理论著作无所不包。

“这个人你应该读，木心。不仅文字好，还长得那么好！”老人思维敏捷、观点鲜明，完全不像年过七旬之人。后来我读陈丹青在木心去世后的纪念文字：“他能将物事藏得很久、很严。在遗物堆里，我终于发现他年轻时代的几张照片（他老说自己是‘难看分子’），他早年手写的乐谱，将近四十页（他不愿让人知道那是简谱，而不是五线谱）……他藏着，还是因为不满意。”木心，这个明明看低一切、面对世界时仍谦卑地弯着腰的男子啊！

那本《空屋》是英文版。知道自己记性越来越不可靠，为了以防那外借的书最后不知下落，T认真地要我打借条，我笑着依了，心里暗自佩服她——要是我到了这把年纪，对自己在意的书，会否也有这样的勇气这么做？回到家，便愈发迫不及待地读这书，果然欲罢不能。那翻译者似乎得了木心的魂，相当传神。我好奇地想认识那“下蛋的鸡”，既然木心刚刚去了另一个世界，便辗转联系上在加州大学做英美文学教授的童明，成了不常见面却总有音信的朋友。

此后陆续读到木心更多的诗和零星文字，遗憾此生不能与之相识相见，想象中，那实在是个有品位有趣味的人。

客居在美国一年，无法和在国内那样随手抓起床头堆着的书来过瘾，便觉像被迫戒掉了心爱的食物般不自在。

好在有读书app，每月付十几块钱，就像拥有了一个小图书室，虽然上面铺天盖地的都是网络文学，许多想看的书并未被收录，至少，聊胜于无。

这天，无意中输入木心的名字，居然不少，虽然多数都需额外付费或需购买。而我一直好奇的《文学回忆录》（1989—1994）还在“打折”：八月份免费！

于是，这意外的课堂就成了这异国八月的犒赏。想到木心当年讲课时也在美国，心底似乎多了几分亲切。

希腊罗马神话、新旧约、诗经楚辞、先秦诸子……有些我不感兴趣就草草略过，而许多地方，让我只恨相知太晚。尤其是木心对宗教、哲学和艺术的理解，如石破天惊，让在迷雾中摸索的我如逢导师。

我是个拙劣的、于心不忍的无神论者。

他眼中的耶稣是个诗人。

——你们这小信的人哪！野地里的草今天还在，明天就丢在炉里，神还给它这样的妆饰，何况你们呢！所以不要忧虑说：‘吃什么？喝什么？穿什么？’这些都是外邦人所求的。你们需用的这一切东西，你们的天父是知道的。你们要先求他的国和他的义，这

些东西都要加给你们了。所以不要为明天忧虑，因为明天自有明天的忧虑，一天的难处一天当就够了。

这已离开宗教，离开哲学，纯然是艺术，是古今诗歌中最美的绝唱，所有诗与之相比，都小气。他平稳，博大。

他坦言自己的文学引导之路就是耶稣。

——幸亏相隔两千年。真与耶稣相处，不易。托尔斯泰、贝多芬，与之生活，不易。但他们的文学、音乐，能与我同在……尼采说，真正的基督徒只有一个，即耶稣。

读到此，我只想微笑和他隔空击掌。

木心说，耶稣是个孩子。

——所有有趣的小孩子在学校走，突告母亲、姐姐送伞来，必羞臊，这是心理。小学，性质上就是伊甸园。儿童有儿童的浪漫主义，一时出现父母，即拉回现世。天堂人间不能共存，世俗和理想难以沟通。

所以，耶稣讲小孩子可以进天国。

他由衷心疼耶稣。

——耶稣的悲剧，多重涵义，那是超人和凡人间的悲剧：他有门徒，没有朋友。最动人的是耶稣在橄榄山上的绝唱：当他做最后的忧愁的祈祷时，门徒一个个撑不住了，睡倒不醒。他们是凡人，老实人。开始时，耶稣需要信徒、门徒，但在快要赴死的时刻，他需要朋友。那一刻，门徒们、凡人们，怎么可能上升为朋友？

——从人生的价值判断，耶稣爱世人是一场单方面的爱。世人爱他，但世人不配。两千年来世界各国的爱放在天平这边，天平的另一边，是耶稣在十字架上的绝叫……所以，耶稣对我永远充满魅力，也使我永远闷闷不乐。

木心欣赏或向往的是宗教情操，而非教堂里人们膜拜的神。

——我要相信，或者，我要推翻的那个神，都不是曾经说过的那个神。我最心仪的是音乐、建筑、绘画所体现的宗教情操，那是一种圆融的刚执，一种崇高的温柔。以这样的情操治国、建邦、待人接物，太美好了。

人类既有这样美好的情操，不给自己，却奉给上帝，数千年没有回报，乃是最大的冤案。听听圣歌，看看伟拔教堂，可知人类多么伟大。人类的悲剧，是对自身的误解。

宗教是要把人类变成天上的神的家畜，人再也回不到原来野生的状态。家畜成为人类的牺牲品，人类成为自己的牺牲品。尼采说，人本来有这样多的情操，不应该交给上帝。

…………

这本在手机上显示一千八百页的电子书，我已经狼吞虎咽地啃了三百页。不时把其中的文字粘贴在笔记本中。

这书像把刀子，刀刃锋利，又光芒如夜空中的星辰。因为里面的字句都是这位智者用一生经历和所有才华打磨消化过的，借文学之形，他吐出自己的丝。

似乎从这本书，我更看到了写作的价值——肉身可朽，思想永存。虽然，看到将死的木心躺在床上的面容，我仍绝望地哀叹生命的脆弱——那个好看的男人，已经被老病战败，瘦削脱了型的脸如枯干叶子，脆弱无助。

我停了笔，把晚上和白天的时间都给了木心，不时心悦诚服地叹息着他的才情——或说出了我感觉到却说不出的话，或点醒了迷梦中的我。我不时发出会心的笑声，因为这位木心，实在是位可爱的人——我想他如果地下有知感受到了，定会顽皮地一笑：“我更喜欢做这个可爱的人，而非什么被封的大师！”

他不是被供奉在神坛上的泥像，而是活生生有血肉的你我他。

说到《西厢记》，他说：“……另外有初次爱的细节描写，大胆而精致，仍然守得住诗意，课堂不好讲，你们自己去看吧。比 × 影带不知精彩多少倍。”

他批评中国因地缘关系视野有限：“中国人写不到外国去。莎士比亚心中的人性，是世界性的，中国戏剧家就知道中国人？中国人地方性的局限，在古代是不幸，至今，中国人没有写透外国的。鲁迅几乎不写日本，巴金吃着法国面包来写中国。当代中国人是中国乡巴佬。中国人爱说‘守身如玉’，其实是‘守身如土’。古代呢，就是三从四德。”

木心曾写他在纽约住所旁的几个乞讨为生的人，说其中一个老太太每次看到他都友善地笑着打招呼，她的热情让他每次经过都不由惴惴。绕道走吧，似乎不合适。给点儿零钱吧，又怕让她每次都有此期许……读到此我眼前似乎浮现出那个气宇轩昂的帅男子，笔挺的花呢大衣下是一颗温厚真挚的心。他戴着帽子围巾阔步街头的样子，一定比好莱坞电影中的男主角还悦目。

古人说，恨不相逢未嫁时。想到和木心这样的人曾在这世间有过生命的交集，却无缘相逢，我只能嗟叹，恨不相逢未死时。意外在书中读到木心留给当时学生们的电话号码，我毫不迟疑地从沙发上一骨碌坐起，抓起手机打过去，嘀声响着，我几乎相信马上就要听到那南方口音响起，结果却是，“您拨打的号码已经停止服务”。陈丹青说他在木心死后曾再访纽约生前的出租屋，没有人住着。我心头竟有一种释然，潜意识里我感觉这是最好的状态——即使人去楼空，那旧有的气息至少没被不相干的人搅扰。

木心的目光是犀利而温柔的。“我认为人类只有知与无知的斗争。一切智慧都是从悲从疑而来。我不知道此外还有何种来源可以产生智慧。”

世间貌似博学的人也不少，可真正有学问且幽默有贵气的人却太少见了。木心是有贵气的人。正如他说“贵族不是指财富，是指精神”。他绝对是精神富裕的贵族。

一个有魅力的人怎么能少了幽默？说到《霍小玉传》中失恋的小玉走投无路，有黄衫客邀众人去家里赏牡丹，负心男人亦前往，才发现是小玉家，避之不及，小玉当面号哭饮恨而死，化成鬼终施了抱负。

木心品评这罗曼蒂克的感情：“张力猛大，悲欢喜怒，都唯美，十足唐风，现代中国不可能有。我少年时就羡慕那黄衫客，无名无姓，仅颜色，也没有通信地址，妙极……我至今愿意寻找他。”

讲到《琵琶记》那中国式的剧情：赵五娘的丈夫进京赶考被钦点鸳鸯，娶官宦之女牛小姐为妻。赵家道中落，侍奉二老直至卖发为其送终。后抱琵琶一路求乞上京寻夫，谅解了丈夫并与牛小姐和睦共存。木心像个顽童指出这剧情的不合理：既然新妇是好人，丈夫可暗中接济家人，也可写信向发妻说明原委，不至于弄得父母悲愁而死发妻乞讨流浪。“反正中国古代的悲剧都是因为笨，因为没有电话，没有银行汇款。”哈哈！

这本《文学回忆录》我已经下单买下一套。想起北京家里书房那套《中国文学史》，我原本是在旧书网上花高价买齐的，每次捧读，都觉自己是枯坐教室听课，看来日后也只能束之高阁了。

而且，木心已经为我列好了书单——其中他列举出的许多书，我都打算补课式地读一遍。

“你是个不错的旁听生！”我耳畔似乎听到了木心的声音。

# 那样的男人那样的小院

晚饭后仍然很热。这是个难熬的夏天。

全球同此凉热，这句话似乎从未像现在这样应景过——整个地球上的人都在忍受酷暑和干旱。刚给后院枯黄了一夏的草坪浇了水，就在手机上看到新闻说重庆热到了四十五摄氏度。朋友圈那个爱在顶楼种菜的女同学晒出的不是往年碧绿的瓜果，而是焦萎的南瓜秧和干裂的花盆。

晚饭后躲在空调嗡嗡作响的屋中，一个小时后，眼巴巴盼到太阳终于收敛了威力，我约杰伊出去散步。“听说英国泰晤士河源头都干了。对了，你看到那则消息了吗，拉斯维加斯附近一条河被烤得水位下降，居然在河岸上露出许多人的骸骨！警察开始介入调查了，很可能是多年前没破的凶杀案。”

嘴里说着炎夏，他这怕热之人还边擦汗。

风仍是热的，但至少吹在脸上臂上让人好受了一些。我们只走了一英里，已经是一身汗水。遇到懒得做饭、走路去餐馆找饭吃的邻居，互相笑着打招呼。美国人不像中国人，邻里要近乎得像亲戚才显亲热，他们往往互相面熟，知道姓名，见面打招呼，礼貌友善，真有事相求愿意有分寸地伸出援手，可平时各过各的日子鲜少往来。

“那不是新搬来的邻居吗？我们过去打个招呼。”马路对面，开着的车库前一大一小两个男人正在给自行车打气。杰伊说着开始过马路。

那个正弯腰忙活的男子立起身，有些意外有些感激地伸出手：“我叫米兰。这是我儿子卢卡，四岁了。儿子，过来和邻居打招呼！”

米兰个头中等，很敦实健壮，留着一部很浓密的黑胡子。我喜欢他，因为他的眼神非常真诚。那小男孩也很清秀可爱，不一会儿就顽皮地跟我玩儿起来——他跑到旁边廊柱下，一会露出脑袋一会儿躲起来，很开心地嬉笑着。

“我去把我太太叫出来。”说着米兰进屋了。

他们刚搬来不过一个月，显然与邻居们还不相熟。而之前的房主是一对比较孤僻内向的老夫妇，年老了不想打理院子，也想降低生活成本，搬到海边去住公寓了。

不像丈夫一脸肃穆，女主人叫萨媞柯，是个笑意盈盈的年轻女子，黑色短发，圆脸，和丈夫一样都像中东人。

“我们是亚美尼亚人，虽然我出生在洛杉矶。以前住在格兰岱尔的公寓楼，你能相信吗，每个月的物业费就要交四百八十美元！现在什么都贵得不行……”快人快语的萨媞柯挺着肚子，显然是正怀着孕。

“我下周就该生了。这次是个女孩，感谢上帝！”她站在廊下兴奋地说着，不时用手抚摸一下跑来跑去的卢卡，浑身上下都散发着幸福主妇的光泽。

这一幕让我不由自主想起记忆中的另一个场景。三十多年前，读大学前的暑假，我去华北平原的小村庄的四姨家小住。四姨家孩子多东西杂，知道我爱清净，说晚上已经找好了地方，我可以去一个“干净人家”借住。那也是一个远房亲戚，论辈分我叫表姐。表姐夫在北京建筑工地当小头目，一个月回家一趟。开始我还有些生分，毕竟我从未见过表姐一家。可当黄昏降临，四姨领着我走进村边那个不大却方正的院落时，我的心忽然踏实起来。正房坐北朝南，靠东墙的小侧屋是客房，挂着洗得发白的半截灰格布帘。院西是个敞开的棚子，泥灰抹顶，沿墙码放着束成捆的柴火，农具如镐、锄、耙、锹挂在墙上，都擦拭得干净清爽，像博物馆里值钱的出土文物。正屋和棚子间的空地上有棵枝干遒劲的老枣树，挂满了圆鼓鼓的枣。那枣叶深绿带着蜡质，而果实则浅绿发黄沉沉地挂在那儿，像一枚枚袖珍小灯泡在叶片和深褐色枝干间发着微光。一头白色山羊，正在树下安详地吃着草，许是怀孕了一样，硕大的乳房鼓胀下坠。

表姐是个安静干净的新妇，嘴角眉梢都是笑意，那笑淡淡甜甜的，像夕阳投在东屋墙上的暖光，让人看了那么笃定温暖。她是那种你初次见面就信赖想说知心话的姐妹。和那个年代北方人家的大众格局一样，待人的主屋也是卧室，一铺大炕占了房间的一半，炕席上铺着褥子。不同于别人家的大花褥子，那褥子面却是蓝红细格相间，像女生宿舍里的那种。一道糊着白窗纸的窗户很长，是木棂的，中间镶着块玻璃。四姨和我在炕桌两侧的炕沿儿坐下，表姐忙着端上花生瓜子红枣。那花生是从地里新刨的，嚼起来甜脆多汁。我扭头透过那玻璃望出去，看到夕阳给那枣树、山羊和南墙根处一片用石头围起来的菜地都镀了一层金边儿。那畦垄里不过寻常葱韭茄柿，可都无声妥帖地散发出人间烟火气，似乎在提醒我，在这个小小院落，住着踏实过日子的人。他们的双脚是踩在大地上的，他们的呼吸和牛羊菜蔬的一样，是那么紧挨地气。

屋里没什么花哨摆设，墙上的小相框里有几张黑白老照片，无论男女老少，人们的面目都诚实本分。我喜欢这里，我能感觉到这小屋散发着一种气息，一种我说不清道不明的诱人气息。虽然没看到表姐夫，可我相信那是也是个细致温和的年轻人。平生第一次，我脸红着对婚姻那个遥远的世界有了向往——一个整洁的院落，一棵叶片葱绿的老树，一面干净温馨的炕，一对情投意合搭伙过日子的男女。

在我眼中，那样的小门小户，那样的干净整洁，就是男女间最美的归宿。相比于那些朱门高厦里的夫妻，他们这样的人家，幸福似乎更近更简单。含蓄，平静，自然，天亮了去干活儿，天黑了回家就伴儿。打开门他们是世界的一分子，关起门来他们就是世界的全部。那关起门来的日子，是生而为人值得过的日子。

情意缱绻，小别新婚。正是在那个小小院落，我第一次明白了在小说中读到的这些词语的意思。虽然，至今我也没找到属于我的那样的小院和那样的男人。

# 烧 巨 人

摄影家丹尼要从大溪地岛来洛杉矶，目标明确，去沙漠里看烧巨人！“Burningman”！我以前曾读到过关于这个活动的报道——这个被称作“the most unique town on earth”（地球上最奇特的小镇）每年只存在七至九天，人口数量多时达到七万多人，有快餐店、邮局、美术馆、修车行、酒吧……但都像它们的忽然诞生一样，一夜之间，这一切和那些奇装异服的男女一起，和那些古怪得只能出现在科幻片中的机车们一起，在那广袤的沙漠上消失得无影无踪。

这个消息我是从史蒂夫那儿听说的，而这位好奇心比猫还重一千倍的探险家居然也没去过，虽然离洛杉矶只不过五个小时的车程。“你先闹明白这个活动的内容，我知道有多疯狂难熬，如果搞清楚了还想去，你再游说我。”听我想撺掇他同行，史蒂夫在电话里大声聒气地说。

我花了一下午，上网读这烧巨人的历史和活动内容。1986 年，一个美国年轻人拉利和几个朋友突发奇想，在旧金山的海滩上燃烧一个搭起来的木头人形。那次小小的创新和冒险只吸引了三十几个过路人，点燃的那个所谓巨人也不过八英尺。这看似胡闹的一幕没承想竟从此延续到今天，2019年参加人数更达到了近八万，来自世界各地。难以想象？不可思议？radical self-expression（激进的自我表达），这据说是他们创立这个活动的初衷，非常迎合美国人的寻刺激求创新爱冒险的活法。不知是否担心空气污染，连续四年烧了四个巨人后，旧金山禁止这个活动再次在海滩举行。1990年，抬着长高了的巨人（三十英尺），主创人拉利和伙伴将场地搬到了内华达空旷的沙漠里——Black Rock黑岩，被认为是地球上最平坦的地方，据说世界机动车速度纪录在这儿诞生，一千二百二十八公里每小时！

没有食物，没有水，没有住所，没有遮挡……除了一大片沙漠和高悬在头顶的烈日，这个看起来什么也不提供的活动却一票难求，2021年平均每张门票是四百三十美元，而且还单收一百二十美元的停车费。

“除了吃的喝的，每人都要自带帐篷和自行车，白天热得近四十摄氏度，晚上气温只有十三四摄氏度，没有帐篷你没法活，没有自行车，靠步行，你在那七平方英里（十八平方公里，从一端到另一头骑车要一小时，机动车时速限定在五英里每小时）的现场等于个小蜗牛。而且，活动极度讲究环保，任何人带来的任何东西，都要一样不落地带走，如果是干净冰块融化后的水，你可以泼在地上，但要小心不要泼洒在同一个地方。如果是脏水，必须拎到界外去泼倒。至于垃圾，你如果不想带走，要付费每袋十至十五美元由收垃圾的车带离。那燃烧后的巨人灰烬都会不留一丝痕迹……”

我看着 YouTube 上一个男子在现场的介绍，既心痒难耐——这其实是一个装置艺术节，cool（酷）这个英文单词是最佳的描述，似乎世界上脑洞大开的人都集中在了那里，那色彩、那光焰、那声响、那造型，完全像一群外太空人的派对！又心里发怵——看到那些人非常有经验地搭帐篷、安置大大小小的液化气罐、从容地弄出吃喝、把自行车喷成各种颜色以便容易找到……甚至有人把身份证直接印在马克杯上，为的是进到酒吧把杯子一亮就可以尽快得到一杯啤酒，而不用再证明自己年满二十一岁。这去现场生存几天的难度着实不小！

“明年吧，如果你还想参加，今年可以预订明年的票。今年的已经订不到了。”丹尼当然已经跟史蒂夫通了话，电话里的声音近切，好像他不是身在打飞的来也要飞八小时的太平洋岛上，“这个活动还真不是花钱买张票就可以参加的。有人说票那么贵，是只有富人才参加得起的活动，其实也不是，收入低的人可以购低价票，另外，购团体票也能得到折扣。但要在酷热的沙漠里九天不洗澡，蓬头垢面像个乞丐，你做得到吗？缺这少那，对养尊处优惯了的人类来说是很大的挑战。不只是生理的，更多是心理上的，我知道有些人受不了中途离开的……”

“新冠瘟疫也就罢了，猴痘的传染力极强——不用有特别亲密的接触，坐一下感染者刚坐过的椅子，都可能染上猴痘。太可怕了。七万多人闹哄哄地在那寸草不生的地方，看起来是光鲜有趣，可意味着多少潜在风险啊。我今年反正是不想去！”总怂恿我凑热闹的史蒂夫这回充当了反面说客。

这世界上最不缺的就是热闹。想到这儿，我一下释然了。

# 亡　妻

杰伊忙得周末都去加班，可那个周三的下午他早早离开办公室，开车往返两个多小时，去洛杉矶市里一个天主教堂参加葬礼，他的旧同事瑞卡多的太太死了，刚满四十六岁。

"我们打算约瑞卡多一起出来吃晚饭，你愿意可以参加。"杰伊平时不爱张罗聚会，可为了安慰这位老同事，他联系了玛丽安、迈克，他们仨曾和瑞卡多组队打了半年的保龄球。

昨天晚上，在那个名为寿司先生的餐馆，我第一次看到了瑞卡多，他没有应邀带着三个孩子。倒是玛丽安的老公布鲁斯拄着手杖也去了。

我和杰伊先到，到了停车场我才知道约定的时间是六点半，为什么六点就到？"总有人应该先到等位，这家餐厅不接受座位预订。"这就是永远为别人着想的杰伊。

坐在等位的长条凳上，看着不大的店面有些昏暗的灯光下正在吃喝的人们，我预感这是一家“不怎么样”的日餐店，不仅座位排得极密，那挺胸叠肚、头脸油腻的女侍像快餐店的打工者，动作笨拙地端着菜量不小却和精致无缘的餐盘忙前忙后，有人推门进出时，阳光透进来，灰尘飘在空中，清晰可见。

既来之则安之。我安慰自己有时候吃饭不是奔着食物去的。很快轮到我们了，坐在三张小桌子拼起来的长条桌边继续等。第一个到的是迈克，上次见他还是在另一个迈克的葬礼上。半年过去了，他似乎又胖了一圈。为了显瘦，他仍是一成不变的黑衣黑裤黑色棒球帽。他正把家搬离加州，三个孩子和一半生意如今已去了德州。年过半百，举家离开他土生土长的洛杉矶，理由很简单，他讨厌加州的民主党们，如果这个理由还算“高尚”，另一个理由就非常现实：德州税低，物价低，挣同样的钱，生活质量高许多。“两个月内我已经三次被警察逮着了。可一张罚单也没给我开，你知道，我给他们亮了我的法务胸章。你不知道德州的交规有多不同，比如在高速上最左侧的车道只能超车不能行驶！”他仍是每次聊天的主角。我问候他的太太雪莉，迈克说坚持要搬家正是她，“折磨了她多年的神经炎居然不治而愈了。估计那儿的热度适合。加州虽然也很热，可冬天还是有很冷的天气。雪莉说，她估计我们俩人中她会是早走的那个，嘱咐我到时候一定再娶一个。我说我可能会遇到个把女人，可再娶一个太太？我不认为我会。我只想做个 one marriage man（一辈子只结一次婚的男人）。我们已经做好家庭财产信托了，以免某天发生个意外孩子们手忙脚乱……”我没想到一向意气风发的迈克开始公然坦然地聊生死，生得人高马大，自己走出校门就当老板，他总给人一切尽在他掌握的印象，似乎世间没啥是他搞不定的。

正说时一老一少走进来，正是个子小小的玛丽安和布鲁斯。前者挨我坐下，后者选了桌子对面迈克旁边的座位。布鲁斯一个月前刚做了换胯骨手术，忍着疼前来，估计是在家太寂寞。他比上次过生日时瘦了一圈，两鬓的白发像被牛奶洗过，洁白而柔顺，脸颊和眼皮都松弛得往下坠着，他显得苍老了许多。“我的医生太好了，最好的医生！”说到他的手术，布鲁斯大声宣布，与其说他在夸赞他的医生，还不如说是给自己增加痊愈的底气。听玛丽安说他还在吃止痛药，他立即纠正道：“我的胯骨已经不疼了，这疼是来自外面的肌肉。你知道，他们得把我的皮肉划开……再过两周我就彻底没事了。”

一位肤色微黑、剪着寸头的中年男子匆匆朝他们走来。大家纷纷跟他热情地打招呼：“嗨，瑞卡多！”他就近坐在布鲁斯旁边，说他四点半给孩子们准备好了晚饭，考虑到也许要喝酒，他打 Uber 来的。说这些话时，他是轻松笑着的，似乎看不出刚经历了丧妻之痛。

“我真的为你的失去难过！”坐在他对面的玛丽安伸出手，瞪着大眼睛去握住他的手。

“我很幸运有你们这些朋友，真的。在医院陪伴她的那六天是我生命中最无助的时刻。你知道吗，开始医生说她染上了新冠病毒，任何人不能走近，孩子们只能隔着玻璃窗看她最后一眼。后来医生才发现他们搞错了。”瑞卡多的语速很快，不知是压抑太久需要诉说还是说话能掩饰自己的痛苦。

在大家七嘴八舌的提问中，他重述了妻子的死亡：晚上七点钟，忽然听到十五岁的大儿子说妈妈倒在卧室里了，他立即上前做心肺复苏、人工呼吸，让儿子打 911，救护车很快来了，把太太拉去医院。“我惊呆了，大脑完全停转。还是医护人员提醒我把孩子们交给邻居照看。然后我洗了把脸，开车也赶到医院。开始医生告诉我说她已经稳定了，是心脏病突发。但第二天又告诉我说是脑瘤，虽然心跳还有，但已经脑死亡。让我带孩子们去看最后一眼……又拖了几天，等两边父母和重要亲属们都去告了别，我才同意拔除一切管子。”瑞卡多复述这一切时，脸上是平静甚至带着微笑的，可那泪水还是不受控制地流下来。看得我和玛丽安也跟着抹眼泪。

“她捐献了所有能捐献的器官，角膜、肾、肝……我没有选择，因为医院从驾照记录就知道她当初是同意了器官捐献的。我很高兴她的离去让许多绝望的人有了希望……”瑞卡多脸上现出一丝欣慰的笑。

点的食物上来了，他几乎没怎么动刀叉。坐在那里，谁有问题他就回答，一杯啤酒从头喝到聚会结束。“最难熬的是看到家里的场景。你知道我已经在家办公一年了，哪儿都是她的影子，我们俩是中学同学，三十年了！触景生情，我不想她都不可能。我从没想到带三个孩子需要付出那么多精力和时间，而这以前都是她一个人在操持！”

玛丽安低声说，如果未来有什么需要帮助的，千万要张口说出来:“请记住，你不是一个人。”

我知道我知道。瑞卡多只重复地说着，憔悴的眼睛里满是感激。

布鲁斯也吃得极少，那盘寿司动了两个，剩下的像一排奇怪的彩色橡皮泥，没精打采地趴在碟子上。他端坐着，默然地听着，面容悲哀无奈，好像他看到了自己人生中那悲苦的实质。但他不想让自己一向乐观的形象毁掉，打起精神说俏皮话:“我知道失去太太是不幸的。可是，像我这样也是痛苦的，因为我还有太太。”说罢也不笑，望着玛丽安。

玛丽安用大眼睛嗔怪地一瞥，大家都笑了。

“我们早做好家庭信托了，也是知道那一天迟早会来到。我家情况复杂，我和两任前妻有三个孩子，玛丽安和前夫有一个儿子。这些身后事还是要理清写清。”布鲁斯又认真起来。

“我以前认为这家日餐不错，今天感觉不咋样。你们看，每个人都剩了好多。”迈克说着，带头夹了一块南瓜天妇罗，咬了一口，便又放盘子上了。

回家路上，我和杰伊捎上瑞卡多。他家位于三年前在郊外新建的社区，连排别墅，说是冲着那四个卧室买的。望着那二层楼房里的或明或灭的灯光，望着瑞卡多拎着打包的寿司走进去的身影，我想到那曾脚步轻健出入的女人，如今已经化作别人身体的一部分，继续活着。一些人因她的死去而获得了快乐，一些人则活在深深的痛苦与怀念中。

“我们这些人都到了要面对死亡的时候了。人生真是无奈！”杰伊一边掉头一边轻声说。

“等天凉爽些，把瑞卡多和孩子们请到家里来吃中餐吧。”叹了口气，我说。

# 双重标准

周六早晨，杰伊没有像往常一样起早去公司。我起床后看表已经是八点钟了，便去敲他的门，边跟趴在他门口的火球问了声早上好。火球抬眼望了我一下，随即又蜷在地毯上假寐。

说起来是结伴跑步，其实我们往往只是一同出发，从未能一同回来，因为步伐速度差异太大，没跑几百米，我已经落在后面，再一拐弯上了公园的小桥，杰伊已经没影儿了。不过我还是喜欢一起跑出门的感觉，好像我真的有伴儿。我有时想，那些兴冲冲结婚的男女是否和这结伴跑步相仿？貌似成家有了人生伴侣，可有多少是一起跑到了终点的？要么一方早于另一方离开人世，要么“my way or the high way”（要么听我的，要么就滚蛋），跑不多远就分道扬镳。但相伴伊始那个有伴儿的感觉似乎是一种有益的心理安慰：安慰自己——瞧，我是有伴儿的。安慰社会——我不是反传统的怪人哦。

我跑了一点五英里，汗津津回来，远远看到已经坐在前廊下测心速的杰伊。

“我一会儿要割草。大概 Tiki 不会开心，我看它很喜欢吃那些刚长高的草叶。”杰伊的汗滴在水泥地上，洇湿了一小片。

“不用担心，它好像没那么计较。草就是草，它到哪儿吃到哪儿，我观察过它，老叶子也嚼得香。”我说。

“可惜那株木槿没花开了。它吃起花来显然比吃草更香甜，也许像人类吃水果。”

说罢我们开始干活儿。割草是杰伊的活儿，可我喜欢搭把手。我剪掉一些玫瑰和风车茉莉的盲枝，拔掉多肉丛中的杂草，清扫出犄角旮旯的落叶。

我正在后院用那已经用旧了的园艺剪修剪树根下割草机够不着的青草，就听到前院割草机的马达声一下变得特别猛烈，夹杂着交谈的声音。

我猜可能是早晨散步的邻居路过，和杰伊打招呼。等走出去才看到，原来新搬来的邻居乔也在轰隆隆地割草，那红色的割草机崭新锃亮，显然是刚买来的。

“乔的园丁被他开了，说他本来就不太满意那墨西哥老头，居然，还被要求加价。”杰伊进屋一边擦汗一边笑着说，“一个月一百五十美金，他要求加到二百，说物价涨得太厉害。其实真没必要每周都割草，像我这样隔一周一次就够了，尤其是冬天。”

一向有同情心的我这次倒并未替那园丁叫屈：“我也不喜欢他。上次我清理前院的草种多肉，正巧碰到他在割草，就问他如果让他把这片草刨掉要多少钱，他说二百美元。也就五六平方米吧。我实在太累了，也没合适的镐头，就想雇他。可他说只负责把那草坪表皮刨掉，要想去掉草根儿，得四百美元。”我不好意思跟这老者讨价还价，最后在杰伊的帮助下，花了一个周末清理干净的。

杰伊好像很开心，又多了一个自己割草的邻居。他这条白人为主的街上有二十来户人家，几乎家家都用墨西哥人割草。

“这些人支持在美墨边境花一大笔钱修墙，可又毫不介意地雇着墨西哥非法移民给自己当园丁，多有意思！”杰伊仰脖子喝口冰水道。加州虽然是民主党的天下，可也有从蓝变红的趋势，两年前特朗普和拜登争总统之位时，有一个软件能看到各地百姓对二人的支持率。杰伊的邻居们互相之间都知趣地不讨论政治，可他发现有不少还真是特朗普的铁粉，一位姓氏为卡麦隆的还大方捐出了三千美金。

“双重标准无处不在。这也是人的本能吗？对自己有利的就接受，无利的就反对。”我笑道。

“不仅是双重标准，还是自相矛盾的近视眼，只看到眼前那一点儿利益……”杰伊无奈地摇了摇头，啪地打开一盒罐头，开始喂猫。

# 未来从哪儿来

头天晚上又失眠。我躺在床上睡意无全，脑子里是一个大大的问号：白天困倦得睁不开眼，无奈史蒂夫过来让我看探索频道新拍的电视系列片，全是他所在的探险家俱乐部成员令人瞠目结舌的冒险记录，看得我兴奋不已：

地球上真有那么一些人类的代表，宁愿冒着生命危险也要挑战极限。早在一百多年前，氧气瓶发明前就登珠峰的人，一路生死未卜，边冒死攀登边寻找前人尸骨；坐在球形舱里，探底马里亚纳海沟的人，把喜马拉雅山填进去，距离底部也还有两千多米，一旦与礁石发生磕碰就会舱体破裂，那两位探险家瞬间就被海底高压毙命；为了测试宇航员在太空中的服装抗压抗寒能力，需要有人身着那实验服，在万米高空出舱，自然落体跳下，时速六百多英里（约一千公里），四分钟后才能打开降落伞……

我是个精神上勇于冒险的人，可说到身体极限挑战，我早就知道自己是个 coward（懦夫）。“如果有机会让你去外太空，你去吗？”我知道自己的答案，曾好奇地问杰伊。

他的回答是毫无悬念的“当然”。也许他和冒险家们一样，脑海里总有个响亮的答案：人早晚都要死啊！为何不死出点儿动静？

早晨六点四十，黑着眼圈起来，我去跑步。没想到热浪已经在窗外无处不在，看手机当天的天气预报，最高气温将达一百一十二华氏度（四十四摄氏度）！想到正在下雨的凉爽的北京，我想回家的心又抽紧了一下。母亲面瘫正在接受针灸治疗，我真怕七年前的一幕重演——父亲在我起飞前两天，永远地闭上了眼睛。

街上没有一个人，也不知是什么日子，小学校园也是安静的，没有人来车往送孩子的人。我刚跑到小公园的草坪一角，已是满头大汗。迎面走来那牵着小白狗的老人吉姆，不久前我刚通过邻居格瑞认识搭过话。我刚想拿这极端的热浪当由头跟他说两句就走开，他却岔开了话题，不急不慢地说：“你相信刚才发生什么了吗？我和小狗过马路，刚下了马路牙子，就听到后面一辆汽车冲我大声鸣笛。一个女人停下车，冲我大骂：你这老傻瓜，你应该去走人行横道！我气得回敬：你这婊子，行人即使是 jaywalk（指横穿马路的人），机动车也得礼让。你不懂怎么拿到驾照的？”吉姆八十多了，声音干巴，底气不足，更让他声调低得不容易听清，说到激动处，他有点儿结巴，眉心的川字纹刻得更深了。在我配合地吃惊追问下，他苦着脸继续说：“你猜她怎么着？她居然把手中的冰激凌扔到我身上！ son of bitch（狗娘养的）！”

我早就知道美国人渣的言行都超出想象，听到这一幕，还是吃了一惊。“你记住她的车牌号了吗？”我气愤地问。

“我都快气晕了，哪儿还顾得上记号码？”吉姆说着从口袋里掏出几粒饼干给小狗布兰莉。那狗白得像雪，戴着粉色项圈，黑亮的大眼睛也像惊恐中带着委屈。

“我现在早晨遛狗会带上手枪，因为天有时还黑着，路上树丛里有山猫和豺狗，那都是看人下菜碟的坏家伙，饿极了别说布兰莉，它们也会攻击我。可惜我今天早上没带。”吉姆脸上有些遗憾。

“那人是很差劲，可你也不能开枪射杀她吧？”我更好奇地问，我想起史蒂夫说他周六正在家附近清理垃圾，居然有人开车经过，把咖啡杯丢向他。他把这些混乱都归结为前总统特朗普：“你知道他是个极端的疯子。一些和他一样的混蛋以前不敢胡作非为，看到总统都这样，可算是有了出恶气做坏事的胆量。如果两年后他再次当选，这个国家的老实人就遭殃了！”

“我可以射瘪她的轮胎，那么猖狂！你知道我在海军陆战队二十年，是有了名的 quick draw（快枪手）。我家里现在两条枪，三万多发子弹……为什么？万一有内战我得保护自己和家人啊。我跟你说这个国家快完了，如果十一月份的中期选举共和党不占上风，就真完了。”吉姆显然

有兴致聊一个早晨，“你可以叫我Joe（乔），我家人和朋友都这么叫我。我是唯一的Joe，Joe Biden（乔·拜登）不灵。”

我赶紧挥手道别，说趁太阳还没完全发威，得跑完步回家。

“这已经不新鲜了，疫情让人们都疯了，不仅偷偷摸摸，还明抢。我家的农场工人刚要取工具去地里干活儿，两个戴口罩和帽子的家伙就闯了进去，一个拿枪逼着大家，一个见值点儿钱的东西就往车上敛，不仅要带电的锯、发动机，连锄头、铁锹都不放过。”阿凯一家是在洛杉矶东部小镇开农场的华人，瘟疫前一直靠雇墨西哥人种茼蒿为业。如今物价上涨、劳力上涨，地已经荒了二年。“我得提枪去巡视一圈儿了，这年头真不太平！”

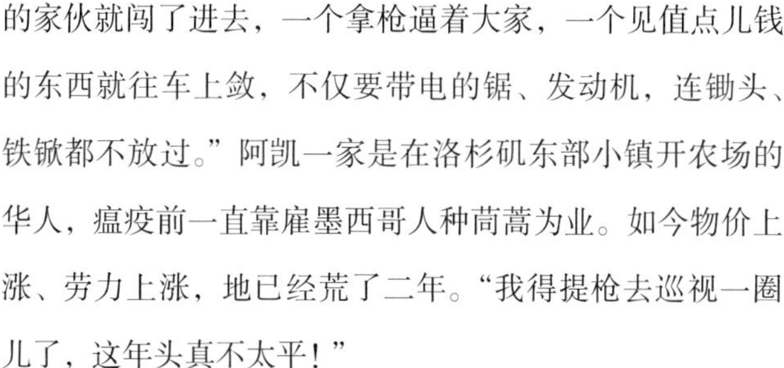

我晚饭后打算趁凉快在近处走走，看到格瑞，他一只脚打着厚底石炭绷带，正在遛狗。“看到华盛顿的那抢车案了吗？两个年轻女孩打了Uber，到站不仅不付款，还拿着枪要劫车……这世道真是倒退了，人都变成强盗和野兽了。”

说实话，我真心为美国老百姓难过。多数美国人与世无争、友善有良知，可这个国家的未来从何而来？这是连我这外人也困惑的问题。

# 如果人生可以选择

瘟疫以来，看到美国死于病毒的人数已经逾百万，在疫苗普及的情况下，每天还有十几万人感染、数百人死亡，我对人类的未来是悲观的。酷暑、洪灾、山火，即使不用刀枪互相砍杀，大自然的惩罚就足以让人类从地球上消失。

人活着短短一生，经历似乎才是真正的财富，和身体一样，那是从头至尾真正属于你的。我感恩，截至现在，我的人生经历已相当于许多人的几辈子。看到网上有人说中国目前最幸运的一代是生于1960—1972年间的人，我对此不置可否，但就我个人来看，相比于父母祖父母们，我深知自己的幸运。我没有啃树皮咽观音土，也没有听着枪炮流离失所，当然，我宁愿从未出生，也不想降生在把女人当成私有财产的野蛮时代。

如果命运给我选择的机会，我不想改变自己的相貌和才情，不想成为含着金汤匙出生的贵族子弟，不想闻达于世间，我愿意在短短的人生路上遇到几个有趣的人。

丈夫首选木心。他外表好看有魅力。他有精神格调，懂文学，画不俗，他还接地气，爱美食，讲情调。他宽他厚，把人性看得透，即使跟他撒娇发小脾气，他亦微笑洞明，只当有趣。他的包容和纵容，让哪个女人不肯加倍地去爱去珍惜？有女友说不喜欢他，理由是太阴柔，激不起她“生理性喜欢”，呵呵。

崇拜式地爱毛姆，但只给他做情人。因为他易变，敏感，挑剔，需要刻意保持距离，才能让他认识到你的吸引力。他爱你，更爱他自己，谁指望他以爱为名负责任，谁就会心碎。同样的关系也适合毕加索——只有保持足够的独立距离，才能够刀锋舔蜜后全身而退。

从眼神来选情人，当找梁朝伟、马修·麦康纳（Matthew McConaughey），被那冷静似冰、深情如水的眼神望上一眼，再性冷淡的女人都会被治愈。听声音判断男人，当然是唱的比说的好听，约翰·传奇（John·Legend）、萨姆·史密斯（Sam Smith）、斯汀（Sting），不说老少皆宜，至少很合我的口味。我有时幻想，如果这样的一个男子在我窗外绝望又缠绵地唱歌给我听，再纠结再难取舍，我仍会扔下手中喂孩子的奶瓶，起身冲出去和他浪迹天涯，什么处级待遇，什么北京户口，都抵不过与他打马而去时飞扬的尘埃……（说这话给一位男闺蜜听，他不屑地来了一句：到今天你没被人卖到非洲都是奇迹！）

凡·高是个好邻居。安静，无辜，不聒噪，偶尔去他屋里小坐，送上一盏乌龙茶，顺便坐在地板上看他涂鸦。兴致好，他会憨笑着，一言不发，用笨拙的笔画下那喝茶的东方女人。不必给他送饺子，他总会忘了吃，招进屋几只苍蝇。他不讨厌苍蝇，只是脆弱的神经受不了他们的嗡嗡声。

陈丹青适合在路上邂逅。高铁车厢里，相邻而坐或而卧。如是辗转托朋友引荐去拜访他，他必不掩饰鄙夷和吃惊，夸张愕然地从镜片后瞪着唐突崇拜者，直到对方红着脸落荒而逃。如是在他新书签售会上排队获书，那约等于和他没见面——有交流的邂逅才叫邂逅。在这暂时闭密的空间里，听着火车铁轨的冰凉摩擦声，望一眼飞掠而过的田野山河，交换下眼神，有一搭没一搭聊天，初识胜似

故交。前提是你要了解他足够，你要阅历、智商、学识足够，否则都激不起他愉悦的谈兴。

闲了经常喝酒小聚的人是纪德、加西亚·马尔克斯、唐寅、徐冰这样真诚且有才情的人，话无论多寡，一出口都是下酒菜。

逛旧货店最好的搭档是邹静之，他不仅是作家，还是玩家……

跟那些有才有情有趣的人在一起，我舒服我放松，唯一要做的，就是做真实的自己。

# 街头智慧

登山的惊险遭遇，在我这心大之人眼里，完全是一笔从天而降的意外之财富——有多少人在异国他乡的荒野被直升机搜救？甚至第二天我的身体也没如史蒂夫说的那样酸疼难忍、举步维艰，除了左脚大脚趾变成了黑紫色——下山时就感觉到那山体的陡峭给脚趾带来的巨大压痛。

周六上午我为前院的灌木剪枝。中午开始写作，伏案一个下午，晚饭后又写了两个小时，不知不觉敲出一万多字，记录下那难忘的经历。

可是周日，我的身体似乎才彻底解除“登山状态”，不仅四肢酸痛，彼埃尔和史蒂夫到来后再次提到我的“准失踪”，我才明白了为什么有个词叫“后怕”——事后越想越可怕，我真的恍然看清楚自己曾经历了多么危险的一幕。我决定除了写文章铭记，也要捐款给搜救的警察。

“你有太多个再也见不到我们的可能，就不一一细数了。记住小姑娘，别滥用了你的运气。”彼埃尔的话一字一顿，听得我频频点头。

早晨我们是在跳蚤市场相遇的。我和杰伊早到一会儿，接到史蒂夫说到达的消息，搞清他们的大概位置，我决定穿过市场去找他们，而不像杰伊建议的立在乐队舞台旁等。

果然，不用费力，我就在来来往往的陌生人中见到那两张熟悉的面容。我已经有小半年没见彼埃尔了，虽然不时通个电话，仍是难过地发现，这八十二岁的癌症幸存者也许真是来日无多了。他明显消瘦了一圈，脸上的皮肉明明是松弛的，可透着病态的浮肿。他仍穿着他最爱的条绒长裤，那深蓝色在前膝已磨得泛白。蓝T恤外罩着一件巧克力色夹克，上面左胸处印着洛杉矶探险家俱乐部的徽章。

我尽量不让难过写在脸上，上前与他拥抱，才看到他拄着一根短短的塑胶拐杖。“我告诉你我要找什么。一个可以夹放餐巾纸的架子，一个带长嘴的浇花水壶，你知道我餐桌上那盆花，每次浇水都浇得哪儿都是水，要是有个细长嘴的就好了。”于是我们个个牢记，四个人稀稀拉拉地走着看着。

我刚到市场时看到一个象牙色的鼻烟壶，刻有两个仕女，写着乾隆年刻。那摊贩要五十美元，说他知道那是象牙的。我如何也看不出象牙和塑料的区别，犹豫不决。我打算让彼埃尔去看看。

“我一定要吃个热狗，上次在这儿吃已经是两年前了。我知道这东西没营养，可我就好那口。”即使有拐杖，彼埃尔走路仍是踉跄不稳，脚下不是极慢就是像小跑一样收不住，每走一会儿就得找个有长椅的地方坐下歇歇。

我笑说没问题。上次这两位老友吃热狗的场景似乎只是昨天。史蒂夫先看到那热狗摊，他年轻时父亲曾经营过很红火的热狗店，那特意打造的热狗形的大卡车还上了新闻。他怀旧地边往那摊子前走边掏钱包，买了一根和彼埃尔分而食之。“It is a good dog（这是条好狗）！”史蒂夫说尽管这跳蚤市场的没法跟当年他父亲的正宗芝加哥热狗比，可也算不错了。彼埃尔也跟着附和说没错真是条好狗。

当时的彼埃尔虽然已被确诊了白血病，可还能行走如常。看着现在他颤巍巍的风一吹就倒的样子，我只能嘴上说他看起来不错，暗自在心底叹息。

杰伊说一会儿请大家去吃午饭，可两个老人看到那热狗摊儿时仍固执地坐下。史蒂夫掏钱买了一根。摊主是两位南美妇人，跟他们逗趣：“这热狗还行吧，可真不值得从帕萨蒂纳开过来吃，哈哈。”一位黑人大叔在那热炉子上加热着一条香肠。

“热狗里面是什么肉？”我好奇地问。

彼埃尔摇头说他还真不知道，反正人家给什么他就吃什么。要知道十八岁来美国的他其实是瑞士人，对美国的许多衣食住行也并不像史蒂夫那么融进血液。

“碎牛肉。”摊主之一答道。

史蒂夫用塑料餐刀把那两片面包夹着的香肠切成两半，问清彼埃尔想要的洋葱碎、酸黄瓜碎、番茄酱，帮他一一洒上。还没等我递给他一张餐巾纸，他已经把自己那半截直接放在了塑料桌子上。

两人吃罢，照例夸了一通，谢了摊主继续往前挪着步子。杰伊上前往那收小费的塑料桶里放进两块钱，他可能感觉四个人只买一根热狗占着人家的长椅有些不好意思。“你给他两块钱小费？这根热狗才两不过两块钱……”彼埃尔望着杰伊摇摇头。

终于挪到那个卖鼻烟壶的摊主前。对方跟我说刚才有个同伴把那东西拿走了。“下次你再来如果还没卖出就卖给你。”

我想也许是听我说那烟壶的年代，摊主舍不得出手了。便小声跟彼埃尔嘀咕。

“甭管它了。许多中国古董都是造假的。”彼埃尔故意提高嗓门，脚步不停地往前挪，听得那几个摊主面面相觑却没敢吱声。

“你知道吗，对付这些小贩，就得这样！”彼埃尔冲我眨眨眼。

走到拐角那几棵大树下，我看到一个木餐巾纸架，老旧三合板做的，黏合处都松了。可彼埃尔毫不犹豫点头说就是它。二美元。在他哆哆嗦嗦地准备掏钱时，杰伊已麻利地替他付了。

至于那浇水壶，每个人都留意着，仍是没看到踪影。“我知道，这是跳蚤市场不是超市，不是想要什么就找到什么。”彼埃尔听我说不远处有个摊主带来许多小熊，便打起精神跟我走。他曾跟我说过两次，“看到有卖 steiff 熊的替我买下，我女儿专门收集那德国古董小熊，我每年都寄给她当作圣诞礼物。”

兴许是走得有点儿远，彼埃尔脚下乏力，收不住像小跑一样踉跄着往前冲。好在到了摊贩支起的长桌子前停住了。在那一堆十几只熊中，他挑着捡着，脸上显出失望的样子，嘴里喃喃地说“no”，不是那有名的熊。他上次来花五块钱买到一个，悄声告诉我“这个值四百美元”，我当下就口无遮拦地说：“那你还跟他还价！人家要十块钱你砍下去一半。”“讨价还价，这是跳蚤市场的规矩呀！”他白了我一眼道。之前他从另一个摊主那儿买的那只，对方要价二十五美元，比这个还小多了，他直接就付了，我猜他是看那个摊主眼神精明，不像这位老农一般丝毫不知这熊的价值。

最后彼埃尔挑出两个。让我问那位我熟识的摊主，皮肤黝黑的墨西哥小伙奥斯卡多少钱，“既然是你的朋友，大一点儿的五块，小的三块。”奥斯卡微笑道。说罢扭头跟另一个妇女用西班牙语报价：“那个相册，五块钱！”

彼埃尔立即重复着那五块钱的西班牙语，掏出钱包找出五块钱。“他说这两个八块钱。”我提醒他。

彼埃尔却假装没听见，嘴里大声重复着那西班牙语的“五块钱五块钱”。举着几张纸币往奥斯卡身边凑。我又小声提醒他八块钱。他立即皱眉，用依然黑亮的眼睛瞪着我，带着责备地口气小声说了好几遍“do not talk（别说话）！”然后对坐在卡车车斗边的奥斯卡故作幽默地说“谢谢你。跟你学了句西语。”说罢递上那五块钱。

“这两个一起买，六块给你吧。”奥斯卡见状，好脾气地笑着说。

彼埃尔把五张一元纸币数给他，说他只有这点儿零钱了。

“我可以找零钱你。”奥斯卡仍客气地微笑着，露出一口好看的白牙。

彼埃尔也许自觉没趣，掏出十元钱递过去。

陪彼埃尔离开摊位，与等着的杰伊和史蒂夫会合。

“你知道吗，Emma，我很爱你，可是你该懂点儿事。在我买东西跟人讨价还价时不要插嘴。你不知道摊贩都很精明，他们在观察买主、听买主的对话。我本来可以很容易地花五块钱买下这两个熊的。”彼埃尔立在那儿，很严肃地批评我，好像他一大笔生意被我这中国女人搅黄了。

我忽然感觉有些不可思议：一个将死的人还把一块钱看得比尊严还重，真是可悲可叹。

“他在教你街头智慧。”史蒂夫看出我的不解和难堪，打圆场道。杰伊在跳蚤市场买东西从不还价，他认为应该给那些谋生不易的小贩些挣钱的机会。听了彼埃尔和史蒂夫的话，他沉默着没吭声。

随后，我们去吃饭。那是个美国百姓很喜欢的连锁餐厅，并不是多好吃，菜量非常大，合美国人的胃口。

在店外等位，仅有的两张长条椅都坐着人。我正想着如何开口请人给彼埃尔让个座位。“我想我可以坐在这小伙儿的腿上！哈哈。”彼埃尔拄着杖已经跟一对夫妻打起了哈哈，那小伙儿往太太身边挤了挤，立即给他让出一个空位。他可真有街头智慧。我苦笑了，脑海里闪过那张黑白照片，俊逸清瘦的翩翩少年，优雅地在爵士乐伴奏下起舞——彼时此时，天上地下。我不明白，随着生理机能的衰退，我们都不得不靠智取而活着吗？

菜单上写得清楚，如果吃不了一份可以加一块钱，二人合点一份。彼埃尔总说自己食量小的像鸟，但看到我和杰伊合点一份，并不想效仿，而说：“我吃不了可以打包带回家。”

“谢谢你杰伊。”说着，史蒂夫合上菜单，点了一份鸡肉沙拉。

彼埃尔点了牛排三明治，却大声跟侍者嚷了一句，“给我的账单单算！”杰伊只得再次说他来请客，打发了侍者。

吃罢饭回到我家，杰伊去公司加班。

我沏茶上水果、坚果。彼埃尔一屁股坐在沙发上再也不想挪动。甚至没力气在史蒂夫的招呼下去后院看龟。我便把老龟抱进来放在地板上任它爬。

下月底彼埃尔将在探险家俱乐部做演讲。“他主动要求的，估计想到自己来日无多，再当众露面权当告别吧。”几天前史蒂夫告知我这消息。我听了有些心酸。人之将死其言也善。我想去听听。

# 只有麦当劳

又是周日，我又去逛跳蚤市场。我一直不明白为什么现在的市场不如几年前的有逛头了，好玩有趣的东西越来越难遇到了。“也许是来淘宝的人越来越多了。你来得晚，有人捷足先登，自然就没什么机会了。”杰伊分析道。

我认为有道理，同时也相信，卖廉价小商品的摊贩拥进了市场，而那些真正跟古董沾边的旧货摊贩越来越少了，有些人抱怨卖不上价钱去，就转而去了其他的市场。

无论能否淘到宝贝，我仍喜欢去逛。我从不闲着。看不到宝贝，我就用手机拍人。好玩有趣的形形色色的路人和摊贩都吸引我的目光。我拍蓝天下的破旧小木棚、垂着电线落着鸟儿的木头杆子、画满各种涂鸦的小货柜车。我拍那些我不买却总忍不住站着看半天的旧农具和生锈的五金零件，尤其看到有人在水泥地上铺上白色布单，那各式各样的金属工具一一整齐地躺在上面，像一件件沉实的工艺品。我就掏出手机，变换着角度拍了又拍。“你什么时候拍拍我？”摊主是一位精瘦老迈的男人，走上前大声跟我逗趣。

我也喜欢观察摊贩不同的卖货方式。有人摆出一副大甩卖的架势，one dollar（一美元）！一张白纸上写着带惊叹号的价格。那往往是类似于一元店的各种物品，从插座电线、勺子铲子到手套口罩啥到有。那想淘到点儿有实用价值的物品的人们就围上去，不停地手翻眼寻。杰伊每次都笑说那真像一群苍蝇盯着大便。有人则把每件东西都标好价，简陋的白纸片上手写着一个个数字。不像口头报价的摊位，这明码标价者无形中吓到了买主，让人望着那数字疑心没有还价余地。

我那天看到的奇葩是个很少来这市场的老男人。几张桌子支起来，排成一溜约有三米长，上面放着几个纸箱，纸箱里是一些老旧的邮册或信封。我打开一个写着法国（1890—1945）的小纸盒，才发现是邮票。我问价。那男人很客气地微笑着说："不零卖。这几张桌子上所有的一起卖。七百美元。"

我这次看到桌子正中悬空贴着一张纸："memorabilia stamp sale together"（纪念邮票，打总卖）

我之前也碰到过卖老邮票的，有时装在一个大纸箱里，也是不单卖，只打总报个数。我理解这些小贩之所以这样，可能是不想被懂行的人把值钱的买走，剩下不值钱的再也不容易出手。

杰伊打开一本出版于1987年的生活类杂志，招手让我过去。“你看这关于麦当劳的知识，你知道多少？我相信你了，这麦当劳刚开张时确实用了一个卡通胖厨师Speedee（人名）的形象做招牌。”我几天前告诉他，说我和史蒂夫开车从圣巴巴拉回城，路边一家麦当劳就在店外空中竖着卡通招牌。史蒂夫说：“这可是老东西，我小时候刚有麦当劳，每次都是冲着这Speedee去！”

这名为《star》的杂志薄薄的，并没有让我买下的欲望。可我又被那篇题为《二十件你不知道的麦当劳》的文章所吸引，便在掏出手机拍照。面色健康黝黑的摊主，墨西哥小伙儿奥斯卡微笑地望着我，一口白牙和他的黑眼睛一样友善。

从市场出来，我们去Panera吃早餐时，我掏出手机读着那两页文章，杰伊这美国人听着都不时吃惊地问“really（真的吗）”。

第一家麦当劳店1937年开在加州的帕萨蒂纳，并不卖汉堡，只卖热狗和奶昔，只有十二个凳子，有三个给免下车的买主递货的伙计。当时的店主是两兄弟，Richard和Maurice McDonald，昵称Dick和Mac。

1948年兄弟俩搬到圣伯蒂纳，小小快餐店也羽翼渐丰，开始卖九种食品：牛肉汉堡，奶酪

汉堡，三种口味的饮料，牛奶，咖啡，薯条和派。一个牛肉汉堡的价格是十五美分！

在 1987 年的美国，百分之九十六的美国人都曾是麦当劳的顾客。而且有一半的美国人居住地三分钟车程就有一家麦当劳店。

在美国四百五十亿美元的快餐消费中，麦当劳就占百分之二十的份额。

每年，美国有百分之七点五的土豆被麦当劳买下。它也是美国最大的牛肉买家，每年麦当劳要买下六百万英镑的牛肉。

每十五个美国人中就有一个，在麦当劳找到人生第一份工作。五十万美国人从麦当劳领薪水。

1955 年麦当劳易主，仍叫麦当劳。当时新开一家麦当劳分店的费用包括房产为七万五千美元。买主是一位高中都没毕业的 Ray Kroc，据说他靠瞒报年龄在十五岁时参加过一战，成为一名红十字会的救护车司机。同一年连队里有个年轻的司机名叫华特·迪士尼（后来成为迪士尼娱乐帝国创始人）。

Ray 花了二百七十万美元买下麦当劳。1967 年，麦当劳的股价是二十二点五美元，二十年后，股价是四千美元！

麦当劳开始有不成文的规定，不在前台用女雇员，理由是女人体弱不能抬土豆麻袋。其实是老板担心年轻女员工吸引少年，有损麦当劳的清白形象。Ray 更是有洁癖，每周末都在伊利诺伊分店外的停车场捡拾垃圾、清除口香糖。看到有人把不爱吃的酸黄瓜扔在停车场，他生气地宣布禁售酸黄瓜六个月。直到有人抱怨才恢复。

麦当劳真的办过一所汉堡包大学，这花四千万美元的大学在伊利诺伊的橡树溪，有二十八个教职工，七个教学楼，一百五十四间宿舍。

…………

美国的快餐文化可谓发达至极。可是，从人口稠密的闹市，到人迹罕至的高速路边，只有麦当劳像鸟儿一样，无处不在。而那在中国几乎与它如影相随的肯德基，在美国却极为少见。读了这篇麦当劳的历史，我似乎明白了为什么。我不爱吃快餐，可不时喝杯咖啡。有许多美国人告诉我，麦当劳的咖啡比星巴克好喝。每次看到那兔子耳朵一样的黄色标识，我都知道，这里不只是快餐店。

# 老兵吉姆

晚饭后照例去散步，沿小区便道轻快地走。待走到小学校旁的草坪时，暮色加重了，太阳已经没了影子。西边天上那浓重的灰烟也看不真切了，刚才听到消防车夸张地呼啸着驶去，想必那里有火灾。

我先看到那小狗布兰莉，它是条白狗，只不过印有大块蜜糖色奶牛斑。我喜欢那安静的小家伙，它不像好多小狗一有风吹草动就尖着嗓子叫个没完，像没有安全感的女人一样虚张声势。

“那是吉姆。”我根据身形确定那牵着它的人是老吉姆，低声对杰伊说。

“又要被揪住不放了。”杰伊笑道，声音有点儿不安。他是个好脾气的男人，可深知几位上年岁的老邻居爱闲聊的老毛病。

“布兰莉！嗨，吉姆！”我走近前大声打招呼。

吉姆一如既往地戴着灰棒球帽，灰运动长袖 T 恤和同款裤子。中等个儿，体形匀称结实。

吉姆并没搭腔，只略抬头，一双不大的眼睛在帽檐下打量了我们一眼，机敏又不动声色，像个便衣警察。

“那是我儿子的狗。这俩狗好得跟双胞胎似的。我的是从动物收容站领养的，你知道我儿子那条怎么来的？”听到我说某天看到他遛另一条狗，他像透露一个秘密似的，用一贯极低的声音说，“我儿子在一个路口等红灯，前边有两辆车。最前边是个皮卡，中间是辆SUV。灯变绿了，忽然，一只小狗被人从皮卡的窗口扔了出来。那车一溜烟地冲过路口跑了。开SUV的司机是个老太太，从车里下来跑到路边把那小狗抱起，边大声骂着那狠心的主人居然大白天的干这种事。我儿子说他可以收养那小狗，但先要去追上那家伙，开车丢弃动物是违法的，我儿子是个律师。那老太说你别追了，警察不会管这事儿。她不同意把狗给我儿子，坚持要送到收容站去。你知道在那种地方，各种手续，一个月后付了二百五十美金，它才跟我儿子回了家。”

我听了啧啧称奇。

“谁要说狗是蠢货，那他自己就是蠢货。我之前有两条狗，都活到了十五岁。一条虚弱得不行了，还有心脏病，兽医说只能安乐死了。结果另一条不吃不喝，过了一个月，也郁郁寡欢地走了。现在这俩也是，有点儿吃的，总让给对方吃。狗们比许多人都够意思。”吉姆立在一棵尤加利树下，天黑了，看不清他脸上的表情，可听得出，他很开心有了听众，每天孤独地牵着狗溜达，跟狗说话的篇幅毕竟太有限。

我和杰伊随声附和着，开始往前挪着脚步。吉姆和小狗似乎明白我们的意图，也是在同一个方向的回家路上，也跟着走了几步。可很快，吉姆又站住了，指着那只能容两人容身并行的水泥路说：“你看到前边那裂缝了吗？就在那儿，昨天横着一条蛇，肚子鼓起个包，显然是刚吞了只野兔。有两个女人吓得叫起来——那蛇正在消化呀，没有爬走的意思。我从路边树丛捡了根棍子，在那蛇头前晃了晃。它立即昂头冲我吐芯子。我不想伤害它，就拿棍子去搔它的尾巴。它最后慢吞吞地爬到旁边灌木丛里去了。”我想，吉姆肚子里一定有太多的故事，却只能像蛇吞野兔一样，独自消化。

杰伊礼貌地接口说，好在不是毒蛇。他想道再见继续去走一段路回家打游戏，可没想到引来了吉姆的新话头，“我在这儿住了二十年了，至少打死过十五条响尾蛇了。你知道怎么对付它们？我抓一把土，往它头顶一扬，趁它迷惑的几秒，立即抬脚，狠劲儿踩在它头上！”我听得浑身起鸡皮疙瘩，问他万一没踩准，被咬一口怎么办。“所以你得狠准稳啊，我当过特种兵，这些都在我们的训练范围之内——荒野深山，什么野兽没有？”

三人又往前挪了几步，小狗乖顺地跟着听着，一声不响，有时抬头用无辜的黑亮眼睛看看身边的人，似乎在说你看我这宠物是不是很称职。

“我记得你说你参加过越战……”我几个月前也是在黄昏散步时碰到过格瑞和吉姆，一人牵一条狗像老哥儿俩。有一天黄昏，我还看到过吉姆和小狗在格瑞院外走走停停，显然是眼巴巴地希望看到格瑞的身影。格瑞不用手机，有急事找他除非打他的座机碰运气。可见吉姆多寂寞。

听到越战两字，吉姆又站住不走了。“我这身体和你们不一样，我这是战争铸造出来的。别不信。我头上中过三颗子弹，一颗从印堂这儿射进来，从眉骨上方钻了出去。一颗卡在耳后骨头里，当时被医生取了出来。第三颗射在我后脖子上，我稀里糊涂也不知道医生取出来没有。那一年我二十四岁。十五年后，我已经回到国内当教官，在弗吉尼亚的军事基地训练新兵。有一天我感觉后脖子有点儿麻酥酥的，就用手指去挠，忽然间我就晕倒了。幸好不远就是野战医院，有两个路过的战友把我抬到了急诊室。没人知道怎么回事，直到医生让我闻了一种气体，我才醒过来。问我，我也莫名其妙。医生不敢搬动我，就让人取来可移动的透视仪，照了半天，告诉我说我脖子上有个异物，必须马上取出来。他让我站起来，嘴里咬块湿巾，站在洗水池边，低头，手抱住水龙头，然后手起刀落，我看到血滴到了地上，疼是疼，可全身感到从未有过的轻松，好像一个看不见的包袱瞬间被卸了下来！”我听得捂住了嘴，不敢相信那一幕是真的。

路灯忽然亮了。一圈暖暖的亮光把漆树那柔韧如柳的枝叶染绿了。吉姆停了一会儿，望望两个听众，暗淡的小眼睛闪着不易察觉的满意的光。刚才走过去的一家三口又匆匆走回来，看到我们这仍立在树下的一伙，笑笑，挥手而过。黄昏与夜晚之间那条线彻底模糊了。我知道已经过去至少半个钟头了，可好奇心让我继续当听众。

“那子弹呢，你保留着做纪念吗？”杰伊虽然急着走，却忍不住问。

“人的身体真的很奇特。Mind over matter（心胜于物），这话太对了。有颗子弹在身体里，这么多年，因为不知道，就像没事一样。那子弹明明是金属，可肉体似乎想同化它，周边的组织完全将它包围了。取出来的就像一块带骨头的肉。医生把它给了我。我打量了一会儿，把它丢进马桶冲走了——我干吗要保留着敌人的子弹？可这还没完。不过五年前，有一天我正开着车，忽然眼前一黑，我什么都看不见了，像瞎了一样。我赶紧摸索着把车停在路边，推开车门冲路边招手求救。让一个走近前的妇女用我的手机给我太太打电话，把我送到医院。医生各种检查都做了，什么问题也没发现，住了一宿院，睁开眼倒是能看见了，模糊的，全是重影。后来发现我如果只用一只眼，重影就消失。医生让我回家休息，说他也没辙了。我就像个海盗一样总戴着一只眼罩。一天半夜，右眼像被针扎了一样剧痛，到了医院再检查眼科——从我内眼角发现一枚比面包渣还小的金属屑，那是当年射进我头部的子弹残屑。医疗机械越来越先进了，医生有一天扫描了我，说这样的残屑在我头部有十七个。什么时候才能清除掉？我进火葬场的那一天吧。”吉姆脸上浮起一抹揶揄的苦笑。

我听了长舒了口气，叹服地说他真是个运气不错的战争幸存者，听说那场历时二十年的对越战争死了五万多美国士兵，还包括八名女兵。“二百七十万人参战！我们当时像被洗脑了，开始还挺豪迈的，也感觉很新奇——越南那么穷，我们这些大兵捡最好的饭菜吃也没几个钱，一顿丰盛的牛排，五个人才花几美元，后来店主才说那不是什么牛排，是猴肉！我们听了全大吐不止……回国后受到的不是欢迎，而是反战游行——那是越南的内战，我们参与去杀人和被杀，那战争的意义何在？单是1968年，就有一万五千名美军阵亡，战争最后没有赢家……”

在一个人字路口，我们终于道别分手。

“他说就说吧，还那么啰唆，完全可以讲得简洁一些。”杰伊摇头迈着大步，似乎要把逝去的时间补回来，边抬腕看了看手表，说整一个小时！

我却不以为然，说让我感兴趣的正是这些细节。我说最佩服这位年过八旬的老兵每天坚持锻炼的军人作风，“五点就起床跑步，还做各种协调训练。格瑞才七十岁，可明显比吉姆显老态。”

“这倒是。他有些瞧不上格瑞，没听他说格瑞那红肿的大脚趾吗，他早就建议格瑞用醋煮水泡脚，就因为他固执不听，才穿了三个月的鞋套，最后有可能被锯掉……mind over matter，其实每个人都是，主观的判断决定一切。”

# 彼埃尔谢幕

冒险是年轻人的专利吗？我尽管总跟人说“我感觉自己还没长大，怎么就老了？”可我知道自己再也不是那个听到什么感兴趣的事就立即奔过去看个究竟的人了。

一个多月前就听说了彼埃尔的告别演讲，也请史蒂夫给订了票，甚至邀请了杰伊同行，好几次晚上临睡我都患得患失，考虑是否真有必要那么远大晚上赶过去听。

“要不是支持彼埃尔，我相信你也不会跑一趟，真不近呢，尤其是下午五点左右，堵车是常事。”史蒂夫这从不发怵上路的人都这么说，我越发有些没底气。即使是杰伊开车，我知道夜晚呼啸飞驶在高速上的危险——总想起俗话说的，把脑袋别在裤腰上，随时都可能性命不保。

“你们也可以坐火车。我去接你们。反正探险家俱乐部路边也没什么停车的地方。”史蒂夫好心出主意。

火车十六点二十分出发，十七点零七分到达。杰伊只能提前半小时下班才赶得上。

到了车站，我从包里拿口罩。“你自己戴吧，我不需要。现在早就没有强制戴口罩的要求了。”杰伊不加考虑地说。

火车上一如往常，没几个人，只有一个推着自行车进车厢的男人戴着黑口罩。

四十五分钟车程，快到时接到史蒂夫电话，说他得晚几分钟到，因为，他，第三次倒车时没留神，忘了关后备厢，磕在了车库门檐上！

“我正要倒车出库，彼埃尔打电话给我，让我把俱乐部的地址告诉他的看护南茜……”好在磕得不严重，史蒂夫重复着来龙去脉，边驶出车站。那开了一树艳粉花的树立在停车场的路边，像个好看却有些俗气的站街女子。我十几年前刚到洛杉矶就留意到了那树，却一直没搞清叫什么名字。我举着手机从车窗探出去给她拍了张快照。

史蒂夫说既然时间还富裕，俱乐部的晚餐也不能指望，不如去找个地方吃点儿东西。我们三人进到一个店面极小的比萨店，史蒂夫说味道不错，他以前吃过。史蒂夫点了小号比萨，上面只加了西红柿和奶酪。杰伊点了比萨盒子：把比萨对折起来，馅料便像韭菜合子一样被包在了里面。我点了名为 gondola（岗多拉）的船形比萨，里面铺了层奶酪和蔬菜碎，打了个鸡蛋在中间。“其实这三种都是一样的东西，样子不同罢了。”三人边说边吃，只有杰伊吃完了他那份。

我说虽然是第一次来，我打赌这比萨店自瘟疫以来涨了价，一角比萨要九点九九美元，我那个巴掌大的gondola居然十点九九美元。

“有什么没涨价的？现在什么都不能跟从前比了。”杰伊说着从史蒂夫前面拿了一角剩下的咬了一口。

暮色中我们往市里开，史蒂夫像在自家后院穿行，大街小巷都熟门熟路，有一处需要左拐，却没有红绿灯和stop标，只能左看了右看，抽冷子在车流中寻机转弯。三人都捏着把汗。

这有着百年历史的探险家俱乐部没有门牌，坐落在一条破败的街上。建筑凋敝，说不上是干什么的门店，有的散发着刺鼻的气味，有的门前污水流向街头。找了个路边空位停下车。好在六点后不需要付费了。

“这一看就是个穷地方啊。”我边走边说。

“你声音再大点儿——你没看到旁边就有人在关店门吗？让人听到肯定不会开心。”杰伊赶紧提醒我。

这是我第三次到这俱乐部来。我并没像初来时，看到那陡长的台阶顶部那高大的北极熊而大惊小怪。本来杰伊一路有些担心，说他忘了没把电子票打印出来。史蒂夫本人就是名片，上前说他带来两个客人，已经网购了票的。那位个子矮小却脚步轻快的老人笑着做了个请进的手势，看都没看电子票。

快七点了，餐厅还没几个人。彼埃尔坐在最里面靠墙的大圆桌旁，少见地穿着蓝西服、条纹衬衣，左胸别着一枚很大的圆形徽章，上面的号码是998.意味着他是这俱乐部第九百九十八个成员。有趣的是，每个人的徽章都是自己设计自己做的，所以绝不会重样。他面容苍白，明显更加浮肿，听说是他这一年来吃steroid（类化醇）药物的副作用。他跟我握了下手，侧着头低声说："你那天说祝我break a leg，那主要适合舞台表演的人，祝他们好运。"我心中不禁有些欣慰，倒不是老朋友还惦记着我的话，还为我纠正英语，而是他的思维还很敏锐，记忆力还那么好。

在西装的包裹下，八十二岁的老人显得更加威仪有加，金属大方框眼镜，架在那标志性的高鼻梁上，刚理过的白发并不显得过于稀疏。可是，我不由得想到那造型雄武的标本熊，谁都知道那威风只是表面的，它们没有生命力了，已经不可能对这世界产生丝毫影响。

我走到会议大厅去，除了一排排椅子，空空如也，一位高大魁梧得吓人的年轻男子正在检视音响。看到我进来，打了声招呼。"我多高？六英尺九英寸，二点零三米。"那人显然习惯了被人问身高。他五官其实也算英俊，可这过于超常的高度，让他令人遗憾地显得有些蠢。

我不禁有点儿担心，我记得两周前彼埃尔曾专门给

史蒂夫打电话，说他发现网上的演讲预告怎么没有了——他实在害怕到场的人太少。如果观众稀疏，这本想为探险生涯画上句号最后的演讲就成了钩起难堪的逗号或匕首般的顿号。

“会有人来的，不用担心。人们知道俱乐部的活动从没按点开始过，也便不急着赶来。”史蒂夫笑着对我说，不时跟熟人打招呼。

杰伊也曾过来一次，史蒂夫请他和我参加 tiki 之夜，听日裔探险家丹尼讲大溪地的航海。他对墙上陈列的动物标本和部落狩猎工具倒不感兴趣，盯着一枚勋章看，突然笑起来：那是拿破仑授予一位军官的，奖励他 1812 年对俄战争中从莫斯科“成功撤退”。

果然又陆续到了些人，多是发福的老年人，男人是会员，女的是太太或会员的朋友。眼看就七点了，时间表上写着活动开始，可连晚饭都只上了西红柿黄瓜沙拉。

我正有些无聊，看到两张亚洲面孔的女子，认出其中一个正是南茜，彼埃尔的看护，便上前打招呼。另一位也是菲律宾人，名叫苏珊。这初来乍到的二位显然有些紧张，看到东方面孔立即像见了亲人。我正要带她们去见彼埃尔，听到史蒂夫大声叫我的名字，还用力招手叫我过去。

“这位查尔斯是曾经的牙医，专门从旧金山来的。今晚他将成为俱乐部的一位新成员。你知道他发现了什么吗？咱们不是去过新墨西哥的zuni部落吗？阿拉斯加的那位女考古学家花了一辈子考证出zuni人不同于其他美国土著，而来自日本。查尔斯大学时学的考古，可为了生存改学医，当了一辈子牙医后退休了，现在又回到考古旧路上，他发现Zuni人的牙齿不同于其他任何印第安人，而是与亚洲人相同。这不是天大的证据？”史蒂夫声音本就洪亮，在嘈杂的人声中显得更突出。

那位六十左右的牙医着棕色西服，短发，戴眼镜，不同于其他大腹便便的男人，他身材挺拔，不像医生，更像个政客或教授。他客气地和我握手，那手居然很凉，好像他已经在过冬。

史蒂夫总跟人介绍我为他的“coworker”，同事，正在采访哥伦布前人类的跨洋活动。没错。可是我总有些觉得他太煞有介事。

我礼貌地表达了兴趣，说确实也听说过，亚洲人与欧洲人的门齿有很大的区别，问这位牙医是否就自己的发现写出过文章。

“还没有。我打算多做些考证。”

又有人过来与他们打招呼。我趁机离开了。

终于人们都就座了。我和杰伊、史蒂夫三人围一张小方桌，只要了两份主菜：烤牛肉条，外加一串烤西葫和青椒，一小勺带辣味的米饭。杰伊说在比萨店吃得太饱了，他不想浪费。

一位面相斯文的年轻男子上前和史蒂夫搭话，我认出他是俱乐部主席，上次参加活动时他主持的。“我马上就要去参军了，先去弗吉妮亚的基地训练六个月，再分配去处。我是学艺术的，但愿会分去做和艺术有关的岗位。”

“你们看过那个电影 *Monuments Men*（盟军夺宝队）吧？当年盟军组织一批艺术家、考古学者找回、保护被纳粹偷抢的油画、文物。现在美国仍有这样的特殊军人。我想你的艺术才华能派上用场。”史蒂夫显得比那年轻人还兴奋。

“我希望能去乌克兰。谁知道呢？我唯一确定的是到达基的头件事就是剃光头。”我早就认为他是俱乐部最英俊雅致的男人。说话时他略俯下身子，因为其他三人都坐着。

史蒂夫叮嘱他保持联系，说罢站起来，让我给他们俩合影：“趁他还有头发，很快他就不是这个样子了。”

人们都到会议室坐下时已经快八点钟了。一位光头西服男上台主持，先请各位介绍自己带来的嘉宾。坐在第一排的彼埃尔远远地叫史蒂夫的名字，指指坐在我旁边的南茜。我们都会意，他是想让史蒂夫介绍南茜。我悄声对史蒂夫说我不是第一次来就免了。

我发现好些嘉宾尤其是女性，被报过姓名和身份后还嫌不够，特别主动地要过麦克风，或坐或站地给自己做广告。

南茜瞪大眼睛，不安地小声附在我耳边说：“让史蒂夫报我的名字就行了。我就不说话了。”

“这是南茜，是彼埃尔的看护。”史蒂夫这语焉不详的介绍让我差点儿笑出来。

半小时过去了。主持人又请会员报告刚结束和即将开始的探险活动。又是十几分钟。冗长得让人快坐不住了，终于轮到规矩地坐在第一排的彼埃尔。

他上台时拄着那根黑色的拐杖，不过四五级台阶，他还是扶了几回栏杆。

探险的本质。这是他要讲的题目。他展示 ppt，讲述的是 1976 年带六个中学生去非洲的经历。十一个星期。他们没让家长花一分钱。四处募捐，卖旧报纸和二手书。半年后上路。为省下飞东部的机票钱，他们给一个汽车运输公司把几辆二手车开到纽约，从那儿飞非洲，行李里全是吃喝生活必需品。五个国家，若干个部落。习惯了被人好奇地观望，接受付了十头骆驼的钱只得到两头的惨痛，遭遇了酋长要强占美国女孩儿当老婆的危险……

都说探险家没有穷人。我忽然想，彼埃尔显然是个例外。在中学教书谋生的他这一辈子都在省吃俭用，只为了能够离开家踏足遥远的地方。我忽然对他心生歉意，因为那天在跳蚤市场我曾鄙夷他的小气。

演讲在掌声中结束，看表，十点。

“我送你们回去。”史蒂夫的仗义让我很感动。

路上又逢修路。三人故意找话说，以放松气氛。

我说换了是我，也许根本不会去做这个告别演说。“你看他累的！立在台上两小时，不停地说话。我看他最后脸上的表情都僵了。”

“他至少了却了一个心愿。身体可能不舒服些，可心里是欣慰的。”杰伊说。

“他知道自己来日无多，拼了命也要体面告别。”史蒂夫声音低沉地说。

“我一辈子都忘不了这个晚上的——咱们仨曾去听他在俱乐部最后一次露面演说，趁着夜色一路飞奔……对了，有个问题，为什么多数美国女人那么喜欢当众发言？和男人争平等？”但凡感觉到美国文化的不同，我都想当面求教美国人。

“二十世纪六七十年代的时候的女人更有女人味，比如我妈妈那代人就不这样。这也是为什么亚洲女人总在许多男人眼里有魅力，温柔、含蓄，不像现代美国女人，恨不得比男人还豪放开放。”史蒂夫说。

杰伊照例坐副驾驶，他指挥着从二百一十号转到五号公路。即使这样，到家已快半夜。

“要想报答我也容易，哪天请我去吃你们附近的墨西哥餐吧，还没吃过那么正宗美味的呢。”史蒂夫掉转车头，冲向夜色中。

第二天，我问南茜下周是否方便，我想去拜访彼埃尔，已经有近一年了，我没去他那鹰岩下的老巢做客。直到傍晚才得到回复，说彼埃尔被送到医院了，正在急救室外抢救。“他累坏了！血液含氧量低得快昏倒了。”

唉，彼埃尔！

# 一百年前的闺密

又逢周日。起床后先去后院扫落叶，来自那架攀爬覆盖了木廊架一半的金银花。昨晚我临睡时听到窗外似雨声似风声的喧嚣，早上看时才真知道是落了雨：草坪湿润，比往日的露水重。我走到漆树下的龟房，打开小木栅栏，松针不再高高耸起，而比往日低落了许多。我好奇地把刚给火球铲过粑粑的小铲试探伸过去，刚触碰到松针，就听到咻的一声，短促而紧张。我不禁笑了，看来刚冬眠的老龟还保持着警觉。

八点钟，他们已经到了旧货市场。上次跟我请教中文货名的白胡子老者认出我来，卖给我一对木头做的老油瓶——那是一块整木头凿成的，瓶口还有黏腻的说不上是什么油的污渍。三美元。

走进市场内圈——那是半个多世纪前小城举行赛车的地方，我看到一个塑料板箱里有一些旧画，选了四幅递给那从未见过的摊主，一位相貌普通但表情精明的老人，“七十美元！”这价格在我听来不像在跳蚤市场，倒像是古董店。老人也确实不像其他旧货摊主，说话的语气是见过世面的生意人。

“这两本不错！”一戴礼帽的老者打开一本十六开大小的书，面有喜色，露出一幅日本浮世绘彩画。我一看就知道那是葛饰北斋的画。

“哇，我都不记得带了它们来。一本葛饰北斋的，一本安藤广重的，都是日本顶级大师，伦敦的镌版彩印限量版。八十美元。”摊主瞬间变成了收藏家，如数家珍。

“八十块，太贵了。”戴礼帽的老者遗憾又有些不死心地说。那两本画册还在手里舍不得放下。

“七十五块，那是最低的了。”摊主显然相信这好东西不愁买主。

我以为那老者要还价，可是他没有。犹豫了片刻，他把画册放在桌上，谢了摊主，离开了。

我心中一喜，说我可以细细看看那宝贝了。每个画册有八幅画，虽然是老版印刷，可颜色极雅致极有古意。

我又重新组合了刚才挑到的画，选了三幅。

“打总算，你给二百块吧！”老者有些豁出去了似的，说他只想处理掉它们，“我不可能总来这里，你知道这一趟，光装车就花了我八个小时。我没那么多精力了。”

我跟杰伊借钱。

接过那十张林肯票子，老者望着我说：“你别忘了还他。回家好好享受这艺术吧。天凉了，保重！”

似乎我们已经成了有交情的熟人。这时一阵风起，似乎在应和他的话，吹在身上脸上，颇有些秋意。我陡然想起朋友圈许多人在晒图，霜降了。

我谢了杰伊，边走边跟他解释中国的二十四节气。

杰伊显出有兴趣的样子听着，最后却说："好复杂。"

我有些怏怏地说那是因为西方野蛮人不能理解，这些配合季节变化和农耕时节的时间划分是非常科学的。

"什么？我们是野蛮人？谁发明了那么多现代科技？你要说几百年前，西方是比较'野蛮'，也许没错，可早不是那样了。"杰伊仍是笑着争辩。

回家路上，我谢绝了杰伊在外面吃的建议。虽然偶尔我也喜欢换个环境坐在美国老百姓吃早餐的地方看人，尝那热量极高又不可口的食物，可我更喜欢吃自己鼓捣的东西。

饭后，我认真打开那两本画册翻看着。甚至没有像往常一样会先用酒精喷雾给它们"消毒杀菌"。在网上我已经查到相同的两本，都远在伦敦，虽然每册要价只有四十英镑，可运费加起来则达到八十美元一册。

我手里这两本显然都出自同一个主人，因为书的扉页上题着：

给玛丽——毕业留念　1931 年　UC（加州大学）

落款是：伊芙琳

不用细想，近一个世纪前两个女子之间的友情立即在眼前浮现。我们一定是相知的闺密。画册上没标价。可既然出版于伦敦，那么精致的手工装帧工艺，价格也不会便宜。她们当时不过是二十出头的年轻女孩儿，想必还没有收入。越想，我越觉出这书的珍贵。因为它们是一段温暖记忆的见证——知道对方所好，银钱并不充裕，仍是心心念念着，去寻到买下来，题了字送给好友。

我想起市场那位卖邮票和钱币的德国老人的话："现在的孩子们再也不像我们小时候钟情邮票了。他们买那些塑料电子玩具、运动员画片……"

现在的女孩儿之间恐怕鲜少再互相送书的了。

在那本安藤广重的画册里，还有一个发黄的展览折页。打开细读，原来是安藤广重作品展的说明。1930 年 10 月 15 至 11 月 15 日，在加利福尼亚大学伯克利分校的 haviland hall（哈威兰厅），举行某位藏家安藤广重作品展。

玛丽显然是去看了。伊芙琳同行了吗？毕业后她们去了哪儿？嫁作人妇？过得可曾幸福？她们的故事和她们的身体一起都被埋在了地下，和数不清的先人一样，不为后人所知，也鲜少被他们的后人提及。

读着那小小的折页，我想，也许有另一个相同的折页，此时在世界的某个角落，同样泛着时间的黄，同样被偶然读到的人默想着当时展览的场景。

我越看越爱惜这两本画册。人间的缘分，是多么无法解释啊。想着，我似乎与那两个女子会心微笑了。

午后。看秋风吹乱了后院那架靠墙的百香果，忽然想起早就想做的一件事：给那两尊几年前淘到的木雕跪坐佛弟子抹油。于是搬到后院的长条桌上，听着《包法利夫人》，用油画刷一点点涂着。从那对墨西哥兄弟手里买下的时候就有些裂痕，一直没有护理修补，那裂缝似乎不仅大了，还出现了新的裂口。我用的是一瓶花生油，闻起来有点儿怪，因为放的时间有点久——那还是母亲去年在时嚷着要我买的。母亲说橄榄油炒菜不香。

晚饭，用铸铁锅炖的牛尾。为了解腻，晚上很少敢喝茶的我沏了一壶普洱。我再次拿出那两本画册，一页页仔细欣赏，似乎只有品茶一样带着敬意用心体味，才对得起这两位二百年前的艺术家和那对一百年前的闺密。

# 胭　脂　虫

我采访哥伦布前人类跨海活动，需要阅读大量关于印第安人和新大陆的历史资料。胭脂虫，这是让我眼前一亮的一个词。“生长于仙人掌等美洲植物上，暗红色，体外覆盖白色粉状物。印第安人用其作染料。西班牙人到达美洲后，将其运回欧洲，进行养殖，用于制造口红、染布等工业。”

杰伊的东墙角种着一大片仙人掌，一人多高，巨型掌状叶片厚实碧绿，远看像一丛天然雕塑。有天我给旁边的玫瑰剪枝，忽然发现有几片仙人掌的颜色由绿变黄，而且形状也由舒展变得佝偻。走近细看，才发现上面布满了白色絮状粉团，大小不一。我好奇地用手去触碰，那里面有什么东西破裂了，并有暗红色汁液流出来。胭脂虫！我猛然想起那神秘的古老物种。

为了清除掉它们，着实费了不小工夫——我先找到根木棍，对着那小白粉点一一捣破，发现太费时间，便取了一把硬毛刷子，果然高效得多，很快那仙人掌就像被涂了色，成了暗红色。我拉过水龙头，开足一阵狂喷，总算去除了仙人掌的病因。

可是好景不长，过不了两个月，那些虫子又会顽强地收复失地，贪婪地像蚂蟥般吸吮着那巨掌的汁液。

人类养殖这胭蚧小虫吸食仙人掌以获利，我不由得想到人工让牛产生胆结石以获得牛黄。人类是否太聪明了？干预一切，利用一切，那种完全出于利己的原因而出现的种种行径，会让上帝动怒吗？如果一切真是他所创造的。

胭脂虫，多好听的名字，肯定源于那暗红带粉的颜色。一边厌恶地杀死那些寄生虫，我总忍不住想，对那些仍懂得用这东西作染料的人来说，我这算不算浪费资源？不由想起那天我用一把小锯把后院那株野蛮疯长的龙舌兰锯掉——那灰绿带着金边的宽大带状叶片其实很好看，只不过因为肆意生长，它像个八爪鱼，把整个花园都占了不说，还恶霸一般欺负得周边的多肉没了立足之地，无花果被挤歪了脖子，光棍树憋屈得驼了背。我先试着用园丁剪，可像杀牛用指甲钳，根本对付不了那比手掌还厚的带鱼一样的叶片，幸亏在杰伊工具棚找到一把小锯，别看只有一尺多长，却一物降一物，不一会儿，十几条灰绿的带鱼就像死尸横七竖八躺在草坪上。每一条都有十来斤重！小心地避开边缘的坚刺，往垃圾桶里捡，我不由得想：那做龙舌兰酒的墨西哥人也许会当成宝贝。

为何没人搭建一个网，叫无用有用网。凡是对某人没用的东西都可以挂在网上，也许就有那认为有用的人联系上，直接拿走。这地球会节省多少资源减少多少浪费？！

# 好心的同胞

我不记得哪天起，发现自己眼花了。我原先幼稚地以为，近视眼不会眼花——一个近视一个远视，不正好抵消吗？等我到了眼花的年龄，发现事实还真不是这样——戴着近视眼镜，看不清过近的东西了。如果是框架眼镜还好，摘下来再读就是。可有一天我戴着隐形眼镜去超市买调料，那比蚂蚁还小的字迹让我左右为难，拿远了瞄拿近了盯着，怎么都看不清。想起以前我曾帮别的陌生人读过这小字，现在，轮到我请陌生人帮忙了。不由得慨叹：谁说年龄只是个数字？身体随时会提醒你，那个数字真不只是个数字！

我于是开始热衷配眼镜。过去那纯近视眼镜不管用了，好在有了一种渐变的镜片，既可以看远又可以看近。

我不得不承认，我有时是个虚荣的喜欢以品牌判断质量的女人。尽管价格不低，可相对于国内同样品牌，在美国仍是便宜许多。于是，我先后买了 Dior（迪奥）、Prada（普拉达）、Tory Burch（汤丽柏琦）、Bottega（葆蝶家）。可是，不知是否这些奢侈品牌多是为洋人的大鼻子设计，那鼻托普遍都低，架在我的鼻子上总往下滑。好在美国的眼镜店也和中国的一样，可以免费调整镜腿角度。我的眼镜多是从 Costco 买的，因为它们比别家更便宜。每隔一段时间去购物，我都要光顾眼镜柜台，请他们调整那似乎永远不合适的镜腿。“没关系，镜腿过段时间都得调一下，随着惯性它可以变松，尤其是喜欢运动的人，更得经常调。”那位额头有个鼓包的亚裔男人很是和善。我注意到，他是那眼镜柜台唯一的亚裔面孔，干瘦，脸上挂着谨慎挑剔的神态，有六十岁左右的样子，胸卡上的名字是英文：安东尼。我初到美国时，和我儿子一样，看到亚裔人就想凑上前搭讪，想知道人家是不是中国人。我儿子是苹果粉丝，读中学时周末没事了就喜欢去苹果店，柜台上可以试用的新产品让他待一天都不嫌长。一次他看到一个亚裔面孔的年轻人，上前兴奋地问：“你是中国人吧？”对方先是愣了一下，然后不动声色地用汉语说了句：“我是 ×× 人。”说罢就漠然走到一边去了。自此不仅我儿子，连我也知道，别那么热心寻乡亲了。

这个安东尼，在我看来，像许多久居海外的中国人，有一脸侨民表情，你说他是中国人韩国人日本人，都像。这人别看有点儿刻薄相，可对顾客相当耐心。我有一次取了号等着。三个工作人员面前都有顾客，安东尼正跟一个中东模样的女人解释："买第二副镜架可以得到五十美元的减免，你这两副加起来是这个价格。如果你不要渐变的，只看近处，那一副价格是这么多，两副会是……"他边说边在纸上写着一组数字。那女人英语很差，翻来覆去就是搞不清楚。听得一旁的我都烦了，走到柜台另一边去等着，心里不由得佩服那亚裔同胞的好脾气。

那女人又啰唆了半天，像舍不得走似的总算离开了。我走近安东尼，以为看到我等了那么久，只为调整一下镜腿，可以顺手帮我一下。没想到他却摆摆手说他该下班了。跟一个同事打了个招呼，他径自走了。离店关门时间还有一个小时。我对他的好感顿时打了折扣。

这天，我打算把所有的眼镜打总去调整一下。我有些不信赖 Costco 眼镜柜台那几位。态度极好，可效果有点差。

离住所不远的商业中心就有个眼镜店，我曾歪打误撞地进去过一次。那里的布局陈设有些高大上，从收银员到验光师个个都戴着口罩，让人以为步入了一个迷你诊所。听说我只是调整一下眼镜腿，那位表情肃穆的女前台让我等一会儿。一位墨西哥小伙儿很热情地招呼我，手到病除，那幅迪奥的眼镜自配好以来从没那么合适地待在我鼻子上。“还有其他不合适的？拿过来就是。”那小伙儿听到夸赞笑出一口整齐的白牙。

所以，我打算这次去就把问题集中解决掉。

“你带着五副眼镜进去，只为这免费的服务？人家一分钱不挣。不太好吧？”杰伊的质疑立即加重了我的犹豫。我其实自己也有些不好意思，毕竟这是万恶的资本主义国家，一切都讲钱啊。

杰伊说他正好要去 Costco 购物，不如去那儿修，反正我那眼镜多是跟他们那儿买的。

于是，我把眼镜一一放进不同的盒子，感觉它们像一堆性格拧巴需要看心理医生的朋友。把这堆盒子揣进双肩包里，我盼望着这回能遇到个耐心又懂行的人。

因为是周末，眼镜柜台顾客有点儿多。我取了个号，看到穿着白大褂的安东尼，走上前打了个招呼。我留意到只有他像个医生似的穿白大褂。

“眼镜又不合适了？”这次他倒露出一点儿笑容，并没看我手里的号码，接过那眼镜，在灯前晃了一下，就用手左右捏着拧着，好像那只是一段柔韧的金属丝。

“您来自哪里呀？”大概是他友善的举止让我放松，我找话道，不确定地用了英语。

“出生在广东，后来去了香港。然后来了美国。”他改用汉语道，同时打量着我，似乎在考验我是否听得懂。

我一下如遇故知，说起自己的来历。

“你们这些年轻人幸运啊。中国最困难的时候你们还没出生。天大地大不如……你不会唱吧？”他脸上仍是审慎略带挑剔的表情，可话却多起来。

“你来美国为了采访？我看刚才跟你一起来的是个美国人。你还不如趁机嫁了他，这样就可以有身份留下。”安东尼手里忙活着，一个个调整着那堆眼镜，似乎只一摸就知道哪个松哪个紧，根本不需要花精力去对付。他要集中精神对这位女同胞表达关心。

我感谢他那么高效地帮我，可心里又打鼓——这样心不在焉地捏着拧着，最后不知效果如何。

“我不想为了留在美国利用别人……”我陪着笑说了一句。

“这年头，谁还相信爱情？所有人都可以分分合合，哪有天长地久这事！？你听说过一句中国话吧，放长线钓大鱼。你不理解什么意思吧？先找个跳板结婚，走一步说一步啊！”看我只是笑而不答，他似乎恨铁不成钢，使劲用干纸巾擦拭着镜片。我有些担心，怕那镜片会被划坏。

“他是你房东？你们住在一起，那不是白浪费机会吗？我告诉你，我今年五十六岁，可以当你的爸爸了。你要是我女儿，我也会说这话……趁着你还有青春时光，你不抓紧，还等什么？”安东尼望我一眼，眼神里是不掩饰的不满甚至不屑，“这些白人，说好可以很好，说翻脸就没商量。你呀！”

我看到旁边那位坐在椅子上的中年男子扭头望着我们。他像是这个柜台的负责人，那目光有不解——他听不懂俩人在用什么语言交谈，也有不满——磨蹭这么半天，在干活儿还是闲聊？

我提醒安东尼别影响了工作。

“他看就看吧。无所谓。”这位中国同胞我行我素，一副老油条的样子让我有点儿担心。

我看他把最后一副眼镜在手里拿捏了又拿捏，催促说就这样吧。以后不合适了再来。

谢了他，我逃跑一样匆匆离开。

“什么？他才五十六岁，说可以当你爸爸？”杰伊听说了，笑得差点儿把手中的可乐掉地上。

我没再说话，心里却想着，我是否应该取消注射玻尿酸的预约。

# 早点儿死了算了

疫苗的副作用，在我面前，永远没有侥幸二字。因为要自驾出行去亚利桑那，我还是决定冒险注射第三针新冠疫苗。“只是胳膊红肿两天，感觉有点儿疲惫，其他还真没什么不适。”惜命的约翰和史蒂夫都已经接种了第五针。为了游说我也赶紧打一针，史蒂夫还特意转发了一条新闻：拜登总统预测美国在 2022 年的冬天会有七万人死于新冠。新闻还配了正在接种疫苗的拜登的照片。

杰伊十一月底要去波士顿出差，更有打疫苗的必要。于是周五晚饭后，我们去了 Rite Aid 药店。一位亚裔面孔的年轻女孩儿说护士下班了，我们可以第二天来，并递给两份表格让回去填。

我们又走到不远处的 Ralph's，被告知周六已经约满了，最早只能周日打。

早打早起效。周六一早，我们俩就赶到Rite Aid，等了得有半小时，才轮到把胳膊露出来接种的机会。

我从来不敢看那针刺进皮肤的一瞬，扭着脸盯着关起来的那扇门，感觉些微刺痛，正等着药物推进，没想到护士已经开始在那几乎看不到的针眼上贴创可贴了。“我打过两针了，会不会因为身体适应疫苗了不会有那么强的副作用了？”我问那位短发大眼睛的黑人护士，希望得到肯定的回答。

“因人而异。这次的疫苗是针对变异毒株的，和以前的不同。”护士很客气地说。我的心一下有点儿凉了。

接下来的一天我都仔细地想体会到那肿痛感，可像没打疫苗一样，似乎没有感觉。我暗想也许这次真的会幸免，就像史蒂夫的太太简妮特，前几针也都高烧头疼，可这次居然没什么反应。

我提前吃了晚饭——一碗海鲜汤。坐在客厅，心里不安，却又若无其事地和杰伊看电影 *all quiet on the western front*，西线无战事。那些惨烈的战争场面让我不忍看下去，有几次去厕所或给手机充电，我告诉杰伊不用暂停。

电影很长，有两个半小时。看了不到一半，我跟杰伊道了晚安打算回自己房间睡觉。洗澡时下意识地摸胳膊，还是没有感觉。我把那创可贴揭掉了。

我当晚就开始浑身冷，发起了烧来。三十九点二摄氏度。

“有反应是好事，说明你的免疫系统在起作用。我刚读到新闻上说的。”史蒂夫的话让我好受一点儿，可熬到凌晨两点，仍是强撑着下楼服了一粒 Advil 退烧药。

我庆幸当年一位中学同学来访时带给我的热水袋还在。注满开水，焐在怀里、脚下，好像那是我的生命之源。

周日杰伊不上班，帮我榨了两杯果汁，说他也感觉有些疲惫。我们一起坐在后院晒太阳，都没有胃口吃饭。我接到一条信息，来自一位文学刊物编辑，先是肯定我的小说如何感人，却不适合他们杂志。我想了想，还是没有告诉杰伊。他这码农即使想理解也不会真正感同身受。

晚上杰伊在我虚弱的指挥下，把冰箱里的包子蒸了一下。那包子只有包装盒画面上的四分之一大。第一次没蒸熟，我咬了一口，里面冰凉。他再用微波炉热了半分钟。倒是可以吃了，可那鸡肉白菜馅淡得难以下咽。

晚上接着坐在客厅看那电影。“我们多么幸运，没有生活在那样的年代。”在战场上幸存的二位德国兵跳墙去法国人家里偷鸡蛋吃，一位被射杀而死，另一位在停战命令生效前一分钟被法国士兵用刺刀从背后刺中心脏。我们俩都感慨不已。

我感觉有了倾诉的理由，分别给彼埃尔、史蒂夫、约翰发了信息，似乎想见证他们友情的真实，矫情地说自己快死了。彼埃尔立即拨通了电话，底气很足地告诉我大量喝水，逼着自己吃东西，“否则你就会瘦小得让我找不着你了。”他下周要去看两次大夫，调整白血病的用药。后两位不断发微信，史蒂夫说坚信我过两天就好起来，一向乐观的他正准备为圣芭芭拉帆船俱乐部的演讲，想到他跛着一条腿仍不倦怠的身影，我忽然由衷佩服这老人。约翰告诉我多喝水，不要喝茶，多上厕所。几天前还是我给病中的他发信息叮嘱他同样的话。

厕所我倒是去了十来次，可尿意虽然有，每次尿得都不比猫尿多。这样一趟趟跑厕所，睡眠差得可想而知。

万幸我有听书软件。听《聊斋志异》。朗读者是个有山东口音的男子，把胳膊读成“葛波”。我羡慕那在荒庙里苦读的“福薄”文弱的书生，总有好看又好心的狐女不仅献上温润可爱的身体，还帮男子改运，考中举人进士不说，甚至能够起死回生。我听《毛姆读书笔记》，听他说尽管“人都是自私卑劣的”，还是尽力把人做好，“只当上帝根本不存在”。往往听着听着就昏睡过去。

周一早晨听到杰伊起床下楼的声音。我不知道他是去跑步了还是直接开车去公司。便发了个信息问他是否可以给我榨杯果汁。我的嗓子因脱水而干疼，脸上的皮肤也粗糙像砂纸。“放什么水果？”杰伊很耐心地问。

我想到茶几上那几枚石榴，可知道这从没吃过石榴的美国鬼子是不懂如何把那些籽剥出来的，吃鱼都不能带刺的他也没那份耐心。便说黄瓜、香蕉、橙子。

把果汁榨好放进我房间小柜上，杰伊离开了。烧得实在无力，我忍不住又低声呻吟，哼哼着，像只害了鸡瘟的小鸡。

这天是万圣节，晚上会有孩子们来要糖。沙发上三袋糖果已经消失了半袋，杰伊这 sugar tooth（甜牙齿）嗜爱甜食，尤其喜欢吃那里面的 M&M 豆。许是感觉内疚，他那天在 Costco 又买了一袋，每袋一百五十粒。

阳光终于被寒气所虏，露脸没多久，就弱弱地隐没了。本周开始降温了。到周四，最低温度会降至四摄氏度。

在睡衣裤外又裹上厚棉浴袍，我挣扎着起来，用两条旧麻袋把后院西墙边那一丛香蕉从茎的底部包裹起来。我记得一位卖苗圃的大叔告诉我，如果香蕉茎冻坏了它们就死了。

老龟的小屋所幸向阳，但我仍是打算要放些保暖的麻片或毯子进去，洛杉矶冬天的夜晚还是能到零下。

在微信朋友圈看到一句有趣的话：有时候想，这世界是个什么玩意儿呀，早点儿死了算了。

明明是颓废的样子，可那甘于放手的心态，透着可爱，甚至让我感到了励志——至少悲观厌世的人不只我。我不禁笑了。

# 鬼来了又走了

叮——当——!

楼下不时传来门铃声。有时只是咚咚的敲门声。那声音一点儿也不比门铃声刺耳，它们犹豫带着兴奋，是细小的指关节与木门碰撞的声音。

“Trick or treat！（不给糖就捣蛋）”孩子们来要糖了。

我躺在床上，听着下面的动静。去年此时，我正沿街走着，挨家挨户欣赏那由色彩和灯火营造的鬼节气氛。美国人以放松不拘的性格闻名，但凡有“耍宝”的机会就绝不放过，尤其是年老的有闲有钱者，在这样的场合可以名正言顺地玩一把惊悚，重温一下儿时的旧梦。

“Happy Halloween！（万圣节快乐）”细嫩礼貌的声音像溪水在门敞开的瞬间流进来。

“Happy Thanksgiving！（感思节快乐）”“Happy Christmas！（圣诞快乐）”不知是想出点儿新意，或是出于紧张，有的尖尖细细的声音嚷道。

“我弟弟泰勒不能吃带花生的糖，他花生过敏。”那显然是个有责任心的小姐姐。

给他们捧出糖果盒子的杰伊总是好脾气，“没问题。M 豆可以吗？”“好酷！你这是蝙蝠侠？”“感恩节说过了，圣诞节说过了，咱们是否也可以说生日快乐？”平时话并不多的他一个劲儿找话。

我卧室的窗子向北，面向后院。一墙之隔的老约翰早早把草坪装饰得像万鬼来朝一般热闹，虽然窗子关着，我仍能听到一群群孩子熙来攘往走动的声音。

楼下，一个声音柔嫩得像刚破壳的小鸡仔：“万圣节——快乐！”

“这是她的第一个万圣节，也是她敲的第一家门。”母亲的声音既欣慰又兴奋，似乎这不是孩子而是她自己的第一次。

杰伊不善言辞，只说哦很好，万圣节快乐！

除了前门台阶旁放了一对穿婚纱和礼服的骷髅夫妇，杰伊没有摆任何万圣节装饰，所以来要糖的孩子并不算多。街对面的两户邻居每年的万圣节装饰都上电视，吸引了众多早就跃跃欲试的孩子们，尤其是街尽头就是一所小学校，孩子们每天经过，早盼着这一夜的来临。“我听说虽然今年万圣节是周一，可学校已经决定周二放假一天，让孩子们开心去要糖。”克瑞格就是那热衷也擅长装鬼的邻居之一。他是退休消防员，绝对是个 handy man（动手能力极强的人），草坪上的墓碑、各种姿势的僵尸不说，他还摆了一口棺材——斜靠在树上，破了一个洞，一只血淋淋的手正从里面伸出来。那天我去散步，看到克瑞格的大吉普车上，居然也坐着一个下巴笑脱了臼的骷髅。“去年我太太数了一下，来了六百多个孩子。今年估计更多。我们发糖得算计点儿了，我太太看到可爱的孩子就给一把，去年买了一千颗糖都没坚持到最后，哈！”

安静了一会儿，杰伊上楼，敲门进来笑着说：“你不下去看看吗？鬼怪们都活了！吐烟雾的，跳踢踏舞的，打呼噜的，从袋子里钻出来又缩回去的……拐角处哈里森屋子黑着，不时冒出鬼火，还发现咻咻的怪声，我猜是哈里森装的……”

“我就不去了。听着声音，想象一下也好。去年的万圣节，好像不过是昨天……”我有气无力地说。忽然间我感觉有些害怕，人老了弱了，最重要的一个标志就是滑向这个热闹世界的边缘，就这样躺着或藏起来，有感知，却没了力气。

“真的不去看看？”杰伊话还没落音就急急下楼，“Trick or Treat”（不给糖就捣蛋）的童声又在门外响起来了。

熄了灯，继续听书。很

偶然地听到有人在读《苏丝黄的世界》。我知道这是忘年交 Tsai Chin（采芹）半个世纪前在伦敦西区舞台上一举成名的那部小说。也正是那部剧让她以“迷你维纳斯”名噪英伦。

我喜欢那位朗读者的声音，试着听了几分钟，很喜欢，即使手机几乎彻底没电了，仍是设定了二十分钟的限时，听到入睡。

早晨起来，我打算买到这本英文原著读一下。欣喜之际，又有点儿小小沮丧，我越来越发现，这世界上有太多的好书要读。蒙田、毛姆、克莱德尔等先人们提到和认可的就让我感觉自己阅读量太小了。

天阴着，太阳不知逃到哪儿去了。也许是被昨天闹鬼的热闹吓坏了。

后院那株被阳光晒秃了叶子的木槿居然开出两朵花，艳红，单薄，像绢扎的假花。Tiki！我望向漆树下老龟的眠房，有几分伤感。就像一个母亲看到可爱的小皮球，那视其为宝贝的儿子却被人带去了他乡。我越发理解《小王子》里说的驯养的意思，“驯养就是建立感情联系”。小狐狸看到麦田，不再视而不见，虽然它不吃麦子，因为金黄色的麦浪让它想到小王子的头发。那朵矫情的假装咳嗽吸引人注意的花儿，对小王子来说也不再只是一朵普通的花，因为它是千千万万朵花儿中与他互相凝视过、跟他抱怨过的那朵。

人如果需要冬眠，这世界是否会比现在和平一万倍？有四个月的时间必须彻底放弃一切，像死了一样的昏睡。那暂时的死亡，也许能让人在醒来时加倍珍惜有意识的存在，也更能包容他人的不同，甚至更有能力原谅他人的伤害。

可惜，我们往往只是闭上一只眼，假装永远不会死一样活着、抢着、夺着，同时又防范着、自卫着，似乎稍有不慎就会失去比生命还宝贵的东西——名和利。

我发了一场高烧，再看这个世界似乎心情轻松了许多——如果确定并接受人性之弱之恶，便不会轻易对这原本美好的世界感到失望和失落。就像你知道宠物猫狗既有温顺友好的一面也有兽性发作咬人的一面，你不会因此就讨厌它们不与它们生活在一个屋檐下。

我决定出去走走。

对面两个邻居家那光怪陆离的装饰消失得无影无踪了，像聊斋中的书生回望林中的木屋，好像那一切根本没存在过。往年也是这样，用声光电和各种建材辛苦搭建起来的鬼怪之家，总是在要糖的孩子们离去后就被利索地拆掉。

看到特蕾莎正在清洗车库前的水泥甬道，我走上前打招呼，告诉她说我打了疫苗发了两天烧。“你为什么要打那东西？不安全的！”特蕾莎忧心地望着我说。我知道，这一家三代虽然都染上了病毒，可全都毫发无损，他们更加只信上帝不信疫苗了。

“问格兰特好！”说着我转身继续走路。

“他去医院了，阿瑟送去的。”特蕾莎总是很信任我这位中国邻居，有点儿什么事都赶紧告诉我。

“怎么？我上周看他在洗车，请他和你来家里喝茶，他说不行，他要去看眼科大夫。眼睛有问题？”

“不是，是看上次给他化疗的大夫……”

“他不会有事的，别担心。”我说得自己都没底气。

“但愿吧！”特蕾莎说着抬头望一眼天，脸上是期待又无助的笑，似乎在说，上帝啊，您作主吧！

我继续走，我没戴上耳机听书。阳光又出来了，却不再灿烂如金箔，反倒虚弱得像我这大病初愈者。

拐过街角，一户仍摆着各种鬼怪道具的人家前停着辆大卡车，上面醒目的大字写着：“water and fire damage”，（水和火灾抢修）。我记得一个月前看到那个男主人，在门前草地上又刨又挖，随后那个一米深的大坑就成了一个可以蹲下又起来的鬼窝。没想到，前脚这鬼刚走，就要开始修补。

我跟两个正在前院往贮藏室收鬼的主妇打招呼，夸赞其中一个骑在自行车上的鬼有创意。她们都和善地跟我打招呼，眼角堆起细小皱纹，脸上的微笑像少女一样柔美。

一户人家墙边的银杏树叶变黄了。我想去看看旁边树林里那几棵老橡树，趁着它们浑身的苍绿叶片还在。

这几位百岁老人仍立在那儿，有三棵在浅洼地里，隔着一条小径，半坡地上有另外三棵。我每次经过，无论是走路，还是跑步，都会停下脚步，一一打量这个家族，虽然永远也搞不清它们之间的亲缘关系——是兄弟姐妹？还是父母与子女？总之，它们立在那儿，根脉在地下相牵相系，不动不摇地细数着属于它们的时日和风雨。

树下的水泥甬路上，一只死去的蜜蜂忽然变得有了重量。一群蚂蚁，围着它，像一圈细密移动的针脚，别人的死亡成全了它们的冬天。

阳光似乎忆起了曾经的威力，渐渐有了暖意。我撸起衣袖和裤管，让皮肤接受着它的好意。

我往回走。

经过东邻家，见男主人，水管工乔正在拆掉草坪上那喷了白色蛛网的假木栅栏，两个上幼儿园的女儿在和狗嬉戏。我有些为过去自己的冷淡而内疚。即使这两口子往可回收垃圾桶里塞烂掉的南瓜，即使他们总搞派对搞得路边停车困难、音乐扰人，即便他们总一身戒备与邻居们都不相往来，那又怎么样？他们还年轻，一个当水管工靠力气吃饭，一个虽身体发胖衣着暴露还可能不是个好老师，可他们毕竟在努力养活着两个幼小的孩子。他们买不起房，为了离这小学校近，租住在这里，想物尽其用请朋友们来热闹也没什么错。刚搬来不久，不知得罪了谁，前院的树被人扔满了手纸，这是多么难堪的一幕！可他们除了搬梯子取下来，并没一丝声张……想到这些，我故作轻松地说:“该拆掉了呵。昨天有多少孩子来要糖了？”

正在埋头干活儿的乔抬起头，脸上的汗水在阳光下闪着光，“估计得有一千个。我们准备了一千七百五十粒糖，早早就散光了。我太太每个孩子给两颗糖，也就是说至少得有八百多个孩子敲了我家的门……你知道这条街，是孩子们万圣节最爱来的地方。”似乎有些惊讶这中国近邻的搭话，乔笑得有些不自然。

“那些要来的糖，孩子们都吃掉吗？”我忽然想到这个问题。

“不会吧。我不想让我的女儿们吃那么多糖。也许扔掉，或者捐出去……”

那个年长的女孩儿走过来，手里抱着个毛绒小熊好奇地望着我。说实话，一头金黄长发的她和妹妹都很好看。我表达了对她们的赞美。小姑娘害羞地笑了。“我的龟冬眠了。”我继续找话说。

“就在后院吗？”乔问。

“对，在它的窝里。要睡四个月左右。等明年春天醒来，你们可以去看它。”

“太好了。真有趣！”

小姑娘们都望着我笑，显出很有兴趣的样子。回到屋里，我仍虚弱的身体虽然有些累，可我心里似乎一下很轻松。

看到沙发上那纸盒里花花绿绿的巧克力糖果，我想杰伊今年又失算了——往年来的孩子多，他的糖不够发。今年孩子们显然都奔装饰着鬼怪的人家去了，还不到九点，已经没有人敲门了。

“这些糖？我拿到办公室去。这也是万圣节后的约定俗成。办公室突然有了各种各样的糖果，没人知道是谁拿来的。似乎也没看见谁吃，过些天，那些糖就又神秘消失了。”杰伊的话，似乎让我第一次感到这鬼节的真实。

# 小芝麻的烦恼

虽然不再发烧，我仍感觉虚弱无力。可周四一早我决定去赶火车，约好了和彼埃尔、史蒂夫见面——我请彼埃尔给国内新结识的诗人朋友发个出版意向信。

“彼埃尔未来有些不乐观。他没跟我明说，但这周连着看了两次医生，情况不妙。有一种特别昂贵的药，那是他唯一的希望，一年十几万美元……他要不提你别问。”史蒂夫在火车站接上我，边开车边说。

阳光依旧晴好。家家户户都像和看不见的谁签了合同，规矩地在各自屋檐下活着。除了喂饱人类，他们还负责地照顾好院子里的植物们。彼埃尔家的植物们显然不快乐，从仙人掌到玉树，都蔫头耷脑。

彼埃尔缩在一楼书房仅能放下的单人沙发上，白色火苗般冲天的头发稀疏了，勉强盖得住头皮。嘴唇上几处黑色痂皮很是醒目。

“不要问我好不好，我不好！”他说着，镜片后的眼睛故作不悦地眨一下。

我劝他说别被医生吓住，史蒂夫的母亲当年被告知只能活五个月了，可不仅没做手术，还很有质量地活了五年，直到九十四岁去世。

“一个月一万多块药费，我拿什么支付？现在我每月付南茜三千四百块，我的退休金都不到三千！”他提高了声音道。

我有些着急地说把房子卖掉也要保命啊。

“我住哪儿？还有我这些藏品。我哪儿也不去，我要死在我的床上，守着我的宝贝们。”

史蒂夫立在窄得只能容一个人的过道说他有个好主意：“把房子抵押贷款！你这房子还清房贷了不是？现在值一百五十万美元，很容易贷五十万。你可以住到死。将来你女儿把房一卖，还银行贷款。”

“可是我想把房留给孩子们……我女儿也说保命要紧。”彼埃尔又眨巴了一下眼睛，像个受害者，只不过那害他的是命运，他抱怨也没用。

三个人你来我往，很尽职地扮演着各自的角色。我为彼埃尔难过，想象着某天他走了，这里真是不能再来了。

无话再说，彼埃尔就跟我回忆五十年前第一次去中国的情景。其实我已听过多少遍，可又串联不成线索，全是片鳞只甲。就连问也无从问起，便只能充当安静的听众。

电话铃响起，他接了，用了免提。是他收养的那个女儿，在旧金山当地产中介，嫁了个法官丈夫，有一双儿女。从一个吸毒者的女儿到中产家庭主妇，她显然比彼埃尔的亲女儿有个在世俗眼里更成功的人生。我看过她的照片，虽然也很丰满，却不像妹妹的虚胖，而是有钱人的圆润富足。目光精明，习惯了发号施令的样子。

“爹地，不要跟南茜再不开心了。你们没事了。听我的。”

“我知道我知道……”

开始彼埃尔还不肯透露究竟发生了什么，直到架不住两个朋友的好奇催问。“昨天我请南茜去街角的画廊，把我几幅画送过去裱框。那画廊要给我办个展览，我的木版画。她回来，我给她五块钱，说是油钱，虽然只有三四个街区。我知道现在油价贵，她又有两个孩子要养。没想到她跟我生气了，说要真是收跑腿费，怎么也不止五块钱，她只当帮我忙。我实在不想白让她跑腿呀……这事就闹到我女儿那儿去了。你说，我这好心怎么就让她那么生气？”

死亡的阴影都罩在头顶了，还在为这样的小事而烦恼。我不解，却也找不到话安慰。

十一点三十分，看护南茜到了。

“嗨，Nancy fancy！亲爱的你好吗？”彼埃尔第一个故作大声地打招呼，真像没事一样。南茜也笑眯眯地一如从前。

于是聊天分成了两组。南茜和史蒂夫，我和彼埃尔。

终于，史蒂夫提议去吃饭，去哪儿，让病人拿主意。

“我一周应该吃两次鱼，我要去那泰餐馆。他们的鱼片还不错。”彼埃尔没商量地说。

“那家好吃吗？我去过一次，你带我去的，三年前吧，感觉不怎么样哦。有没有好一点儿的，我今天请大家。”我说着，看到南茜冲我眯眼摇头，意思是真的不好吃。

但病人为大，史蒂夫开车，彼埃尔指挥，仍是去了那里。

“我曾资助过她开店，没想到十几年过去了，还是坚持下来了。这小白房子有前院和廊架，原来是一户人家，改成了商用。这泰国女人买下来了，现在也值钱了。”彼埃尔跟中年女主人打招呼，说感谢她那天免费的汤。

南茜和史蒂夫点了虾炒粉，我点了炒饭。病人点了鱼片炒青椒，配米饭，还点了一瓶啤酒。

那米饭量大得出奇，说好的海鲜只有两只顶在上面的虾，剩下就是一些说不上是猪肉还是牛肉片埋在饭里。加了桌上的辣椒酱，居然不难吃。

回到彼埃尔家，这次去二楼小坐。经过那小博物馆一样的大厅，彼埃尔自动当起了导游，不仅介绍台面桌面上的藏品，还拉开一层层的抽屉，一样样讲解它们是何物，来于何处。其实我曾这样被他导游过不止一次了，但一想到这也许是最后一次，而且看他暂时忘记了病痛，我和史蒂夫都亦步亦趋地配合着，时而赞叹时而提问。一小时过去了，大家终于到客厅坐下，他请一直在厨房坐着没事的南茜给冲两杯咖啡。客厅有两个落满灰尘的大纸壳，斜靠在那张车轮改成的长茶几上。他示意我帮忙打开，里面全是旧金山那著名的监狱 Alcatrace 所在的岛屿修建时的蓝图，每张都标着时间，多是 1854 年左右。“我采访那个废弃的监狱时，有一位受访者送给我的。这就是为什么我喜欢跟人闲聊。真诚地闲聊可以拉近关系，别人会打开心告诉你他不会告诉别人的事，给你他不可能给别人的东西。Emma 你就应该学学这一手……”

喝着咖啡，我的胃总算舒服了点儿。我去洗手间，看到独坐在餐桌旁的南茜，便走过去打招呼。

“你不知道我昨天多难受……”南茜版本的五美元故事和彼埃尔的差不多，只是立场不同，双方都以无辜冤枉者自居。

我只能笑着安慰她一番。我们人类啊，是多么容易把芝麻小事弄成西瓜大的烦恼！

# 死者在微笑

彼埃尔和格兰特这两位老友癌症都开始恶化。给多年前支持我的老友发去问候信息，回复说在天津老家服丧，老母亲病逝。

我正在感叹生而为人之身不由己，接到史蒂夫的信息：Peter died（彼得死了）。我开始还没反应过来，彼得？哪个彼得？在我们共同认识的人名中搜索，猛然想起，是 Peter Kelly（彼得·凯利），宝尔博物馆的馆长。

如果说见过面吃过饭就算熟人的话，彼得和我认识有十年了。那年我在洛杉矶工作，因文化交流与他曾有过来往，不仅一起吃过几次工作餐，彼得的太太阿格妮还和我曾一见如故。她是位高大白皙的美妇，曾做过某银行的副总裁，听说我是个作家，很热切地跟我聊起文学和人生来，不觉惺惺相惜。“人类其实不需要太多语言交流，心就是最好的语言。”阿格妮常年在世界各地旅行，说到她刚和彼得去过的南太平洋小岛，微笑着赞美那些岛民的淳朴善良。几天后，我收到了厚厚的几本惠特曼诗集，来自阿格妮。

我感激地写了回信，却再也没收到过她的只言片语。

然后我就离开了洛杉矶。再见彼得还是三个月前，我去宝尔博物馆听英国航海家菲力浦的演讲。彼得还是馆长，阔别七年，他似乎丝毫没变样，花白的头发仍浓密地偏分着，灰色西服合身又得体，仍是典型的书卷气十足的学者样。我们握了手，很高兴又见面。“你应该写写彼得。他可是个有故事的人。年轻时搞矿，和中国的前总理还合作过。”博物馆董事会主席是位华裔美国老太太，和彼得搭档多年，很是默契。他们正准备再为华人女设计师郭培搞一个展览，邀请我到时去看。

没想到，展览还未开幕，彼得突然就走了。

“据说他刚和家人吃过晚饭，正在桌边说笑，突然就不行了。好在没受苦。”史蒂夫大有兔死狐悲之感，两人相差两岁，相识得有二十多年了，今年他刚从彼得手里接过美国探险家俱乐部南加分会会长的活儿。

昨天，刚陪从新墨西哥赶来的儿子一家过完感恩节，史蒂夫来和我远足放松。他的声音喑哑，显然那几天过于劳累。和中国家长一样，为了子女，这位犹太老人总恨不得尽力尽力再尽力。

说到彼得，他说十二月中旬将会是葬礼日，他要去出席。“我给你看看请柬，你保证会笑。”说着史蒂夫掏出手机打开邮箱。

请柬上方是斯文又英气的年轻彼得，穿着黑白条纹衫衣，坐在两个黑皮肤的土著男人中间咧嘴微笑。“纪念彼得·凯利的生命历程”，下面是时间、地点。着装要求：“Smart Casual. Penis gourds optional”（休闲正装。骚葫芦自选）

最后一行写着：“It is not the years，it is the miles.”（年头不重要，重要的是里程）

“骚葫芦其实是一种用葫芦削制或藤编出来的管状物，上面有的粘着羽毛，有的画着彩纹，新几内亚人在举行宗教仪式时，男人套在下面。彼得当年曾在那里考察过很长时间，还带了几个回美国来。家人和朋友懂得他，不想把葬礼搞得太悲痛。”史蒂夫解释道。

It is not the years，it is the miles.

年头不重要，重要的是里程。我默念着这句话，想象着在某个看不见的地方，彼得正怡然微笑着看那请柬。

# 错递的包裹

正在码字，听到门外 UPS 的送货车离去的声音。美国的快递员通常都直接把包裹放在门廊下，而不像国内要敲门争取递交到人手。我已经看到邮件里的到货提醒，给特蕾莎买的圣诞礼物到了，摩卡咖啡壶。

开门却看到有两个包裹。除了咖啡壶，还有一个大纸盒子，正狐疑是否我有什么东西忘了查收，待看到盒子角伸出来的锅把状的东西，我相信那是一个错投的包裹。拿进屋细看地址，邮编、门牌号都没错，难道是谁寄来的礼物？待细读那地址和人名，才看清收件人是SUSANAH（苏珊娜），地址是“CLAYTON DR.（克雷顿路）”，粗心或忙碌的投递员只看了邮编和门牌号就放在了我门口。

我从手机地图上看到，那个地址距离我不过四分钟步行，便发信息给米琪问格瑞是否在家，我想请他陪我一起去。独自去敲陌生人家的门，我还是有点儿不安，即便是做好事。

五分钟后，我们已经走到街尾，拐进了那条小巷，第一家就是。我记得不久前这房主挂出了卖房告示，显然换了新主人。

“不会没有人在家吧？”前院静悄悄的，格瑞双手抱着那盒子道。

我看到一个六七岁的小男孩儿正从车道上的车里下来，便上前招呼他，他却没听到一样背着书包往屋门走。

格瑞也大声叫他：“你妈在家吗？我们是邻居，有个东西给你们。”他才停下脚步望望着我们，仍不作声往前走，却大声通知了他妈。

“你叫SUSANAH？”我问。

“是啊！”那也不过三十岁出头却有着灰白头发的女人走上前答道。

听说我来送错递的包裹，她脸上立即浮现出笑容，并和我们握了手，介绍她的一儿一女。

谢了我们，她说他们夏天才从南帕萨普纳市搬来，两个孩子都就近读小学，一个五年级一个一年级。

“圣诞快乐！”格瑞并没像往常一样绊住闲聊，很知趣地跟我离开。

“你看现在的孩子，肯定是被父母教过，不要跟陌生人说话。这小家伙那么戒备。我们小时候可从不这样！”格瑞边走边说。

我说我也留意到了，那么小的人，就戒备地活着，真可怜。

“你今天做了好事哦。你知道，有些人遇到这种情况就自己收起来……”格瑞望着我道，他穿着件亮棕色假皮夹克，在阳光下闪着亮光。“你们中国人小时候也相信肩上有看不见的东西吗？一边是魔鬼一边是天使，你向左向右走，便是选择了跟天使还是跟魔鬼——这是我们小时候听大人说的。”格瑞笑道，露出少了一颗的牙齿。

我笑笑，还没回答，格瑞又说：“是相信报应吗？我听东方人总说 karma（因果报应）。”

我说还真不是出于怕报应：“人总该有基本的道德准则。没人看见，却需要你自己做选择。这样的时候是定义我们是谁的时刻，不是吗？”

如果有点儿私心，我希望能起一点儿教化影响——以后遇到这样的情景，那个女人和她的孩子也会毫不犹豫地这样做。

回家路上，我的脚步和心情一样轻快，很开心一点儿小小的善行，让别人不仅对我，对中国人都有好的印象。

# 决堤的大坝

一个人对一个地方的熟悉程度，除了看是否知道何处买吃的喝的用的，还可以看他是否有了约玩的能力。我发现自己越来越喜欢组织几个原本不相识的人一起做点儿什么，比如前天，我请了格兰特、史蒂夫、凯文一同去那一百年前决堤的大坝遗址去远足。开车距离不过二十分钟，徒步走了二点七英里，晚上又一起吃了我鼓捣的一桌中餐。我试着做了糯米蒸排骨、杭椒萝卜丁炒蛋、排骨豆腐汤、酱牛肉。小菜是芥末牛油果、韩国泡菜。偶尔这样的小聚小游，每个人都很开心。我亦心满意足，虽然累得倒头就睡到天亮。

那大坝遗址我是第二次去了。头一次是几年前和史蒂夫同行。走在那山洼里的废弃公路上，隔一段就看到涂鸦，一颗心，一只眼睛，一个人形，当然，更多的是泄愤或泄欲的带 F 字母的脏话。干枯的河床上不时出现的水泥残垣——那是 1928 年半夜决堤时随水流奔泻而至的。因为是冬季，山岩和灌木、野草都是枯萎的色泽，三角杨上有稀疏的黄叶，成为眼中最明亮的颜色。路上有几棵百年以上的老橡树仍威仪葱郁，像永远不会死去一样沉默地立在那儿。显然，他们见证了那加州大惨剧：大坝顷刻决堤，四百五十人丧生，包括妇女和儿童，包括六十多名洛杉矶水电公司员工！这还是可考的数字。许多人不明所以在睡梦中就永远被掩埋在了泥沙之下。

不远处是新公路，车辆疾驶而过，全然不顾那路窄且蜿蜒。据说车祸时有发生。

我母亲一听到新闻报道灾祸，总感叹说，人不知什么时候死，船不知什么时候翻。

死生由命不由己。那些无辜的性命，何故就那么断然被掐灭了？

徒步结束，我们的车开过那相当古雅的建筑——当时就存在的洛杉矶水利局的一个办公楼，象牙白的方形建筑，有着教堂般细长的玻璃窗和彩色浮雕。史蒂夫忽然看到一块锈迹斑斑的铜牌，想到刚才路遇一对母女在找纪念碑未果，原来在这里。

遂掉头驶回去，四人好奇地围着那铜牌和旁边水泥墙上的黑白照片看着，皆肃然无语。

一个建了两年的大工程，本来是为了让缺水的洛杉矶有足够的蓄水，只凭一位工程师选址设计操办，从一开始就是个错误——地址选在泥石流频发的松软地基上。在事发当天，已经有人看到了坝上出现裂缝，工程师视察后的

结论是“没问题”，甚至他们怀疑是与洛杉矶有过水源之争的印第安人来搞破坏。差三分不到半夜十二点，一个骑摩托车经过的人听到了奇异的轰隆声，他报告说可能是地震或山体滑坡，并看到了大坝方向有亮光。他没想到自己是最后一个见到大坝完整的人，也是那么幸运的没被几分钟后的洪水夺命的幸存者。实际上，那亮光是守坝人的手电，他和儿子住在坝下八百米的小屋中，也听到了异响，起来察看，刚报告了险情，他和六岁的儿子就成了最早的受害人。四百五十亿升水倾泻而下，形成了一个三公里宽的河流，以每小时八公里的速度向南向西狂奔八十七公里，席卷了沿途三个小镇，直到汇入太平洋。有些遇难者的尸体漂到了墨西哥边境！

“和他们比，我们多么幸运！”凯文和格兰特都是四期癌症患者，看到这一幕历史惨剧，也都相互唏嘘。

一路上同病相怜，二人聊得很投机，虽然格兰特不时把话题引到上帝，凯文是无神论者，总礼貌地应着听着，并不去反驳或议论。

晚饭后，格兰特先走一步。杰伊去书店买书闲逛，留下史蒂夫、凯文和我喝茶。

“说说你想写我的打算吧。在哪儿发表？”凯文有些不确定地问。

“不知道。我虽然提议说那也许会帮你找到点儿寻亲线索，毕竟中国有十四亿人口，但你知道，我不会写寻人启事。只能是文学刊物上，发一篇散文类的文章。”我道，并跟他们说到自己曾有过的两次找人的经历。一次是写了一篇散文，寻找当年在报社工作时的实习生。《那个叫林赛的唐山妞》十年前发表在《北京文学》上，寻人无果。另一篇只是短短的小文发在今日头条“淡巴菰之味道”的自媒体上，寻找十几年前在泸沽湖遇到的一对小兄妹，第二天就收到了反馈——他们的堂兄看到了，为我提供了这两个在读大学的兄妹的微信。

“这和凯文的寻父母可不同。不过，我想如果 Emma 用你为原形，写出一篇好故事来，即使找不到也没坏处。她写你是因为你的人生故事让人感动和感叹，能激励许多人。否则，某天我们死了，和那些死于大坝决堤的人区别也不大吧？换我是你，我会让她写的。”史蒂夫郑重地说。

“那好。你就随便写吧。”凯文似乎被说服了，轻松地说。

其实我已在上次听凯文自述之后动笔了，草垛里的一根针，就是写的他的独特经历。我其实甚至没想到要得到凯文的允许，不是我不尊重隐私，而是感觉我在善意地把身边打动我的人和事记下来，就像约翰说的：“身为你的朋友出现在你的笔下文中，作为一个平凡的人，是很荣幸被更多人知道被人记住的。”我不敢自称是英雄，但我真心愿意与更多的人分享我对这个世界的参与，包括把那些融入我生命中的朋友与他人分享。

# 圣诞派对

圣诞一周前，杰伊接到他多年的保龄球友丽兹的邀请，去她家吃圣诞晚餐。他当时正在保龄球馆打球，发信息问我是否愿意同行。我想都没想就高兴地答应了，上一次在丽兹家开派对已是瘟疫前了，我喜欢当家庭主妇的她和退休律师约翰先生，也喜欢她家后院的游泳池与十三棵棕榈树，即使什么也不做，坐在躺椅上望天发呆，心情都像到了海滨一样愉快。

虽然丽兹叮嘱了说不需要带礼物。我还是准备了一瓶粉葡萄酒、两把粉色带白边的康乃馨、一张圣诞贺卡。

杰伊说一点半到就行。我回想以前去丽兹家我们总是第一拨客人，便建议两点到。结果毫无悬念，我们仍是第一拨儿！

家里显得比以往都凌乱许多，因为丽兹有过一次小中风，反应和记忆都大不如前，说话的声音弱得带着颤音。加之一侧膝盖做了手术，恢复得不好，她走路一踮一拐的，完全不是当年那个短发黑裙的利索主妇了，虽然仍染着红指甲。

除了客厅电视前那圣诞树和一堆大大小小的礼物盒子，开放式厨房没有一点儿待客的味道。餐台上往常都摆满了开胃菜和酒水，这次空空的只有几个塑料盘子和抹布。

我把花放进一个白色玻璃花瓶，问约翰去哪了。答说去买冰块了，因为冰箱的制冰器坏了。

“这是三星的冰箱，你以后别买。质量不行。修过一次还没好。三星是中国产的还是韩国的？”约翰提着一袋冰回来了，七十五岁的他比上次见面老了不少。可毕竟是毕业于斯坦福的律师，他身形和声音一样干瘦，布衣仔裤，也透着一股知识分子的儒雅之气。

丽兹好像不知该干什么好，坐到沙发上对着电视上的美式足球赛发呆。我问还有谁来。约翰说丽兹的妹妹带着儿女会来，但说不准几点。丽兹的儿子肯一家会来。另一个儿子一家呢？他笑笑摇头说不来，似乎后面有什么隐情。

丽兹的妹妹帕蒂，我是见过的，一位胖得超乎想象的女人，总穿一件小蚊帐似的连衣裙，以遮盖那一点儿不夸张的大象腿。记忆中那是个特别自信的女人。卡夫卡说，有些人自信是因为他们愚蠢。而帕蒂一点儿也不令人讨厌，因为她的自信体现在对陌生人的开朗和友善上。

杰伊和丽兹夫妇坐在沙发前看球赛，我从

来就没懂过美式足球的规则，更不要说欣赏它的魅力，便去后院看景。小小的不规则的泳池在阳光下闪着清澈的光。高大的棕榈树仍迎风摇着巨大的叶片。那棵靠墙角的灌木一样的柠檬树只有一人高，却结满了黄色的果实，衬着暗红色的矮墙和栅栏，甚是入眼。我从不羡慕主人这有五间卧室的二层楼房，却每次都望着那些棕榈树发会儿呆。我数了，没错，十三棵，每棵都有男人的大腿那么粗，直指天宇，让人看了心情豁然朗然。

两条小白狗热闹地叫着，客人相继到了。帕蒂和一儿一女，都拎着装满礼物的纸袋子。没见过她的丈夫，可也许和丽兹一样曾嫁过墨西哥人或亚裔男人，因为一双儿女都是黑直的头发，五官有点儿亚洲人影子。帕蒂似乎比以前更大了一圈，那双松松堆出许多横纹的大象腿不时从小碎花连衣裙下露出来，她外表唯一可取的就是那头长发，直而柔顺地披在后背上。说到中国解禁后许多人都感染了新冠病毒，帕蒂理了一下暗棕色的长发，目光坦诚地对我说："我不知道为什么，我喜欢中国和日本的食物和文化，却从没有过冲动去旅游。我在印度住过两个月。你知道，我曾嫁过一个印度人……"

我正有些无聊，闻听此言立即来了精神："你的丈夫是土著印度人还是欧洲人生活在印度呢？"

"哦他可是原汁原味的印度人！我们在网上认识的，那年我四十五岁，他三十岁。我就飞过去见面。我们一见如故，打算结婚。可去了四家庙宇都不肯给我们办结婚仪式，理由有点儿荒唐，说我们太老了，不适合结婚……后来他突然找到了一个庙说可以办，我好在已经准备好了纱丽，穿上就去了。我太喜欢穿纱丽了，回美国后还穿了一年，直到有太多人对我侧目才脱了。”帕蒂像讲一段趣闻一样，眉飞色舞，尤其看到我那么感兴趣。

“那你学会了印度菜吗？”

“哦当然，我几乎每周都做两三次。孩子们不太喜欢，可太香了。你知道在美国每个小城市都至少有一两家印度超市，只不过多数人不找不知道。要是有可能，现在让我去印度生活我都愿意，可惜，印第没有中产阶级社区，这边是睡在纸盒子搭的小屋的无家可归者，过了美国大使馆就是富人区，中间几乎没有过渡。”

“你丈夫现在在哪？”

“他呀，还在印度。本来婚后我回了美国，配合他办绿卡，可中间我发现了问题……我就中止了。如果你想看，我手机可能还有几张他的照片，多数我都删掉了。”说罢，帕蒂起身，扭动着小山似的身体去桌上拿到手机，低头滑了一会儿递给我。

毫不用夸张，我惊讶地说真是个电影明星呀，并伸给杰伊看。

那是个很好看很斯文的年轻男子，黑发，亮眸，深情地微笑着。

“我们离婚了。他再婚？不可能，在印度人的观念里，他太老了。那是十二年前，现在他也四十二岁了，不可能再婚。他是个电脑工程师……不提他了。我早该忘了他。可那印度的文化真的让我着迷。”

正说话间，丽兹的儿子肯带着太太和三个孩子到了。老大是个肤色很黑，顶着一头黑鬈发的少年，那是他太太尼柯和前夫生的，尼柯的父亲是黑人、母亲是白人，这个儿子遗传了太多外公的基因。另外一双儿女是肯的。我特别喜欢那个五岁的挪亚，上前逗他：“你不记得吧，两岁时我抱过你，你像个小熊一样可爱。”“我记得。谢谢。”这小家伙一点儿也不生分，友好地抱着我轻声道。“你更喜欢你爹还是妈？”“我爹。因为他更和善。”

我后来跟肯学了一这幕，这五大三粗的男人笑眯了眼，说他知道，儿子一向更喜欢鲜少发脾气的他。最小的女儿叫泰勒，只有三岁，像是发育不良的小豆芽，大脑门儿瓦刀脸，既没有母亲的秀气也没有父亲的憨态。

“拆礼物时间到！”约翰说罢，从圣诞树下拿起一只只装得满满的大袜子，念到名字就递给主人。我和杰伊也各自得到一只，里面十来样小礼物，tictac 口香糖，洗手液、护肤霜、写着永不用磨的小刀子、小手电筒、玻璃瓶里的星巴克冰咖啡……都很实用。

然后是他们家人之间互赠的礼物，地毯上很快成了包装纸、纸袋、纸盒的海洋。帕蒂的儿子拿起一罐喷条往肯身上头上狂喷，那黄色的泡沫状的东西到了身上被拉成了弯弯曲曲的长条。大家乐成一片。

圣诞晚餐一点儿也不丰盛。大家仍围坐在那拼起来的长条桌旁。我和杰伊与主人夫妇挨着坐。然后是帕蒂与两个孩子。然后是肯和太太及大儿子。两个小孩子没上桌，单独坐在旁边的小茶几旁，吃几口，去旁边玩儿一会儿。那个会飞的球形玩具成了当晚的宠儿。大人孩子谁捡到就扔在空中，看它像个天外飞行物一样带着亮光飞旋着。

主菜是烤火腿肉，烘通心粉加奶酪，配了从 Costco 买的现成沙拉、玉米粒、烤面包。土豆泥是尼柯带来的。

约翰坐在桌首，熟练地祷告了两分钟。大家齐声说阿门，开吃。

吃到一半，帕蒂的女儿轻声问是否有餐巾纸。约翰和丽兹起身去厨房找，颇花了点儿时间才回来说没找到，倒带回来一打暗红色的餐巾，每人分发了一条。“真抱歉，我们现在脑子不好使了。”约翰轻声地笑道。

我没吃几口，因为坐在中间地带，顺手给好几个人盘子里分通心粉奶酪递沙拉盆。

饭后那一堆餐具被拿到厨房。主人夫妇不知是否都去房间吃药了还是实在发怵，都消失不见了。杰伊主动开始担任起清洗餐具的任务。我见状也上前帮忙放进洗碗机。都快洗完了，才见约翰现身，笑着说：“你们倒真是高效。”看得出来他很高兴这及时雨式的帮助。丽兹也瘸着腿走过来，她不再像以前在家总赤脚走来走去，而是穿了双红绿相间的圣诞袜。

没有像以前那样挽留大家玩墨西哥火车，大家都与主人告别，散了。

约翰把一小盒切了片的火腿递给杰伊让他带回去吃。“但愿下次再见面，这新冠病毒已经走了。”

车驶过街头，家家户户院里都有闪烁的节日装饰，从圣诞老人、驯鹿到圣母圣婴像，透着祥和平安的光。那一瞬，我忽然感觉，人间原来那么荒凉，我们需要用灯光用饰品来温暖自己和彼此。

# 给树理发

杰伊的后院有两棵极粗大的漆树，一人搂抱不过来。它们各把住一个院角，很有些老者的威仪。与那粗糙嶙峋的树皮相反，那青绿的枝条和叶片都柔美得很女性。南加州干热的气候特别适合这种树生长，眼看着它们的绿色树冠膨胀起来，超过了邻家的房顶。两棵树中间有两棵细小些的树，一棵旱柳，一棵结小红果子的巴西漆树。这四棵树排成一行，像围墙一样给这小院增添了许多绿意和隐私。可去年夏天，米琪后院的那棵漆树在暴雨中轰然倒下，连根拔起，砸坏了房檐，让杰伊吃了一惊。

请了两个修剪树的人来估价，不是两千就是三千美金，别说我，杰伊听了都感觉贵。

那天晚上我正在做早饭，听到有人敲门。先以为是格瑞来送头天晚上米琪烤的香蕉面包，我们只顾玩墨西哥火车忘了带回来。杰伊却说是个修理树的人推销生意。他说对不起不需要，打发那人走了。

“你不是帮我修剪了吗？我感觉挺好的呀。”杰伊确实举着那根顶端有剪刀的长杆花了两个周末修剪了一下，却像不专业的理发师的手艺，秃一块少一块，而且顶端的终是站在梯子上也够不着。没有减少被暴雨刮倒的风险，反倒弄得没有一点儿美感可寻。

“人家找上门来，让他报个价总不吃亏呀。”我早知道杰伊的头脑简单，仍是有些不解。于是他又开门去把那人追了回来。

那小伙儿穿着交通协管员似的荧光马甲，墨西哥人，大眼睛黑亮，显得很真诚。

“五百块。”他望着那株最大最壮的漆树报了个价。看我和杰伊都没吭声，又主动说四棵树都修一下，六百块。

最后我们走到前院，那两株樟树并不大需要修理，却有些干枝有些不入眼。草坪东边和屋角的两棵小树也需要修剪一下。

“一共七百块。”他轻声说，似乎怕生意不成，自动降到了六百五十块。

杰伊和我都没说话，心中其实都不敢相信这么低的价格。在那小伙探寻的目光中，杰伊点头说好吧。

时间定在周二。但看天气预报，那天降水概率是百分之七十。“周一？我们过来给你对面的邻居修剪树。如果完得早，就过来接着干。”

送走小伙儿，我很是感慨，第二天就是圣诞节，他们居然还在四处揽活儿。“你看他像不像旧货市场那个叫奥斯卡的墨西哥小伙儿？”我问。

“哦，我知道你说的是谁。你要认为像就像吧，我反正认为他们不像。”杰伊道。

当晚是圣诞前夜，杰伊这没父母的孩子也没家可去过节，我做了几个中国菜一起庆祝。然后看了*white christmas*（白色圣诞节）这老电影，虽是黑白，却载歌载舞很不错。

第二天去丽兹家过圣诞。

然后就是26日了，听史蒂夫说《阿凡达2》上映了，虽然有三小时十二分那么长，仍是可看。我提议去看九点三十分那场。

正在吃着早餐，门铃响，却是那修剪树的小伙儿来了。“你们的邻居说今天不巧，改其他时间了。我们可以修剪你家的。”

我想了想，知道他们是从Oxnard赶来的，开车有一小时的车程，便忍痛放弃了电影，让他们动手。

从九点到下午五点，他们三个人除了吃汉堡花去半小时，其他时间都在干活儿。他们配合默契，叫安东尼奥的负责在树上砍、剪、锯，他是那么麻利、专业，像猴子一样灵敏，登高爬低，和在庄稼地里一样自如。他又像个理发师，不用太多打量，就给树剪出一个清爽的轮廓。马克瘦小些，戴着墨镜，把帽衫上的帽子拉到戴着棒球帽的头上，他负责在地上往车里捡树枝。他很爱笑，露出一口白牙。另外那位显然是小头目，就是上门找活儿的小伙儿，我总记不住他的名字，四处继续走动敲门找业务。不一会儿他也回来加入捡树枝的工作。那真是很不轻松的事。许多枝条极为粗重，且有很多枝杈，抱起来拽起来很累人扎手。

“太棒了！这树像被理了发一样可爱清爽多了。”我在树下仰望着安东尼，不吝赞美。

他开心地笑了，晒得黝黑的脸上也露出一口白牙。我发现他们仨也都不过二十多岁。要是有机会，我真想跟他们坐下聊聊，当年是怎样背井离乡，来这里实现美国梦。不知为什么，看到追寻梦想的年轻人，我总不由自主地感动，好像从他们身上看到了我自己当年的影子。他们只是陌生人，可又熟悉得像我的兄弟手足。

那辆带斗的货车很快就满得再也放不下了，虽然马克不断用锯把它们锯断压实。

我给他们递了几瓶水，送上几块香蕉面包。偶尔也帮他们清理一下落进花园里的枝杈。

看到邻居们，我主动搭话推销这几个小伙儿的生意。门前有两棵漆树的哈里森说他考虑用他们。约翰说他前院那棵观赏梨树修剪一次就要五百块，这价格看来合理。格兰特上门来，也要了名片，问他们是否可以去别的地方干活，他想到阿瑟女友阿丽塔的树需要修剪。

“你们会把落到我院里的树杈清理掉吧？”后院墙外先是扔过来一个棕榈树干果壳，然后是几根树枝，一个声音倔倔地问。

那是一墙之隔的老约翰，他显然高兴这近邻的修剪工作，因为他不时拿园丁剪咔嚓咔嚓剪越过墙的漆树枝条，他似乎特别讨厌树和落叶。“我们会的。”我和马克闻声都应道。

西边的邻居是护士 Ginger，我已经看了，她自圣诞节就没在家，好在侧院小门没锁，我便领着马克直接进去捡了那一地的漆树杈。东侧是乔家。虽然并无什么往来，但也是见面熟地说过话聊过天的，杰伊开始有些不安，硬着头皮跟乔的太太打了招呼，马克便从他家侧门进去捡拾清理了许多粗枝。

“是否该给他们一些小费？”我悄声问杰伊，他刚去银行取了现金。

“我可以给他们二十美元小费。那是我手头唯一富余的现金。”

我留意到侧院一些多肉被碰断了头，有一个花盆还掉在地上，陶把手摔碎了，可我不想计较，因为他们太踏实卖力了——修剪树冠并没有明确的尺寸要求，他们完全可以浅浅地剪掉枝端和细碎的树杈交差。可事实上，不用吩咐，他们主动把许多粗大的枝干都锯掉，这样不仅给自己带来更多的工作量，而且这“过度”修剪的树要至少再过五年才需要这样的劳动，等于他们不顾自己的“财路”。

我跟杰伊说了，他也很是欣慰，主动替他们把落在墙外老约翰草坪上的树枝拖到路边。

“祝你们新年快乐！”兄弟三个坐在车里，黝黑的脸上都是真诚厚道的笑。隔车窗接过那叠钱，头儿道过谢嘱咐杰伊：“要是有脸书，拜托给宣传一下哦。”

“这是我在美国看到过的最可爱的劳动者！”回想起过去种种波折，我由衷地说。

“跟那户装修了两年还在扯皮的新邻居比，这几个墨西哥伙计确实不错。”杰伊笑道。我们都想起疫情前就买了街尾那房子的人家，也不过偶然散步遇见，便被那第一次谋面的新主人拉住抱怨：“这帮装修工借着瘟疫发了财不说，还坏了良心，反正不愁活儿呀。我经过这两年的斗争才发现，七成都是坏家伙，还好，最后我们终于找到了一个好的包工头，今年五月底估计能弄好……”

几天后，散步时看到那哥儿仨正在别人家树上忙碌，老远地就快乐地打招呼。我相信他们也快乐着我的快乐。

# 龙舌兰的新家

修剪树的当口，格兰特敲门，邀请杰伊和我去他家吃晚饭。

看人干活儿，正好没空做饭，我开心地答应了。杰伊听了，似乎并不很情愿，我猜我与格兰特一家走得太近让他心中略生不安——他一向与人为善，可也深知人情之不可靠，但仍是笑着说好吧。

说好六点钟过去。五点多我就饿了，便发信息问格兰特可否提前半小时，反正就我们四人。见没有回复，也一点儿不以为意，相信他是没看到。

差五分六点，接到特蕾莎电话说来吧。拿起那纸袋过马路去敲门，里面是我下午从后院那棵树上收获的柠檬。之前已经给了哈里森、约翰两个邻居各五六枚。美国人极喜欢接受有机菜蔬和水果为礼物。

当晚的饭菜都是亚美尼亚和阿拉伯食物（特蕾莎的母亲是阿拉伯人）。吃前我们都先要问盘中何物，因为每一样看着都很不寻常。用桑叶包着的牛肉。用圆白菜叶包着的米和豆类，要蘸着加了大蒜汁的酸奶吃。鱼肉混合什锦菜叶子的沙拉。有一种辣酱极可口，杰伊吃了又吃，主人干脆把那酱碗放在他面前。

“我是那么幸运娶了这位太太！”格兰特说，幸福地往盘里夹一块甜点，和饭菜一样，各式各样的点心都是亚美尼亚特色。

“特蕾莎也一定感觉幸运，嫁了你这样的丈夫。”我看特蕾莎频频点头，扭脸对杰伊说，“你不知道格兰特的手多巧，没有他不会修理的。我买回来的破了书脊的旧书、碎成几片的瓷器，经他之手，都修得妥妥的。”

“我们这个年龄的亚美尼亚人，生活观念和习惯都受苏联的影响很深。成长于物质贫乏的年代，年轻时什么都得靠自己动手。我甚至会用缝纫机做衣服，也会织毛衣。”格兰特慢悠悠地说道。

“中餐和亚美尼亚餐哪个更显得陌生？”看着满桌子不知从何下手的菜肴，我又问杰伊。

“还是亚美尼亚餐，比较起来，毕竟中餐在美国或者在世界都更大众。”杰伊笑道。入冬以来，他已经胖了一圈，去意大利出差，每天意大利面伺候，也不跑步，他像气吹起来一样脸圆肚子挺了。

饭后我让杰伊回去拿墨西哥火车，我实在想让这两位老人有点儿乐趣。格兰特夫妇坐在桌子同侧，不时互相帮对方看着出主意。格兰特好几次把点数不同的牌去接火车，被杰伊笑着发现制止。

正玩得起劲，他孙子小格兰特来了。这个十八岁的孩子看似生命中有太多的人参与——以他自豪并寄予厚望的爷爷奶奶；离异后找了女友订婚而不结婚的父亲，给他带来个准后妈的同时，带来两个没有血缘的弟弟妹妹；再婚的亲妈守着个长年在外出差的新丈夫，小格兰特接受继父的同时，又有了三个 half sisters（非同一父母的姐妹）。

生活在不完整的家庭对他似乎没什么不良影响，他乐观、友善。可那两百多磅的大块头，总让我感觉有什么地方不对。“他是个懂事的孩子，经历了太多同龄人没经历过的人生。我希望他跟我们这边多往来，我不想说他母亲的坏话，可确实担心孩子受她的不良影响……”格兰特说得含蓄，我相信背后有些他不想说的苦衷。

今天是周二，节后大部分美国人恢复上班的第一天。我一早没去跑步也没做瑜伽，吃了早饭打算去走路，虽然天阴着。想了想，给格兰特打了电话，约好十分钟后同去。

走了将近两英里，二人回来，看到那三株我送他的龙舌兰仍在前院廊外的花圃里歪着，我问为何没栽种上。“我不太喜欢这带黄边的，它们长得太快了。我喜欢那纯蓝色的龙舌兰。”我并未被格兰特的直率所伤，也直来直接地说那我还拿走吧，你可以去后院挖几株蓝色的。

于是二人开始当园丁。他干活儿的利索劲儿让我佩服，把铁锹探到那植物根部，脚往下一踩，手摁着锹柄向下一掘，那看似让人无从下手的带刺龙舌兰就被拱出了地面。

我帮他把那两株龙舌兰栽在前院，另外三株芦荟种在后院。“在这新家，你们要好好的。”我蹲在地上把土摁实，像面对过继给别人的孩子，忍不住叮嘱了几句。格兰特手里握着一团带着一层草的泥土，找到个有枯草的地方，用小铲挖个小坑，把那带着绿意的草移栽进去。他干得那么认真，让我在细雨中看得又难过了。我知道如果换成我的父亲，他也会这么干，舍不得让一小点儿不起眼的生命浪费掉。

进屋看到炉子上正在煮咖啡，那咖啡壶是我送的圣诞礼物，便问特蕾莎是否喜欢。“我不喜欢。”我听了有些难以接受，这原产于意大利的摩卡咖啡壶，有近百年历史了，我给自己也买了一把，非常便捷好用，至少不用像特蕾莎的那个锡壶，喝到最后一杯底咖啡渣。“要是我们两个人还行，一人一杯。人多了就要兑点儿水。”特蕾莎道，脸上有点儿小女孩儿的委屈。

我告诫自己不要往心里去。人家并无恶意，只是英语不好，能说出一句“I do not like it”（我喜欢）就已经不错了。

后来坐在沙发上，看到特蕾莎面色凝重地和丈夫说着什么，便猜是在说刚才栽种上的植物，我问是否他们担心阿瑟会不喜欢这些植物，我记得格兰特曾说过：“我们住在阿瑟这里，一切都不能完全由了自己。还得考虑他的感受。”说这话是因为说到他的画，他不能把房间的墙挂得太满，因为阿瑟不喜欢。院子里也不能种太多植物，因为阿瑟不愿意。

格兰特似乎有些吃惊我的问题，好像他们真的是在聊这些。“没事，咱们种的分散，不怎么能看出变化来。”他也面色凝重起来。

人老了，变得都怕自己的孩子。我在心底叹了口气。没再说什么。

# 那时候，彼埃尔还活着

春分日。洛杉矶被阴雨笼罩。是要为多年的干旱和山火赎罪吗，这雨已经断续下了一个冬季。我坐在书桌前，看着窗外金银花的藤条低垂着，雨滴让它们不胜重负。起风了，灰色的天空为幕，靠墙根的夹竹桃剧烈起舞。那只黄腹小鸟又来了，和昨天一样，它快速扇动翅膀，不停地用嘴和细瘦的脚爪敲打着落地窗玻璃。清脆有弹性地轻啄三四下，便快速返回到金银花的枝条上。歇息几秒，再飞向玻璃。这鸟儿带有自杀倾向的举止让我费解。

晚上临睡，得到噩耗，彼埃尔死了。他没能等到春天的来临，那跟我回中国的梦彻底碎了。

“这一刻并不意外，可从感情上讲，不难过是不可能的。幸运的是，他咽气时两个女儿都赶到了急救室。”史蒂夫发来信息。

与其说是伤心，我感觉更有些恼恨，似乎本来还有些重要的事，没来得及做就被取消了资格。其实，那所谓重要的事，不过是暗中一直期盼的改变——我那么希望他病愈后活得慷慨大方一点儿，对他自己，也对这个世界。

很庆幸上周我去那康复中心看了他。是知道我要去吗，他穿着那件红色印满小可乐罐的圆领短袖 T 恤。记得三年前送他时，他打趣说他知道那一定是我从一元店淘来的。床边的小柜上，靠墙立着那只小熊，衣服上写着 a bear has diabetes（一只有糖尿病的熊），那是我一个月前去跳蚤市场买到送他的。

每个人的生命其实都是由他所在的圈子组成的。这些年来，眼看着旧友故知一个个离开，甚至有些根本就不认识只是有着心灵共鸣的人。兔死狐悲？我明显感觉自己的生命缺失了一块又一块，就像一只还在空中飞着的鸟儿，每失去一个朋友，我都感觉自己掉落了一根羽毛。

彼埃尔，这位令人赞叹又令人摇头的老人，终于关上了门，像决意打坐修行的人，不再讨人喜欢讨人厌恶，彻底不再露面。

"To know you, is to miss you."（遇见你，是为了想念你）。桌上，是整整七封来自彼埃尔的卡片。这行字，被他用黑色签字笔写在第一张卡片上。那也是我最喜欢的一张，手工制作，三朵象牙色的干花、灰绿色的叶片，排列工整，像一把打开的小扇子。一层半透明的纸覆在上面。打开这折页，左侧空着，右侧写着那行字。下面有一张邮票大小的贴纸，是紫色的勿忘我花，旁边紧挨着他的签名是一张钢笔速写，头发蓬乱，五官线条很写意。寥寥几笔，却仍能一眼辨出那是他的肖像。他没在卡片上写日期。我仔细看那信封上的邮戳，也模糊难辨。我依稀记得，那也是个春天。

六年前，也正是史蒂夫牵线，我认识了彼埃尔，前往他位于鹰岩的家中去拜访。“他可是个传奇人物，家里简直是个博物馆，全是他从世界各地边远部落搜集来的旧物，没几件有人看得懂。他对古董不感兴趣，翻山跨海运回来的多是带有原始色彩的手工艺品，他称为正在消逝的文明。他出了六本书，pebble in the sand（沙子里的石头）系列，记述的全是他的游历。”沙子里的石头，未见其人，我已被这书名和他的故事所吸引。几天后，我便坐火车去了那个有块著名巨石的小城看他。穿着深蓝色灯芯绒裤的彼埃尔一露面，立即让我忽略了他的年龄。他身形挺拔，黑色 T 恤用六种不同语言写着同一句话：我不喜欢我的总统。很有高贵气质的英挺鼻梁，上面架着半黑框眼镜。眼睛黑且亮，像个嬉皮，打量我，透着审视略带戏谑的光。

“谁说我七十七了？你怎么能在女士面前透露一个男人的年龄！”我们坐在他家不远的三明治店里，他故作恼怒地责备史蒂夫。自小讲法语德语，说起英语来，他也语调轻柔。

我知道，离异后单身近半个世纪，那家名为 milk farm 的小三明治店几乎成了他的厨房。木头吧台转角镶着一块名片大的铜牌，上面是他的名字。那是店主给他的专座。

两块烤得焦黄的面包，中间夹一片厚厚的黄色奶酪，再来两片熏火鸡或牛肉。偶尔吃一次感觉还挺美味，可天天都吃，在我看来有点儿受不了。

“我也做饭，冰箱里的食材也不过是这些，只不过加了牛奶和巧克力。别跟我提巧克力，在我床头放一盒巧克力，比躺着个女人还让我幸福！”彼埃尔很幽默，也很得意自己的幽默。他知道自己的口才和社交魅力，当了一辈子中学美术老师，没权没钱，走了一百六十个国家的他一向自豪于活得洒脱不俗。虽然他有时迫于经济压力不时感慨：“早知道钱那么重要，当年应该选择个高收入的职业。”

我说其实当老师也不错呀，至少受人尊敬。

“哦，你算不知道。在美国的说法是，如果一个人看起来没什么前途，家长或朋友就会说：实在不行就去当老师吧。我先前也不知道，我也是外国人啊，后来听到这说法了已经晚了。这简直是 insult（侮辱）。”即使听起来像在抱怨，他的黑眼睛仍透着淡淡的笑意。“记得常来坐坐，虽然你只喜欢我的大鼻子。”

…………

如今他走了，无论甘心与否，这个世界与他彻底无关了，虽然探险家俱乐部已经建了以他名字命名的图书室，虽然他的黑白头像照仍排列在墙上冲人微笑。

鹰岩，那块有着鹰样图案的巨石仍立在那儿，阳光下，细雨中，和他庭院中那些精灵般立着的植物一样。可我知道，我真的再没有勇气去故地重游。

两个月后，彼埃尔追思会举行，地点，洛杉矶探险家俱乐部。

已经回到北京的我，寄上了一首小诗以寄托哀思：

**一个人死了**

——悼老友彼埃尔

一个人死了
化作一只响箭射向虚无
在意他的人
也跟着死去一点儿
像一只还在飞的鸟儿
忽悠悠掉落了一根羽毛

想起两年前出我的一本散文集，为了书名，我请他和史蒂夫给出主意，他知道我太喜欢他给自己的探险书系起的名字，“pebble in the sand”（沙子里的石子）。

“要不，干脆就叫《那时候，彼埃尔还活着》，哈哈！”史蒂夫笑道。

坐在红砖台阶上的彼埃尔听了，眨巴一下眼睛也跟着笑了，像个不怕被捉弄的孩子。

是谁说过，人的一生，要死去三次。第一次，当你的心跳停止。第二次，当你下葬，人们穿着黑衣出席你的葬礼。第三次，是这个世界上最后一个记得你的人，把你忘记。

这样看来，彼埃尔其实还活着，只是他的魂魄飞到了另一层空间。他仍眨巴着眼睛冲他的故友微笑。

# 为笔起名

影帝G终于用上了微信，和我加好友。“我的手机号就是我的微信号。”在电话里我有些迫不及待地说，心中暗喜，终于不用花国际漫游费倾听这位老友的声音了。

“这是什么乱七八糟的！淡巴什么……加错了吧？”影帝的第一句留言让我窘出一脖子汗。

想起不久前听说我要出版新散文集，忘年交T老先生主动推荐了一家出版社。拿到书稿后编辑说写得不错可以出。再问，对方说等等。等下去的结果是没了下文。

“面子不够啊，抱歉。”老人的歉意让我感动。

“听我的劝，改个笔名吧！淡巴菰这名字让人望而却步啊。改个亲切点儿的。”老人好心又忧心地叮咛。

我听了，心里比书未获出版还难过。那三个字立在我眼前，望着我，委屈得像在流泪。我有些茫然无措，不知这个笔名是否真像伤疤一样碍眼。

某天困惑地请教一位功成名就的小说家。“真不用改。我第一次看到这名字就没忘。”前辈的话似乎让我好受了点儿。

我希望听到读者对作品的反馈，在某本书的扉页上留了微信。接到加我为好友的读者微信，客气地称我为“巴菰老师”。禁不住苦笑，脑子里闪现出武侠小说中独孤大师、灭绝师太的形象。

其实不到迫不得已，真是不想解释这个笔名的含义。对同胞讲，如果不懂英文，比较难解，因为这只是一个英文单词的音译。

“tobacco（烟草）？”我的美国朋友听我说到这笔名也一脸惊讶，“do you smoke（你抽烟）？”——对美国人讲，不懂中文音韵和字形、字义之美，也无法说清。

淡巴菰，不过是民国时期的中国文人对烟草或香烟的别称，源自英文单词tobacco。十几年前选用它，只是喜欢这三个字凑在一起的感觉。有点儿怪异，不乏和谐。

至于香烟，我是不吸的，但看到质量上乘的碎金屑一般的烟丝，诱人地紧紧偎依在雪白干净的纸管里，总忍不住举到鼻子前，闻几下，向往又迷醉地想：不吸烟，真遗憾啊！

我相信笔名和书名、文章名一样，其实是码字者作品的一部分，或者有同等的符号象征。就像路边卖水果的农人，同样的柑橘枣杏，路人还没尝到那果实的滋味，远远看到它们被放在不同形状和材质的筐篮箱箧里，似乎就已经对它们的酸甜滋味有了先入为主的判断，虽然那未必准确。当然，许多作者名字平常，也不影响读者对他们作品的喜爱，如王小波、史铁生、张爱玲、张洁。也有些作家天生名字就响亮有味道，如朱自清、余光中、铁凝、王安忆、钱钟书、顾城、贾平凹。大多数作家的笔名显然是精心构思推敲的，就像店铺外悬挂的个性招牌，让人还没进店，已经有了探头一看究竟的好奇，比如巴金、鲁迅、柏杨、茅盾、莫言、苏童、北岛，肯定比李尧棠、周树人、郭定生、沈德鸿、管谟业、苏忠贵、赵振开更符合读者对文学的想象。当然，也许有人会抬杠："笔名再好，写不出好东西来也是白搭。"在这个语境下，那样的辩论实在没有意义。

# 跋

## 化巨石为碎砂，一部奇怪的书

田　青

这是一本“奇怪”的书，从书名《那时候，彼埃尔还活着》到体裁。它比散文更像纪实作品，明明是真人真事，可其中的许多细节生动似小说。你拿它当小说津津有味地享受其中的戏剧性，它又无声却坚定地告诉你，这不过是一部客居异乡者的日记体散文集。好在，写出了“洛杉矶三部曲”的淡巴菰一向精于此道，这样的文体早已成了她个人风格的标志，刚柔相济，不疾不徐地娓娓道来，让人在不知不觉中便踏入了她笔下的生活之河，与她一起重历了搁浅在异国小城的日日夜夜。

这本书几十篇文章，或上万字或数百字不等，每一篇都是一个独立完整的故事或生活片段，从驾车寻访历史旧迹，耳闻见证绝望的自杀者，到对一朵昙花一棵棕榈树发呆及看着家中猫与鸟儿的血腥共生……一口气读几章，你会发现看似散散漫漫的每个章节都不会脱离主线——一个在中国文化背景中成长起来的人，面对美式生活和环境的所思所感。感动，震惊，困惑，气愤，理解。各种情感像不同的色彩在读者眼前鲜明而生动，在那背后的底色，却是博大包容的普世之爱。做朋友的理由，半猫半鸟，孤儿树，百分之五个中国人，迷信，世间最神秘之物……看似简单白描，完全直给，中西文化碰撞出的巨石，已被她巧妙地化解成每一天的琐碎细小，观察，思考，消化，用她那半散文半小说又纪实的方式记录传递给我们。

淡巴菰前往美国本是为了采访，采访那些相信哥伦布前中国人已到过美洲的研究者。对这个话题她并不否认自己的观点：依中国人在历史上曾领先世界的强大科技，理论上，中国人完全可能也可以早西方几百甚至上千年踏足过那块大陆，尽管慧深关于扶桑国的描述听起来和《山海经》一样像是天方夜谭。淡巴菰对她客居的那片美利坚土地和其上的人物的描写，丝毫没有故作耸人听闻之处，却时时让我们的大脑和心脏受到冲击——她笔下的世界是多元的、人物是多面的，就像那个来日无多却仍和跳蚤市场小贩为一块钱斗智斗能的彼埃尔，那么可爱又可气可笑。就像那有着体面工作和一双儿女的博士邻居，毫无征兆地举枪在阁楼上自尽。作为异国生活的记录，淡巴菰从不像普通走马观花者那样写风土人情或美食轶闻，更没有把篇幅浪费在所谓的文化比较。她把笔触更多的留给了人和他们的内心。她的高明之处在于她丝毫没有刻意地去塑造人物形象，而是像绘画一般，随着情节的发展一笔笔把人物的性格在读者脑中勾勒出来：不计金钱的杰伊，被孩子呵斥的移民母亲安妮，侠义的犹太大叔史蒂夫，当了一辈子孤儿寻亲未遇的凯文……如此鲜活地出现在眼前，读罢让我们似乎也和他们成了熟人或朋友。

读这本书，我似乎在捡拾一片片打碎了的镜子，每一幅映照出的画面都是世界那棵大树的一枝一叶。

淡巴菰曾跟我说，她希望自己的文字，无论小说还是散文，都尽量没有年龄感，但她并不介意透露给读者她的女性身份和女性视角。所以，这个客居她乡的文本记录又带着女性特有的细腻真挚。我期待某天去看看她的多肉花园，跟她慢悠悠地去露天市场淘宝，沿太平洋海岸线自驾一趟，然后走进某户美国人家后院，享受一场放松家常的烧烤……

为淡巴菰的文字配图是一件愉悦的事。她的文字虽然都落脚在具体的人和物上，可其中营造的氛围或情绪给我的照片选取提供了极大便利和可能。质朴的深刻是我对影像的一向追求，而这一特质，与淡巴菰的文字风格不谋而合。

正如大陆板块的碰撞为我们带来了巍峨的高峰。我期待和相信，在见证和记录中西文化的碰撞过程中，淡巴菰的文学创作也会迎来属于世界的新高地。